Francesco Piccolo

L'animale che mi porto dentro

Einaudi

L'animale che mi porto dentro

Un uomo non si metterebbe mai a scrivere un libro sulla situazione particolare di essere maschio.

SIMONE DE BEAUVOIR, *Il secondo sesso.*

Ma l'animale che mi porto dentro
non mi fa vivere felice mai
si prende tutto
anche il caffè
mi rende schiavo delle mie passioni.

FRANCO BATTIATO, *L'animale.*

La prima volta che mi sono fidanzato, non ero presente. Il momento in cui Federica mi ha detto sí, non l'ho vissuto, ne ho un resoconto frettoloso. Ne so pochissimo perché non c'ero.

Invece, quando mi ha lasciato, c'ero anch'io.

Era una mattina di giugno, la seconda media stava finendo. Ci eravamo fidanzati, a me sembrava piuttosto seriamente, pochi mesi prima (o piú probabilmente poche settimane prima) attraverso l'incontro tra il mio amico fidato e Federica, che era insieme alla sua amica fidata. Si erano parlati, lui aveva fatto per procura la dichiarazione a Federica, rivolgendosi a tutt'e due; e tutt'e due avevano risposto sí, anche se la domanda riguardava solo Federica.

Nella sostanza, mi sembra di ricordare, sia io sia Federica ci eravamo accontentati del fatto di essere fidanzati. I nostri rapporti non erano cambiati – anzi, un po' sí, ma erano peggiorati. Se prima cercavo di starle simpatico, di rubarle la penna per poi ridargliela, di scrivere una cosa pudica sul suo quaderno, adesso mi vergognavo. E anche lei si vergognava. Sui miei quaderni ero piú coraggioso, facevo cuori e scrivevo F&F, ma non glieli facevo vedere. Non so se lei scriveva F&F, perché nemmeno lei me li faceva piú vedere. Eppure, bastava incrociare gli sguardi e distoglierli subito per sentire che eravamo fidanzati. Perché quando incrociavamo gli sguardi, iniziavamo un sorriso, tutti e due, e poi subito toglievamo sia gli occhi sia il sorriso, perché ci imbarazzava. Ma questo sanciva che eravamo fidanzati, e ci bastava. A me non solo bastava: ero euforico. Dicevo a me stesso e agli altri che ero fidanzato con Federica, di notte ci ripensavo e mi sembrava di essere il ragazzo piú fortunato del mondo. La mia vita non era cambiata in nulla, ma il mio umore sí.

Qualche volta, però, spinto da questo amico e dal fatto che qualcosa dovevo pur combinare in questo fidanzamento, facendomi molto molto coraggio, trovandolo un impegno davvero oneroso (pensavo va bene lo faccio, cosí dopo l'ho fatto), le telefonavo. Lei rispondeva, parlavamo un po'. In ogni caso le telefonate erano brevi e mai dirette. Però sembrava che qualcosa succedesse. Sembrava che in qualche modo, senza dircelo (in verità, senza essercelo mai detti se non per procura), si poteva intuire che eravamo fidanzati. In fondo, le telefonavo perché eravamo fidanzati – non l'avevo mai fatto prima, non l'ho piú fatto dopo. Il giorno successivo, quando ci vedevamo, eravamo ancora piú distanti, perché ci sembrava di esserci avvicinati troppo.

Poi, durante gli ultimi giorni di scuola, Federica cominciò a cambiare. La sua distanza era piú marcata. In apparenza le cose potevano sembrare uguali, non succedeva niente come non era mai successo niente; però io, che ero innamorato di lei, mi accorgevo che c'era qualcosa che non andava. In classe mi sorrideva meno, sembrava distratta. Ero abbastanza disperato, anche perché la seconda media stava per finire e il fatto di vederci tutti i giorni non sarebbe stato piú scontato. Mi chiedevo come sarebbe andato avanti questo fidanzamento, e mi rendevo conto che tra pochissimo mi sarebbe rimasto solo il quaderno su cui scrivere F&F. I miei amici mi dicevano che qualche volta l'avevano vista in macchina con la sorella, insieme a due ragazzi. E poiché avevano la macchina, almeno uno dei due aveva diciotto anni. A me sembrava impossibile, ma non avevo il coraggio di chiederglielo. Le telefonai un paio di volte pensando: adesso glielo chiedo. Ma rispondeva sempre la mamma e diceva: Federica non c'è, è uscita con la sorella.

Cosí, la scuola finí e Federica sparí. Mi tormentavo molto, cominciai a chiamarla piú spesso, non c'era mai. La vidi una volta, sul Corso, insieme alla sorella mentre salivano su questa macchina che mi avevano descritto, con due ragazzi molto grandi. E rideva. Non mi vide, ma anche se mi avesse visto, non mi avrebbe visto. Qualche giorno dopo, quando tornai a casa mia madre disse: ha chiamato Federica, dice se vi vedete domani mattina alle dieci alla Flora.

Non ero felice. Cioè, avrei dovuto essere felice – mi aveva chiamato, voleva vedermi – ma non avevo un buon presentimento.

La Flora era un piccolo parco che stava davanti alla nostra scuola. C'erano alberi giganteschi, un campo da basket, panchine, aiuole. Arrivai lí almeno un'ora prima. Ero venuto da solo, ma avrei tanto voluto venire con il mio amico e far parlare lui con Federica.

E invece, molto tempo dopo le dieci – non so quanto, mi erano sembrati alcuni mesi – anche Federica apparve da sola. Si sedette sulla panchina accanto a me, ma un po' lontano. Mi chiese come stavo, quando sarei partito per le vacanze. Si vedeva che aveva preparato un discorso, ma stava aspettando. Poi lo fece. Disse che le stavo molto simpatico, ma lei non si considerava fidanzata con me già da tempo, vedeva degli amici della sorella, stava bene con loro, le sembrava di essere innamorata di un ragazzo molto grande, ma non sapeva nemmeno se lui se n'era accorto. Quindi voleva che restassimo amici, ci saremmo rivisti a scuola dopo le vacanze. Disse tutte queste cose nel modo migliore possibile, senza essere violenta, anzi. Io risposi solo: va bene – con gigantesca dignità (di cui ancora oggi sono molto orgoglioso). Fu un dialogo semplice e sereno. Ci fu un solo momento veramente difficile, quando si capí che detto quello che aveva da dire voleva andare via, però non sapeva se poteva farlo; né io avevo voglia di dirle che poteva andare, visto che volevo restare lí insieme a lei su quella panchina per tutto il resto della mia vita. Ma in quel periodo, appena pensavo qualcosa, accadeva il contrario. Infatti si alzò e andò via, dicendo solo: allora buone vacanze.

La guardai mentre si allontanava. Mentre la guardavo, riuscii a pensare l'ultima cosa bella: in fondo, quello era stato l'unico momento di reale fidanzamento che avevamo avuto. Avevamo parlato noi due soli, e avevamo parlato di noi due. Si sarebbe potuto obiettare che ci eravamo lasciati, e quindi avevamo parlato del nostro fidanzamento per chiuderlo. Ma in realtà lei mi aveva già lasciato da non so quanto tempo, solo che non me lo aveva ancora detto.

Di conseguenza, se vogliamo fare un resoconto onesto della mia storia d'amore con Federica, non ero presente nemmeno nel momento in cui mi ha lasciato.

Però eravamo stati insieme, per piú di cinque minuti, noi due. Da soli, a parlare di noi. E questo poteva essere considerato un fatto. Consumato questo pensiero, forte e positivo, quando fui sicuro che Federica fosse sparita dall'orizzonte, sentii una specie di onda violentissima addosso: il dolore arrivò come portato da una corrente, in quel momento e su quella panchina. Sentii che tutto crollava e non potevo farci niente, e cominciai a piangere in un modo cosí disperato che mi fece paura. Ma non riuscivo a trattenermi. Piansi un sacco di tempo, ma davvero tanto, e so anche quanto. Ogni tanto una vecchietta o una coppia di giovani si fermavano davanti a questo ragazzino disperato per chiedergli se potevano fare qualcosa, se avevo perso i miei genitori o era morto qualcuno. Io scuotevo la testa e non rispondevo, e loro alla fine si allontanavano. Piangevo in un modo cosí totale, senza prendere fiato e con le lacrime che scendevano una dietro l'altra senza pause, per minuti e minuti e mezzore e mezzore. Piangevo per Federica, per un dolore fortissimo che avevo dentro e al quale non ero preparato, per il semplice fatto che mi era del tutto sconosciuto. E piangevo per me, che mi sentivo l'ultimo al mondo, che sarei rimasto a vegetare su quella panchina per il resto dei miei giorni, visto che la vita non avrebbe avuto piú senso viverla.

Devo aver cominciato a piangere intorno alle dieci e mezza, forse piú tardi, ma forse anche prima, perché in fondo Federica aveva ritardato cinque o dieci minuti, forse, ed era rimasta seduta con me cinque minuti – forse. E ho smesso all'una e un quarto. Quindi ho pianto ininterrottamente per almeno due ore e mezza.

Ho smesso perché mentre piangevo cosí disperatamente, ho sentito dentro il mio stomaco qualcosa di riconoscibile. Avevo fame. Mentre piangevo, ho sentito fame. E quindi ho guardato l'orologio e mi sono reso conto che era ora di pranzo.

E cosí, continuando a piangere, ma di meno, smettendo di singhiozzare e pian piano smettendo di tirar fuori lacrime, mi sono incamminato verso il ristorante della mia famiglia, e quando sono arrivato i miei occhi erano asciutti anche se mia madre mi scrutava incuriosita e preoccupata. Sapeva che ero stato con Federica, quindi forse immaginava che fosse successo qualcosa – e cioè quello che era successo. Ma allo stesso tempo deve esserle sembrato impossibile, perché, anche se piú silenzioso del solito, mi sedetti al tavolo che era riservato alla nostra famiglia e cominciai a mangiare con voracità, dicendo soltanto passami il pane e passami l'acqua e se ne potrebbe avere un altro po'?

Nessuno mi chiese niente. Avevo il viso sfigurato da tutto quel pianto, ma il mio comportamento era quello solito. Credo che i miei genitori (però mia madre no), i miei fratelli, i camerieri del ristorante, i miei cugini, mia zia, abbiano tutti pensato che fosse successo qualcosa con qualche amico, cose tra ragazzi. Nessuno ha immaginato il baratro in cui mi aveva buttato – o forse aveva tentato di buttarmi – Federica.

Quando ho finito di mangiare, mi sono alzato e me ne sono andato a casa. Mi sono lasciato cadere sul letto e ho ricominciato a piangere, pensando che il mondo, per me, era finito quella mattina alla Flora.

Era la prima volta che avevo a che fare con un dolore per un sentimento, con una disperazione per un sentimento – anzi era la prima volta che avevo a che fare con un sentimento.

Il momento in cui mi sono alzato per andare a pranzo, il gesto di sollevarmi da quella panchina, credo sia stato un gesto decisivo. Potevo soccombere, e invece un bisogno primario mi ha tirato via. Ho attestato il fatto che la vita quotidiana, e i suoi istinti, avessero un valore piú grande di qualsiasi elemento disturbante, o addirittura devastante, nella mia vita. Ho attestato la superiorità dei bisogni primari su qualsiasi atto complesso dell'esistenza di un essere umano e delle sue relazioni. Se il mondo non è finito, posso attribuirlo al mio istinto potentissimo di sopravvivenza. Ho detto a me stesso, e all'umanità, con un solo gesto inconsapevole, quindi istintivo, quindi assoluto: ho fame. E in qualche modo, ho anche detto a me stesso una cosa che sarebbe stata irremovibile per il resto della mia esistenza: ce la posso fare. Se riesco ad alzarmi dalla panchina, se ho fame anche quando sento di essere l'ultimo al mondo; se anche l'ultimo, il piú devastato dal dolore, cioè l'adolescente che si sente dire che non conta nulla, che il mondo sta da un'altra parte, che ci sono quelli piú grandi che rappresentano la felicità che tu non sei in grado di rappresentare; se succede questo nel momento in cui un ragazzino può essere spezzato per sempre, essendo un fuscello sbattuto dalla tempesta; se resiste, in modo naturale; allora non potrà distruggerlo nessuno. Ci deve essere qualcosa, che non so da dove arrivi, che mi presta una forza che non è mia.

Ho pensato tutte queste cose, nel corso degli anni. Ma in quel momento mi sono alzato perché era ora di pranzo, e avevo fame. E non solo: mi sono alzato e sono andato a pranzo perché quello che piangeva non ero veramente io. Non so se avrei voluto essere io, ma certo il modo in cui ho cominciato questo libro dà un'idea parziale di me; anzi, probabilmente opposta. Per il resto del tempo, tutto il tempo prima e dopo Federica, e anche durante il fidanzamento con Federica (del tutto astratto), la mia vita era molto diversa; per questo la percezione della fame è stata rassicurante: mi ha riportato in mezzo al mio mondo, mi ha fatto assomigliare ai miei amici, che in quel momento stavano di sicuro tornando tutti a casa perché avevano fame. Se non avessi avuto fame sarei stato un ragazzo solitario e sentimentale, abbandonato alla sua disperazione sulla panchina. Insomma, avevo scritto F&F sui quaderni, e l'avevo fatto un po' di volte: se uno di quei quaderni fosse finito in mano ai miei amici, cosa avrebbero pensato di me?

A vent'anni ero gracile e avevo passato la maggior parte del tempo alla ricerca di un'identità. Giocavo a basket nelle serie inferiori, avevo una tecnica sufficiente, ero stimato dagli allenatori per la razionalità, la capacità di scegliere le soluzioni adeguate alla situazione della partita. Ma a un certo punto cominciò a venire fuori una rabbia immotivata, che non potevo ricondurre a niente; avevo qualche cosa dentro e volevo tirarla fuori. Non c'era nessun altro posto dove farlo. Questo significò perdere un po' il controllo di me stesso, ma anche far venire fuori un giocatore di basket piú forte, piú sfacciato, con piú personalità. Per dire, quando le partite finivano punto contro punto, prima sapevo sempre chi cercare tra i miei compagni per avere la possibilità piú alta di segnare, adesso chiedevo all'allenatore se potevo tirare io; oppure tiravo io e basta.

Al termine della finale dei playoff, avrò realizzato gli ultimi otto punti consecutivi, cioè due tiri da tre, e poi il canestro della vittoria definitiva facendo la serpentina in mezzo agli avversari. Sarò uscito dal campo a pochi secondi dalla fine con tutti in piedi ad applaudirmi. Avremo conquistato la promozione nella serie superiore, davanti a un sacco di gente e a tutti i miei amici. Ma in questa partita, dove alla fine sarò l'eroe, non riesco a dimenticare ciò che è avvenuto alla prima azione: ho la palla, vedo un varco e vado verso il canestro; il difensore, quando capisce che sta per perdermi, alza il braccio e fa partire un colpo di karate sulle mie braccia, come per dirmi che non ci devo provare piú. L'arbitro è a due metri da me, com'è ovvio fischia subito il fallo, ma mentre lui fischia io mi sono già girato di scatto verso il mio avversario e gli sputo in faccia, letteralmente, con un istinto rapidissimo. L'avversario rimane immobile, incredulo. Poi guardo l'arbitro e vedo che mi guarda, e non è possibile che non abbia visto, credo abbia deciso in pochi secondi se doveva far finta di non aver visto oppure cacciarmi fuori. Non saprò mai perché ha deciso di non aver visto.

In quegli anni la nostra squadra era forte, vincevamo spesso, ma c'era una squadra di Napoli contro la quale perdevamo sempre.

Un giorno che giocavamo contro di loro, stavamo perdendo di nuovo di parecchi punti e sentivo una grande frustrazione, esasperata dal comportamento degli arbitri che in maniera insensata fischiavano spesso a favore della squadra di Napoli, o almeno cosí ci sembrava. A un certo punto sentii il fischio dell'arbitro, capii che stava fischiando un fallo a me ed era assurdo perché non avevo fatto niente. Quindi mi avvicinai con rabbia e gli dissi qualcosa di molto violento, perché lui, immediatamente, guardandomi dritto negli occhi, sfidandomi, mi fischiò fallo tecnico; in quel momento mi partí, da non so dove, uno schiaffo in faccia all'arbitro. Tutto questo, nello stupore generale; nello stupore dell'arbitro che non aveva mai subito una cosa del genere; e nello stupore mio, un quarto di secondo dopo, perché mi resi conto di aver fatto un gesto che non si può proprio fare, ma soprattutto che non immaginavo che avrei mai fatto.

Fui immediatamente espulso, me ne andai dritto negli spogliatoi, presi a calci tutto quello che c'era e buttai le panchine per aria e gli armadietti a terra – cosa che nella mia carriera di giocatore di basket, in seguito, mi è successa parecchie volte: quando sono stato espulso, quando l'allenatore mi ha fatto incazzare, quando abbiamo perso una partita ingiustamente, quando ero incazzato con i miei compagni, quando ero incazzato con me stesso.

Poi me ne andai a casa senza nemmeno aspettare che la partita finisse. Ovviamente la faccenda non si chiuse lí. Fu uno scandalo, finí sul giornale locale. E soprattutto fui immediatamente squalificato non per un numero di giornate di campionato, ma per un tempo di, mi pare, sei mesi.

Pochi giorni dopo arrivò dalla federazione nazionale la convocazione per il processo sportivo, che si sarebbe svolto a Roma. L'oggetto era: radiazione. Cioè, squalifica per tutta la vita.

A quel processo andai con mio padre, che era uno dei dirigenti della squadra. Il giorno in cui avevo dato lo schiaffo all'arbitro lui non c'era. Ma quando lo seppe smise di parlarmi e soprattutto si sentí umiliato e questa umiliazione volle viverla fino in fondo accompagnandomi come dirigente, oltre che come padre, a quel processo. Era sconvolto e disperato per quello che avevo fatto.

Prendemmo il treno, andammo insieme a Roma, ci fermammo a mangiare in un ristorante vicino alla sede della federazione, senza mai dirci una parola. Solo una volta, in treno, mio padre disse, come se stessimo parlando da ore: comunque cerca di far capire che tu non sei cosí e che noi non ti abbiamo educato cosí.

Arrivati in federazione fummo accolti con freddezza, come due delinquenti. Ci fecero sedere nella sala d'aspetto. Poi, quando entrammo in questa specie di aula di tribunale, in cui c'era un giudice della commissione federale e altri membri accanto, mi fecero sedere in mezzo alla stanza. Era un po' un processo e un po' qualcosa di molto simile all'esame di maturità. Mio padre era su una sedia di lato, pallido e umiliato, e potevo vederlo: stava sempre con la testa bassa, gli occhi che guardavano il pavimento. E vedevo che ogni volta che parlavano i giudici, descrivendo il gesto che avevo compiuto, e poi ogni volta che parlavo io, lui faceva soltanto cenno di sí con la testa, nella speranza che venissero accolte le mie scuse e che finisse presto.

Il giudice mi chiese se ero consapevole che si stava discutendo della radiazione dai campi di basket, per sempre. Poi ci fu un silenzio molto lungo, in cui vidi mio padre con la testa ancora piú bassa, quasi in mezzo alle gambe, e pensai che forse da quella posizione non si sarebbe alzato mai piú. Io, che ero una persona ormai adulta, mi sentivo come mi sentii dal preside il giorno in cui mia mamma scoprí che non avevo portato a casa la pagella: aspettavo con indifferenza che finissero di rimproverarmi. Non mi rendevo davvero conto – come il giudice mi aveva chiesto di fare, e come forse con quel silenzio stavo cercando di simulare – cosa significasse essere radiati, e me ne importava fino a un certo punto; anzi, non è vero, non credo nemmeno fosse questo: non ci pensavo e basta.

Dopo quel lungo silenzio dissi quello che dovevo dire: ero stato sempre corretto, in campo mi ero comportato sempre bene ed era successo a causa di una frustrazione enorme – perdere di cosí tanti punti sentendo di non essere tutelato – che avevo perso il senno per un secondo, un solo secondo. Mio padre annuiva, lo vedevo con la coda dell'occhio che annuiva. Dissi che mi ero pentito un attimo dopo (non mi ero affatto pentito un attimo dopo, mi ero solo stupito, ma lo trasformai in un pentimento), dissi che non giocare piú a basket mi avrebbe tolto la parte piú importante della mia vita (non era vero ormai da tanto tempo): giocavo da quando ero un bambino di cinque anni, una storia cosí importante non poteva essere macchiata da un solo gesto. Mio padre annuiva, di continuo, con convinzione. Mi chiesi se dovevo dire che quello era mio padre e che non mi aveva educato cosí, ma decisi che era eccessivo. Sembrava, comunque, e sembrava anche a mio padre, una pena troppo severa; credo sembrasse una pena severa anche ai giudici perché in qualche modo, pur rimanendo inflessibili, gelidi, e pur avendo il presidente concluso con un altro sermone di rimprovero, una vera e propria ramanzina, capii che avrei continuato a giocare a basket.

Per sei mesi però ero squalificato, e allora smisi di allenarmi, nello sconcerto dei compagni di squadra. Ma ci allenavamo quattro sere alla settimana, fino alle undici, e nel fine settimana c'era la partita. Quindi tutte le mie serate, tranne due, erano occupate dal basket. Mi pareva che tutto questo mi togliesse vita, mi venne la nausea, volevo fare altre cose, stare coi miei amici, volevo scopare, volevo scrivere.

Quando finirono i sei mesi non ero contento, mi sembrava di aver perso la libertà. Cominciai a dire al mio allenatore che ero in crisi, che dovevo superare questa crisi, avevo bisogno di un altro po' di tempo. In realtà, volevo solo continuare a uscire ogni sera. Però successe che la squadra aveva una partita a Battipaglia, c'erano degli infortunati e degli squalificati, perfino l'allenatore era squalificato – in quella squadra non ero solo io il folle. Erano rimasti in nove. Quindi l'allenatore mi chiamò e mi chiese di andare con loro; ma non mi sono allenato, dissi; non giochi, disse lui, però non possiamo andare in nove. La partita a Battipaglia era prevista di sabato sera, e avevo da fare tutt'altro. Ma anche i compagni di squadra mi chiamarono, me lo chiesero per favore. Mio padre disse: non puoi non andare, è la tua squadra. E quindi senza nessuna voglia, alla fine dissi sí, va bene, vengo.

Tutto il viaggio in macchina rimasi zitto, feci il riscaldamento con i compagni in modo svogliato e poi mi misi in panchina, in fondo, non sapevo nemmeno se era una partita importante (mi dissero che era decisiva per gli avversari, e infatti gli spalti erano pieni), l'unica cosa che mi importava è che non volevo stare dove stavo. In panchina c'era Lello, il viceallenatore, mentre l'allenatore seguiva dalla tribuna, e dava indicazioni urlando sia ai giocatori in campo sia al suo vice. Ogni volta che lo faceva, i tifosi del Battipaglia lo fischiavano, si alzavano e gli urlavano parolacce, e allora lui si risedeva. A me sembrava piú interessante quello che succedeva sugli spalti di quello che stava succedendo in campo.

La nostra squadra sta giocando bene, i tifosi sono nervosi e continuano a prendersela con il nostro allenatore. A un certo punto fischiano un fallo contro di noi e l'allenatore d'istinto si alza e protesta. Stavolta un paio di tifosi si avvicinano per minacciarlo, uno gli dà una spinta, forte, e vedo gli occhiali dell'allenatore che scivolano giú. Intanto in campo si gioca, ma io non guardo. Sto guardando cosa succede lí. E come un automa, quasi senza esserne del tutto cosciente, mi alzo e attraverso il campo correndo, i miei compagni in panchina e in campo mi guardano stupiti, non capiscono o se capiscono non ci possono credere, ma io arrivo sotto la tribuna, scavalco, e quando alcuni tifosi mi vengono incontro non so se per fermarmi o picchiarmi, se per dirmi che fai o ma che cazzo fai – comincio a dare cazzotti a chiunque, cercando di raggiungere l'allenatore per pararmi davanti a lui e difenderlo, ma piú do cazzotti piú i nemici aumentano, non mi permettono di salire i gradini come vorrei, anche se mi faccio largo con i pugni, e dalle urla in campo capisco che il gioco si è fermato; a un certo punto davanti a me c'è un signore piuttosto anziano che mi minaccia e io gli do una manata in faccia e lo metto a sedere.

Ma questo è un errore. Perché pochi secondi dopo alle mie spalle, mentre sono schiacciato contro la balaustra, dal campo, quindi da dietro, mi arriva non so come un cazzotto fortissimo in un occhio. Quel signore anziano – scoprirò dopo – è il padre del pivot avversario, un omone alto due metri, che dopo avermi dato il cazzotto mi prende di peso e mi tira giú in campo, dove è cominciata una rissa come sugli spalti. Riesco a divincolarmi con tutte le forze che mi vengono dalla considerazione che ora questo mi ammazzerà, ma mi accorgo che ce l'hanno tutti con me: giocatori avversari e tifosi (e in verità anche qualcuno della mia squadra, per quello che sto combinando, ma non possono certo picchiarmi pure loro). Non solo i giocatori avversari, ma anche alcuni dei tifosi sono entrati in campo per inseguirmi, io corro, tentano di bloccarmi, tiro cazzotti intorno perché ci vedo poco e sento un gran dolore all'occhio, vado verso la mia panchina e Lello mi spinge negli spogliatoi, vedo che ha una chiave in mano, mi butta dentro e chiude con due mandate, difeso da altri miei compagni di squadra. E io sono salvo.

Negli spogliatoi, solo, il viso insanguinato e un occhio gonfio, il respiro affannatissimo della fatica, dell'adrenalina. La cosa incredibile è che non ho paura, non ho avuto paura prima e non ce l'ho adesso mentre da una parte qualcuno a spallate tenta di buttare giú la porta, e dall'altra qualcuno tira pietre contro i finestrini, i vetri si frantumano, ma i finestrini sono in alto e sono piccoli, non penso che sia possibile entrare, si vedono braccia che tentano di arrampicarsi, e poi rispuntano lanciando pietre, ma al buio, perché intanto ho spento la luce per non farmi vedere. Le urla e gli insulti da fuori i finestrini e da fuori la porta non finiscono, io penso ora ricomincia la partita e la smettono tutti. Ma intanto non mi importa se sfondano la porta o entrano dai finestrini e mi ammazzano, invece penso sono pronto, se entrano do cazzotti a tutti, fino a morire.

Dopo un po' si sente il fischio dell'arbitro, il rumore delle scarpe sul parquet, le urla e l'esultanza per un canestro. E poi rientra Lello, si richiude la porta alle spalle e dice: vai, c'è una macchina che ti aspetta davanti all'ingresso, infilati dentro, l'ospedale è qui vicino, quando la partita è finita veniamo.

Esco. In tuta come stavo, mi infilo nella macchina ma i tifosi che sono appostati fuori dal mio spogliatoio se ne accorgono, mi chiudo dentro con uno dei dirigenti che ci ha accompagnato, i tifosi danno calci alla macchina, pugni contro i vetri, colpi sul tetto, vogliono che scenda, urlano che devono ammazzarmi, ma quello si fa largo, accelera, come se fosse disposto a metterli sotto, e alla fine sono costretti a scansarsi. Il palazzetto è a duecento metri dall'ospedale, in pratica è di fronte, ma il dirigente fa finta di andare via, poi gira intorno allo svincolo, torna e si infila al pronto soccorso.

Mi misero i punti, mi medicarono e mi diedero una prognosi di venti giorni. I miei compagni di squadra mi raggiunsero in ospedale: avevano perso, ma erano allegri, continuavano a raccontare particolari di quello che era successo. Lello disse: io penso che non voglio allenare piú. E smise per davvero. Io invece ripresi a giocare.

In *Qualcuno volò sul nido del cuculo*, Randle McMurphy, interpretato da Jack Nicholson, arriva nell'ospedale psichiatrico di Salem perché, gli spiegano, devono cercare di capire se la sua malattia mentale sia reale o simulata. Quando poi, piú avanti nel film, gli viene chiesto perché è finito lí dentro, la sua risposta è questa: «Be', cosí a occhio e croce, è perché faccio a botte e scopo troppo».

Ho deciso che avrei scritto questo libro durante un viaggio a Helsinki con mia moglie.

Ho da poco compiuto cinquant'anni, e ho vinto il Premio. Quando vinci il premio ti invitano dappertutto e dappertutto i lettori acquistano il libro, e al massimo sperano che tu sia un po' simpatico e che il libro non sia brutto. Da quel momento in poi, per tutta la vita, qualsiasi cosa tu faccia, qualsiasi cazzata tu scriva o dica, qualsiasi opinione abbiano di te, quando ti annunciano dicono che hai vinto il premio. Quasi un anno dopo, è uscito un altro piccolo libro che, come succede a quelli che hanno vinto il premio, ha cominciato a vendere subito molto bene e dalla casa editrice hanno detto: aspettiamo che esca la classifica della settimana, perché i dati sono buoni. Proprio quella settimana sono stato invitato a un festival di Helsinki, dove io e mia moglie eravamo andati l'estate in cui ci siamo sposati: quindi le ho chiesto se volevamo tornarci insieme, e lei ha detto sí.

Siamo arrivati in albergo, ci siamo preparati e siamo andati all'ambasciata, dove c'era il ricevimento per tutti gli autori italiani. E appena siamo arrivati, mia moglie si è trovata improvvisamente di fronte a una situazione che non aveva per niente considerato.

Per tutto l'anno del premio, mia moglie non mi ha mai accompagnato, nemmeno una volta. Per tutta la vita, da quando la conosco, ha avuto una reazione temperata a qualsiasi accadimento tragico o felice, come se ci fosse rimedio a tutto: per lei non bisogna esagerare né con la disperazione né con l'euforia. Quindi, quando ho vinto il premio mi ha fatto un discorso che nella sostanza è traducibile cosí: per tutti questi anni hai rotto molto il cazzo, adesso hai avuto una bella soddisfazione, di conseguenza potresti cercare di non rompere piú il cazzo. Nel momento in cui ha pronunciato questo discorso (l'ho tradotto e sintetizzato, ma non era molto piú complesso di cosí) si è rilassata (ancora piú di quanto non fosse rilassata da quando è nata), si è staccata da me, ha abbandonato non tanto la comprensione e la complicità per il mio lavoro, ma ha lasciato la presa. È come se avesse detto: qualora volesse rompere ancora il cazzo, non potrà farlo con me perché io non ci sarò.

C'è un dettaglio, poi, che complica ulteriormente la questione. Dopo tanti anni che stiamo insieme, mia moglie ormai ritiene che parlare con me sia una perdita di tempo; o meglio che lo può fare, se interpellata, ma occupandosi intanto di qualche altra cosa. I molti anni passati insieme hanno fatto in modo che il nostro dialogo, da essenziale, si trasformasse in una perdita di tempo. Di qualsiasi argomento si parli, questioni quotidiane o decisive.

Quindi, appena comincio a parlare, lei ritiene che sia il momento di cominciare a occuparsi anche di un'altra cosa. Si gira e parlando amabilmente, non so se educatamente, si allontana. Si mette a fare qualcos'altro, di solito incombenze casalinghe. Si potrebbe dire che parlare con me le fa venire voglia di mettere in ordine la casa, o di svolgere dei compiti noiosi che fino a quel momento ha rimandato. Non c'è niente di negativo, credo, è solo che si è scocciata di stare lí ferma a parlare con me, dopo tanti anni. Quindi si incammina, e si mette a fare delle cose. Questo significa che non mi parla quasi mai stando di fronte, ma dandomi le spalle e allontanandosi. Intanto la inseguo, le parlo e lei mi risponde, io non la capisco perché mi parla di spalle e allontanandosi, e allora dico: cosa hai detto? E lei dice: ma sei diventato sordo? E io dico: no veramente sei tu che quando parli con me ti metti a fare altro. A questo punto comincia una discussione sul fatto che lei non riesce piú a stare ferma a parlare con me, io cerco di sopportarlo ma ogni tanto mi incazzo e dico che è offensivo, lei ribatte ma quando mai non è vero che quando parlo con te mi metto a fare altro – e lo dice riprendendo a camminare, riprendendo a parlare di spalle, riprendendo a fare un'altra cosa. Perché anche discutere del fatto che quando parla con me si mette a fare un'altra cosa, lei può farlo solo facendo un'altra cosa.

Quando siamo entrati nel salone dell'ambasciata, deve averci preceduti un po' di vento, perché alcuni si erano già girati verso la porta per vederci arrivare. Chissà quante volte mia moglie ha sentito addosso quello sguardo entrando, ma adesso è molto stupita del fatto che questa energia la sfiora perché sta venendo verso di me; è la mia, la forza che ha fatto voltare molti verso l'entrata.

Non si era ancora accorta che quando comincio a parlare, adesso le persone mi ascoltano (e non si incamminano di spalle per fare altre cose). Non si era accorta che alcune donne mi sorridono. E questo la stupisce ancora di piú: mia moglie non mi considera un bell'uomo; al massimo pensa che piaccio a lei, ma non si è mai chiesta se posso piacere anche ad altre, perché è convinta di no. E a questo punto non importa quale sia la verità, se hanno ragione quelle donne che mi sorridono o lei. Fatto sta che non ha assistito, durante quest'anno, a un cambiamento che a me invece è diventato chiaro, che mi diverte e anche un po' mi eccita: le persone mi considerano di piú, mi ascoltano di piú. Ma lei non lo sapeva.

E cosí, mentre siamo nel centro del salone dell'ambasciata a chiacchierare, e mia moglie è già silenziosa e stupita, una scrittrice si avvicina con atteggiamento divertito, indica una donna dall'altra parte della sala, dicendo che è la sua traduttrice finlandese e le ha chiesto di dirmi che scapperebbe volentieri con me. E mi ha consegnato il biglietto da visita della finlandese, dove c'è scritto a mano un numero di cellulare diverso da quello del lavoro. Siamo persone adulte, ma è una situazione simile a quando il mio amico delle medie andò a fare la dichiarazione a Federica al posto mio. Solo che questa volta Federica sono io.

La scrittrice ha detto tutto questo davanti a mia moglie perché lo ritiene semplicemente un gioco. Ma dallo sguardo che ci siamo scambiati io e la donna, da una parte all'altra della sala, ho avuto subito la conferma che non è un gioco; appena ci sfioriamo al buffet, mi dice in perfetto italiano: allora, mi chiami? La settimana prossima vengo in Italia. Quando la scrittrice ha detto che la sua traduttrice voleva scappare con me, anche mia moglie ha guardato dall'altra parte della sala, ha visto una donna bella ed elegante, e ha cominciato a fissarla con un'espressione riconoscibile, anzi esplicita che voleva dire: ma come è possibile?

Tornando in albergo siamo rimasti in silenzio, mia moglie ha detto soltanto: che facciamo di quel bigliettino, lo buttiamo? L'ho accartocciato e lanciato in un cestino. Ho pensato che avrei potuto chiedere il numero alla scrittrice, o che avrei potuto lasciar perdere. Ho pensato che in questo momento della mia vita posso fare tutto quello che mi pare: ho un'amante, Marta, di cui sono innamorato; adesso c'è una traduttrice finlandese che vuole scappare con me; e sono nel momento in cui mi sento piú apprezzato come scrittore. Sono soddisfatto, piuttosto arrogante e molto desideroso di ammirazione. Volevo entrare nelle feste cosí, volevo che alcune donne mi guardassero cosí, volevo che mia moglie si stupisse cosí. Non c'entra con la sostanza di ciò che scrivo e dei sentimenti che provo; ma è una volontà altrettanto radicata, forse di piú perché non riguarda solo me. Voglio essere ammirato per soddisfare quei fantasmi che mi girano intorno: i fantasmi dell'appartenenza alla mia categoria di maschio che, bene o male, ha avuto a che fare con la potenza per tutta la vita.

Io e mia moglie non ci eravamo accorti della distanza tra noi fino a quando non siamo andati a Helsinki, fino a quando non siamo entrati nel salone dell'ambasciata. Perché ci eravamo accuratamente tenuti lontani, durante quest'anno, e ce ne siamo resi conto soltanto lí. Mentre io non mi ero mai sentito cosí sicuro, lei non si era mai sentita cosí fragile.

Quando siamo entrati in camera, mentre si metteva la camicia da notte e si lavava i denti (io la seguivo per ascoltare quello che diceva), mia moglie ha parlato di questa distanza, di come le nostre forze si fossero ribaltate rispetto al giorno in cui ci eravamo conosciuti. Ha detto che era orgogliosa, ma da qualche parte sentiva anche un dolore che aveva a che fare con il fatto di non essersene accorta, come se tutto questo fosse successo lontano da lei. Io ho pensato che non se ne sarebbe in ogni caso potuta accorgere, visto che mi parlava di spalle e allontanandosi, e aveva deciso di non venire mai piú con me da qualsiasi parte – ma non gliel'ho detto. Lei invece ha aggiunto, con sincerità ma anche con un po' di astio: però devi stare attento, perché sia quando siamo entrati alla festa sia in qualche tua affermazione spudorata e arrogante, durante le chiacchiere, si è sentito forte il pericolo che tu ti senta stocazzo. Ha detto proprio cosí. E mi sono reso conto, con una certa soddisfazione, che è vero: non lo avrei mai immaginato, ma adesso mi sento irrimediabilmente stocazzo.

La potenza di alcune persone, in un periodo della loro vita, si può misurare nel momento in cui appaiono all'ingresso: di una festa, di una cena, di una riunione. Ci si comincia a girare prima che entrino, perché si sente un'energia, un vento sul collo, si sente che sta per succedere qualcosa, e a un certo punto sulla porta appare una donna giovane, bellissima, sicura – che forse è arrivata apposta piú tardi per godersi il brivido che provoca. Negli anni ho visto entrare centinaia di donne cosí, bastava essere belle, bastava essere giovani o seducenti. Ho visto entrare cosí anche uomini giovani e belli. E uomini e donne di successo, con i soldi, con una forza momentanea o stabile.

E ho assistito molte volte, con il passare del tempo, a quando arriva il momento in cui le persone non si girano piú. In cui sei ancora bella e viva, ancora sicuro o seducente ma in una festa cosí entra qualcun altro, e tu fai parte di quelli che stanno già dentro e si girano a guardare.

È stato nei giorni di Helsinki che ho deciso che avrei scritto questo libro. Volevo capire da dove arrivava l'arroganza, perché nella mia vita c'era stato un combattimento continuo tra quel ragazzino che con sofferenza aveva visto Federica alzarsi e andare via, e quell'altro che aveva picchiato e sputato perché non riusciva piú a tenere a bada la bestialità contro cui aveva combattuto subito, fin da quando l'aveva riconosciuta.

Perché mi ero sentito sia l'ultimo al mondo, sia stocazzo.

Tutto è cominciato, mi pare, quando comprammo la villa a Baia Domizia. Ero ancora un bambino. Mio padre ci disse che era un villaggio sul mare completamente nuovo, anzi lo stavano ancora costruendo. E infatti, quando arrivammo, attraverso gli ultimi due chilometri fatti di curve strettissime tra piante cosí alte che sembrava di entrare nella giungla, ci trovammo di fronte a una serie di palazzine, ville, catene di negozi, bar e quant'altro, tutti perfettamente bianchi. Sembrava un posto delle favole, perché in città case del genere non ne avevamo mai viste, bianche con muri granulati come se avessero lanciato la vernice da lontano, grumosa e scomposta, e poi avessero lasciato perdere.

Era un villaggio con una strada che portava verso destra e un'altra che portava verso sinistra; come una testa e due braccia. Al centro c'erano le palazzine, gli alberghi, i bar e i negozi, ai due lati le ville. A sinistra era come a destra – lo sapevo perché me l'avevano detto, ma non c'ero mai andato. A destra, quasi alla fine di Baia Domizia, c'era la nostra villa. Bisognava svoltare l'ultima stradina. Mi guardavo intorno e mi chiedevo se l'edicolante o il barista o il bagnino fossero persone nate apposta per stare lí, oppure se fossero stati tutti prelevati da un altro paese nelle vicinanze, che a questo punto doveva essere stato svuotato. Non lo sapevo, né avevo voglia di sentirmi in colpa: guardavo la nostra villa che era grande e bella, bianca e grumosa, odorava di nuovo e di mare.

Se poi uscivamo dalla villa ritornando sulla strada principale e svoltavamo ancora a destra, lí, dopo poche centinaia di metri, Baia Domizia finiva. Oltre, non si poteva andare. Finiva davanti a una sbarra manovrata da alcune guardie con divise strane. Sul muro, accanto a quella sbarra, c'era scritto, tutto illuminato: Villaggio Svedese. Accanto c'era una banca enorme, e per anni ho letto: banca messicana.

Quando si è bambini, il mondo invece di sembrare piú grande sembra piú piccolo. Se la macchina dei genitori svolta per una stradina con curve strettissime e piante alte come nella giungla, sembra assolutamente possibile che alla fine della strada ci sarà l'America, o l'Africa, o Milano, o casa della nonna o qualsiasi altro posto si desideri raggiungere in quel momento. Per questo i bambini in macchina si meravigliano che ci voglia tanto tempo per andare da un posto all'altro e dopo dieci minuti già cominciano a dire: ma quando arriviamo? Ecco: la mia idea di Baia Domizia era stata subito questa, che lí poteva succedere qualsiasi cosa. Quindi il fatto che alla fine di Baia Domizia ci fossero la Svezia e il Messico mi sembrava meraviglioso, e mi sembrava allo stesso tempo assolutamente possibile che questo paesino tutto bianco e nuovo finisse, anzi confinasse, con una banca messicana e un villaggio svedese (tra l'altro, nei film messicani c'erano davvero le case tutte bianche). Solo quando mi hanno spiegato che la banca si chiamava massicana e non messicana mi sono rassegnato; tanto che non mi è importato poi sapere cosa significasse massicana. Ma la magia del Villaggio Svedese non è cambiata mai, nemmeno quando mi hanno spiegato che quella non era esattamente la Svezia, bensí un villaggio in Italia dove gli svedesi venivano per fare le vacanze. E non si poteva entrare perché lí dentro era un posto soltanto loro, come se non fosse piú Baia Domizia. Allora, dicevo io, se non è piú Baia Domizia, se noi non possiamo entrare, se possono entrare solo gli svedesi, è la Svezia. Mi sorridevano e non sapevano negare.

Infatti non ho mai provato a entrare nel Villaggio Svedese, ma lí davanti, seduto su un muretto, ho passato un tempo preciso – tra le sei e le sette di sera – di tutte le estati che sono stato a Baia Domizia. Mi sedevo sul muretto e guardavo lontano, oltre quella sbarra, dove c'era la Svezia. E mi sembrava un luogo magico, soprattutto se poi giravo gli occhi e accanto c'era una banca messicana.

Ero piccolo ma non persero tempo a spiegarmi, dissero solo: vuoi venire pure tu? Cosí verso il tardo pomeriggio, ogni giorno, ci incamminavamo passeggiando, come se andassimo a gironzolare. Eravamo tutti maschi, io stavo zitto e li osservavo mentre facevano battute e descrivevano forme e avevano i tratti del viso alterati da un'euforia eccessiva, una vitalità un po' inquietante; usavano un tono di voce e un linguaggio diversi da quelli che avevano usato fino a poco prima alla villa; come se fossero un po' trasformati rispetto a come li avevo conosciuti in tutta la vita fino a ora, tutti, perfino mio padre, i miei zii.

All'inizio non provavo nessun piacere preciso, però ero felice che mi avessero portato, capivo che stavo scoprendo qualcosa che mi riguardava, e capivo che essere stati coinvolti significava qualcosa. Del resto veniva coinvolto qualsiasi altro maschio di qualsiasi età si trovasse alla villa. Ma non solo: quando conoscevamo qualcuno nei dintorni, cosa che pian piano succedeva, allora si aggregavano pure quelli e diventavamo un gruppone, con queste voci queste risate e queste descrizioni che si moltiplicavano.

Il ricordo di quei pomeriggi, del gruppo di maschi che si ritrovava fuori la nostra villa, e poi altri maschi che si aggiungevano rapidi in quel breve tratto di strada – di tutte le età, parenti e sconosciuti, dai tratti simili e diversi – è ancora adesso potente, vivo. Qualsiasi cosa fosse successa, un malumore, un'incomprensione o una stanchezza, spariva verso le sei di sera. I volti si distendevano e il gruppo era un concentrato di elettricità. L'energia che sentivo lí in mezzo, quasi sempre con il collo alzato a guardare quelli piú grandi, non la dimentico piú. La prima volta mi sentii senza fiato, come se mi fosse stato regalato il mondo; le altre volte semplicemente attendevo tutta la giornata, e anche se mi intristivo sapevo che poi sarebbe arrivato quel momento. Ero intimidito, ma felice: sentivo solo che volevo far parte di quel gruppo, mi bastava. E per far parte di quel gruppo, avevo imparato a sorridere quando gli altri sorridevano, o a schiacciare la testa nel collo piegando le spalle, come avevo visto che facevano per parlare a bassa voce tra loro – tra noi, anzi.

Arrivavamo in fondo alla strada e svoltavamo a destra.

Lí c'erano già altri maschi appoggiati alle macchine ferme nella piazza, o che chiacchieravano in piedi, o seduti su un lungo muretto; si vedeva che si erano fatti la doccia, lo shampoo e si erano vestiti con cura. Erano tanti, tanti. E altri continuavano ad arrivare, a piedi, in macchina, a due a due, o a grandi gruppi. Ce n'erano alcuni che se ne stavano in disparte, come se fossero il pubblico (in realtà, la maggior parte di noi); ce n'erano altri che stavano davanti: erano gli attori, e si agitavano tesi, come cercando la concentrazione, perché stava per toccare a loro. Era una divisione chiara, un po' come in guerra: i vecchi e i bambini guardavano, i giovani andavano.

La prima volta mi sedetti sul lungo muretto, sul lato della piazza, tirandomi su con le braccia e facendo un salto, perché era un po' alto per me. Mi sedetti lí e in seguito lo feci sempre, anno dopo anno. Nessuno mi ha mai notato, credo, ma se lo avessero fatto, ogni nuova estate avrebbero faticato a riconoscermi, perché ogni estate ero cambiato, e me ne accorgevo quando arrivavo a Baia Domizia e nel tardo pomeriggio correvo a sedermi sul muretto: ogni anno era piú basso, ci salivo piú facilmente.

Tutto questo accadeva sempre tra le sei e le sette di sera. C'era chi arrivava anche un po' prima, ma era dentro quell'ora che ci si affollava lí davanti. Tutti ad aspettare un momento preciso, e quando arrivava tutti i maschi presenti scattavano in una tensione e in un mormorio incontrollato: all'improvviso la sbarra non si alzava piú sporadicamente, per far entrare o uscire una macchina; ma restava alta, perché uscivano una quantità incredibile di svedesi, a piedi; il villaggio si svuotava, e tutta la Svezia era pronta per spargersi per Baia Domizia. Come se fosse l'ora della libera uscita – e credo proprio succedesse questo. Noi non potevamo entrare nel Villaggio Svedese, ma le svedesi potevano spargersi per Baia Domizia, da una certa ora in poi.

Non so se esistessero anche gli svedesi, non me lo ricordo se li ho mai visti. Perché noi tutti andavamo lí per le svedesi.

Uscivano tante, tantissime ragazze svedesi, bionde, alte. Come dicevano gli altri, erano tutte belle, non ce n'era una brutta. Erano anche molto simili tra loro: capelli biondi quasi bianchi, la pelle abbronzata o arrossata, altre invece con la pelle ostinatamente bianca. Sembravano tutte – cosí dicevano – magre, alte, allegre. Con seni grandi e piccoli, ma senza reggiseno – tutte, cosí dicevano intorno a me. E poi sentivo commenti sugli occhi, le labbra, sulle tette che si vedevano ballare sotto le canottiere o i vestiti leggeri, le cosce lunghe, il culo piú o meno bello. Io ascoltavo e cercavo di tradurre posando lo sguardo sui punti del corpo delle svedesi che gli altri descrivevano, alle volte mi sembrava di capire e altre no; anzi, posso dire che probabilmente non capivo, ma la spinta che avevano tutti mi faceva partecipare e mi assegnava una volontà di comprendere: se avessi capito, ne avrei fatto parte. Ma anche cosí era un momento bellissimo, c'era dentro il mio stomaco una tensione che mi toglieva il respiro e mi dava una sensazione di serenità, come se sentissi che non avrei potuto né voluto stare in nessun altro posto se non davanti al Villaggio Svedese quando uscivano le svedesi, ad ascoltare quei commenti meticolosi e a verificarli personalmente. C'era la sensazione di far parte di qualcosa, di un modo di pensare, di comunicare, di parlare tra di noi; c'era il fatto che tutto ciò mi sembrava naturale e possibile, bastava abbandonarsi alla somiglianza, essere come erano quelli intorno, e tutto sarebbe andato bene.

Il movimento dei maschi era affascinante. Alcuni, quelli del pubblico, guardavano, osservavano, indicavano, commentavano, si entusiasmavano. Altri, quelli che erano in scena, si avvicinavano alle svedesi e lo facevano in due modi: provavano a fermarle, si piantavano davanti, dicevano parole che non erano in italiano, le inseguivano. E insistevano. Non si arrendevano mai. Le svedesi non si arrabbiavano, anche quando li scansavano – erano preparate e abituate al fatto che ci fossero tutti quei maschi al di là della sbarra, tra le sei e le sette, ad aspettarle; ridevano, si parlavano in un orecchio, e qualche volta, non so dire se poche volte o spesso, ma succedeva, si lasciavano accompagnare. E quindi il giorno dopo quegli stessi le aspettavano, e stavolta sapevano a chi correre incontro, stavolta le abbracciavano o le tenevano per mano – e questo era il secondo modo. C'erano quelli che cercavano di conquistare e quelli che avevano conquistato. E poi c'eravamo noialtri, che eravamo lí ad assistere, e quando erano uscite tutte, ce ne tornavamo a casa. Si andava avanti cosí, ogni giorno, tutte le estati.

Mi divertivo, stavo lí ad ascoltare i racconti mirabolanti di tutti i maschi mentre tornavamo alla villa, i cugini, gli zii, mio padre e gli amici di mio padre e qualcuno dei miei amici piú grandi. Dicevano che certe cose, loro, le svedesi, le facevano senza problemi, non erano come le italiane, per loro certe cose erano naturali, semplici, piacevoli, e non si facevano scrupoli. Quando parlavano i loro occhi brillavano. A me non importava tanto, però ogni anno sentivo che mi faceva sempre piú piacere che di queste cose si parlasse quando eravamo solo maschi, quando andavamo tra le sei e le sette davanti al Villaggio Svedese o quando tornavamo alla villa e ci mettevamo solo noi in una stanza; e loro non mi escludevano mai, non aveva nessuna importanza che fossi piccolo, perché ero un maschio come loro, e anzi mi davano dei buffetti o delle pacche sulle spalle, mi facevano l'occhiolino e mi dicevano che tra poco queste cose le avrei capite e le avrei fatte anche io. E mi sarei reso conto che fortuna era per me avere la villa cosí vicino al Villaggio Svedese. Poi si guardavano negli occhi, con gli occhi che brillavano di nuovo, e scoppiavano a ridere, si davano delle pacche sulle spalle, piú forti tra di loro, perché erano piú grandi, si colpivano le gambe con degli schiaffi e io mi sentivo parte di un mondo ed ero felice, ridevo e aspettavo i buffetti e le pacche, tenevo soltanto le mascelle piú rigide e indurivo i muscoli delle spalle per non sentire il dolore dell'impatto, ma ero con loro, senza dubbio, tanto che quando parlavamo delle svedesi e vedevo comparire qualche donna nella stanza, facevo segno di fare silenzio; e gli altri facevano davvero silenzio, e ci sentivamo tutti complici di questo gioco che non capivo bene, però ero fiducioso perché mi dicevano che tra poco avrei capito, e allora già facevo finta di capire. C'era anche mio padre tra loro; e c'era anche mia madre tra quelle che entravano nella stanza e noi smettevamo di parlare.

E poi, ogni anno che passava, saltavo piú facilmente sul muretto, sí, ma non solo; in me cresceva qualcosa, la voce stava cambiando, mi dicevano, e queste svedesi cominciavo ad avere voglia di andarle a vedere, non piú per guardare come respingevano o accettavano tutti quei maschi ben vestiti, ma proprio perché avevo voglia di guardarle. Quando si avvicinavano le sei cominciavo a sentirmi frenetico, non riuscivo a stare fermo; e già durante la giornata avevo la sensazione di qualcosa di buono, e quando la cercavo poi la trovavo: era il pensiero delle sei. Volevo andare e vedere quali svedesi mi piacevano, e indicarle se c'era qualcuno con me, proprio come avevo sempre visto fare a mio padre, agli zii e ai cugini; e anche se stavo da solo ci andavo lo stesso, e provavo un piacere piú strano: era come se non ne potessi fare piú a meno; guardavo i visi, gli occhi, la pelle abbronzata sotto i capelli quasi bianchi, le tette che ballavano libere sotto le canottiere o i vestiti leggeri, le cosce, il culo, e immaginavo la peluria bionda di cui avevo sentito parlare ancora piú a bassa voce tra alcuni maschi della mia famiglia. E allora capii che forse quel momento di cui tutti mi avevano parlato per anni stava arrivando, anzi era arrivato. Quei buffetti sarebbero finiti, finalmente, e guardavo se intorno c'erano ragazzini piú piccoli di me, perché avevo quasi voglia di cominciare a darli io, i buffetti e le pacche. Certo, ero ancora un ragazzino, quindi avrei continuato a far parte del pubblico, ma con la coscienza che il giorno in cui avrei detto una parolina simpatica a una svedese era piú vicino. Era settembre, ormai, e mia madre cominciò a svuotare la villa come ogni anno. La strada per tornare in città la sapevo, era quella, ed ero già abbastanza grande per non immaginare piú che una scorciatoia ci avrebbe fatto ritrovare a casa improvvisamente.

L'estate successiva arrivò tardi come arrivano le estati, che arrivano soltanto quando hai dimenticato ogni accadimento dell'estate precedente. Ma io non mi ero dimenticato niente. Erano anni che mi preparavo a essere come ero adesso, pronto e consapevole del fatto che abitare cosí vicino al Villaggio Svedese era una fortuna, e stavolta sarei sceso dal muretto – avrei fatto quello che silenziosamente zii e cugini speravano facessi, lo avevo capito; aspettavano che diventassi abbastanza grande per scendere dal muretto e piantarmi davanti a quelle ragazze alte e bionde, e di sicuro qualcuna sarei riuscito ad accompagnarla e poi dal giorno seguente a tenerla per mano. Perché non era difficile come con le italiane.

Ero pronto e chiesi a mia madre quando saremmo partiti per il mare. Poi, solo perché ero cosí grande, trattenni le lacrime che non ce la facevo a trattenere. Lei mi sorrideva e non capiva. Mi aveva appena detto che dopo la morte del nonno (era successo in fretta, quell'inverno) avevano deciso di vendere la villa e cambiare luogo di villeggiatura. Lei ne era addirittura entusiasta.

In definitiva, il Villaggio Svedese l'ho vissuto cosí: quando le svedesi uscivano io non provavo assolutamente niente e guardavo negli altri l'eccitazione, lo sguardo fisso su certe parti del corpo e mi accodavo, ma senza consapevolezza; fino a quando, anno dopo anno, ho cominciato a concepire questa eccitazione e questo sguardo. Quando anche io ho avuto questa eccitazione e questo sguardo, abbiamo venduto la casa perché mio nonno era morto. Quindi un contatto con una svedese non l'ho mai avuto (almeno fino a quando una svedese non si è spogliata davanti a me, molti anni dopo, a Parigi).

Quando mi sono fidanzato e poi mi sono disperato per Federica, nelle ultime settimane della seconda media, in realtà stavo dentro un'altra vita. Ero già stato rimandato l'anno precedente, mio padre mi aveva punito in modo eccessivo, e avevo promesso che quest'anno sarebbe stato diverso. E invece era stato molto peggio: nel primo quadrimestre avevo avuto tutti due e tre. È strano quello che succede con le pagelle, con i voti, e con molte altre cose della vita: non capisci mai davvero bene se sei vicino a un tre o a un otto – o forse sto cercando ancora di imbrogliare me stesso, come probabilmente avevo fatto allora. Poiché questa pagella faceva cosí schifo, dopo tutte le promesse che avevo fatto, non pensai nemmeno per un secondo di mostrarla a casa. Ma non misi una firma falsa, non so, forse non ne ebbi il coraggio. Dissi ai miei genitori: non ce l'hanno ancora data; e dissi a scuola: i miei non sono mai a casa, non l'hanno ancora firmata.

I miei genitori non erano mai stati pressanti sulla scuola, anzi – solo che l'anno precedente si erano arrabbiati e intristiti perché ero stato rimandato. Ma avevo promesso che tutto sarebbe cambiato e mi avevano creduto. Ogni tanto il bidello mi chiedeva se avevo riportato la pagella firmata, e rispondevo che lo avrei fatto al piú presto. Mi ricordo che questa cosa all'inizio mi turbava, mi provocava una specie di malessere allo stomaco, ma sopportabile; e poi pian piano i giorni passavano e mi dimenticavo, non ci pensavo piú. E quando a casa o a scuola mi chiedevano, rispondevo distrattamente. E poi ebbi la sensazione che non me lo chiedessero piú. Non mi faceva paura niente, in quegli anni. Ero cosí. Potevo infilarmi in un guaio senza pensarci e se c'erano delle conseguenze, nemmeno quelle mi spaventavano.

Una mattina questo bidello entrò in classe e chiese se potevo uscire perché doveva portarmi in presidenza. Non era inusuale essere chiamato dal preside, ogni tanto faceva chiamare me e i miei amici e ci sospendeva per qualche motivo; piú spesso ci faceva dei lunghi discorsi e ci faceva promettere che ci saremmo comportati bene da ora in poi.

Quando uscii dalla classe il bidello mi disse: ma cosa hai fatto. Capii subito. Non disse nient'altro, e mi precedette in silenzio. Quando entrai in questa stanza lunghissima, tipo sala riunioni, vidi però qualcosa che proprio non mi aspettavo: seduta in fondo a un grande tavolo c'era mia madre, col preside in piedi che le parlava per consolarla e lei che piangeva in modo scomposto con la pagella tra le mani.

Mi ricordo che il preside disse le solite parole dure, ma molto piú dure, e poi disse: vedi cosa hai fatto a tua madre?, mia madre continuava a dire: che hai fatto? Infine il preside disse anche la cosa piú logica: ma come pensavi che nessuno se ne sarebbe accorto? E aveva ragione. Era naturale che a un certo punto la convocassero, eppure lo avevo ignorato o perfino escluso. O forse piú semplicemente non ci pensavo, passavano i giorni e basta, e adesso non sapevo cosa rispondere e avevo la sfrontatezza del silenzio che è quella che avevo sempre. Mi ricordo solo che siamo tornati verso casa, io davanti e mia madre dietro che continuava a piangere e a dire: tuo padre ora che ti fa?

Per punirmi, mio padre mi comunicò che sarei rimasto chiuso in casa per chissà quanto tempo. Mi era impedito di uscire il pomeriggio, quindi oltre a non vedere i miei amici, non sarei potuto andare agli allenamenti di basket. Era questo il vero obiettivo di mio padre, la vera punizione. Sapeva che era la cosa a cui tenevo piú di ogni altra, e che amava molto anche lui. Per questo fu una punizione insopportabile.

E infatti uscivo lo stesso ogni pomeriggio e andavo dai miei amici o a fare allenamento di basket. La mattina, prima di andare a scuola, preparavo la borsa di nascosto, poi la lanciavo giú dalla finestra, uscivo, andavo a recuperarla in cortile, la nascondevo in garage, e quando tornavo da scuola andavo a prenderla, andavo a fare allenamento, e poi tornavo e la rimettevo nel garage. E il giorno dopo, quando non c'era allenamento, andavo in garage, riprendevo la borsa e la portavo su per far lavare i panni sporchi. Raccontata cosí potrebbe apparire ingegnosa, ma poi quando arrivavo a casa mio padre mi ammazzava di botte, perché si era accorto di tutto; il giorno dopo ricominciavo, lanciavo di nuovo la borsa dalla finestra e poi lui la sera mi riammazzava di botte.

Fin da piccolo mio padre mi aveva picchiato, ma in quegli anni picchiava molto e con molta violenza. Non smetteva nemmeno quando ero a terra e mi coprivo la testa con le braccia, mi dava calci e pugni, mentre mia mamma piangeva ma non osava intervenire.

Mio padre che mi picchiava per me era un fatto normale, ci avevo a che fare quotidianamente con la sua violenza. Avevo paura di lui, molte volte sapevo di fare delle cose per cui mi avrebbe picchiato. Probabilmente mi ha picchiato selvaggiamente anche quel giorno che sono tornato da scuola con mia madre e lei mi ha detto: ora tuo padre che ti fa? Ma se non ricordo che quel giorno mi ha picchiato è solo perché lo ha fatto tantissime volte, quindi di sicuro anche quel giorno, e non è un evento memorabile: tante volte mi rincorreva per casa, spesso usava la cinghia, ma piú spesso mi picchiava a mani nude e continuava se io piangevo, mi rotolavo a terra per allontanarmi se mia madre cercava di trattenerlo; mi picchiava tutte le volte, lo faceva non solo per rabbia, ma anche per convinzione. Era sicuro che cosí bisognasse fare.

Quegli schiaffi, quei calci, quell'espressione rabbiosa, ma anche l'attesa del suo ritorno sapendo che per qualche cazzata che avevo fatto sarebbe successo tutto questo; e quindi io che mi aggiravo per casa sperando che arrivasse presto cosí mi picchiava e avevamo finito; ecco, l'attesa di quelle botte, con la certezza di prenderle – quella me la ricordo molto bene. Eppure non c'è nulla – nemmeno, piú tardi, i litigi per motivi politici o per le scelte che volevo fare –, non c'è nulla che abbia scalfito con un solo graffio l'amore, l'ammirazione e infine la tenerezza che ho avuto per lui in tutta la vita. Non c'è stato bisogno di rimuovere o fare distinzioni tra periodi; e nemmeno l'enorme fatica che ho fatto per non assomigliargli, o comunque per non ricalcare certi stereotipi del maschio che vedevo in lui, ha intaccato i sentimenti; perfino mentre lo odiavo gli volevo bene, e non mi sembrava strano.

Mio padre nel tempo ha accumulato, nella mia percezione, pregi e difetti; quando ero bambino era il mio eroe e il tempo passato con lui era prezioso e potevo lasciar perdere ogni altra cosa per andare a vedere un western insieme a lui, oppure una partita di calcio uno accanto all'altro sul divano – e mentre camminavamo in gruppo verso il Villaggio Svedese lo tenevo sempre d'occhio, cercando di non farglielo notare, con il solo scopo di sapere se lui mi teneva d'occhio e se lo divertiva che ci fossi anch'io con loro; poi piú tardi gli sono andato contro, non ci siamo parlati a volte anche per mesi, lo sfidavo, sfidavo la delusione nei suoi occhi; e poi ancora piú tardi ha cominciato a stringermi il cuore vederlo sempre piú debole e perduto, piú esitante, confuso e lontanissimo da quella forza incontrastata con cui mi picchiava senza dare la sensazione che avrebbe smesso. Ecco, ho provato molti sentimenti diversi nei suoi confronti, ma non ho mai pensato né di misurare il mio amore per lui né di dare un giudizio su qualsiasi comportamento avesse. Ho cercato di non appartenergli, ed evidentemente ho cominciato a farlo quando mi sembrava di assomigliargli, ed era per questo che picchiava. E quando ho fatto di tutto per allontanarmi da lui, ha picchiato piú forte all'inizio ma poi era troppo tardi, non poteva piú, e ha lasciato perdere.

Mi ha picchiato, mi ha infastidito, mi ha fatto vergognare, mi ha deluso, mi ha fatto commuovere. E soprattutto è stato il punto di riferimento silenzioso, il capogruppo dei maschi, la figura visibile e concreta e quotidiana con la quale misurare ciò che avrei voluto essere e piú ancora ciò che non avrei voluto essere. Sono stato insofferente a tanti gesti, a tante frasi, mi sono innervosito davanti ai suoi occhi furbi quando si avvicinava alle donne, sono stato perfino insofferente alla debolezza che poi se l'è divorato, da un certo punto in poi della sua vita – ma, non so perché, non ho mai dato troppo peso a quella violenza. A tutte le volte che mi ha picchiato. Alla furia con cui mi inseguiva per casa, mi stringeva in un angolo e cercava di colpirmi in faccia, o con calci sui fianchi scoperti. Non ho mai pensato a quel gesto di sfilarsi la cinghia come a un trauma – sul momento sí, mi terrorizzava, e lui se la sfilava in modo drammatico, per dare epicità al gesto, per ottenere quel terrore; e poi non gli bastava, ma la usava, la piegava in due o in quattro e colpiva, calando su di me la forza di tutto il braccio. Doveva essere una scena spaventosa a guardarla da fuori, un padre che colpiva e un figlio accartocciato a terra. E faceva male. Ma se ripenso a mio padre, ai motivi per cui ho cercato di non assomigliargli, o ai motivi per cui alle volte mi vergognavo di lui, non ho mai ripensato a quella violenza con orrore. Mi sembra che sia stato solo significativo – un piacere, un sollievo – aver ottenuto, un giorno, che la smettesse. Ero grande, lo sfidavo, non scappavo piú e non mi accartocciavo. E allora ha smesso.

A scuola fu indetto dal preside una specie di summit per attivare lo stato di emergenza – ma chi l'aveva capito di aver fatto una cosa cosí grave? Fu deciso cioè che mio padre sarebbe andato a fare un colloquio una volta a settimana. Era un fatto senza precedenti. Era il modo che mio padre, il preside e i professori avevano escogitato per controllarmi. Pensai che fosse assurdo, ma pensai anche che sarebbe durato un mese al massimo. E invece siamo andati avanti cosí fino alla fine delle medie. Tutte le settimane. Mio padre è tornato da quei colloqui, per un anno e mezzo, ogni settimana, sempre con un'espressione scura, scorata. Diceva che si vergognava. Ma i professori non smettevano di tenere in piedi la legge speciale, e mio padre non smetteva di andarci; e io non smettevo di non studiare.

In terza media, nel corso dell'anno, ci obbligarono a prendere in prestito dei libri dalla biblioteca scolastica. Io non leggevo una sola riga di niente, anche se da bambino avevo letto qualche libro che mio padre mi aveva regalato, poi avevo smesso, e ora non mi importava piú – mi ricordo del primo, con dei pirati in copertina e il titolo: *Le tigri di Mompracem*. Comunque adesso dovevamo per forza leggere un libro. Cosí avevo scelto il piú piccolo, un librino rosso che parlava di una partita di calcio – mi sembrava la soluzione meno faticosa e meno complicata. Si intitolava *La squadra di stoppa*. L'avevo anche letto, con molta fatica, ma non tutto: mio padre mi obbligava, perché ogni volta che andava al colloquio lo spingevano a farmelo leggere. E alla fine mi era anche un po' piaciuto, almeno cosí gli avevo detto.

A un certo punto, bisognava riconsegnare questi libri. Ma io non lo feci: lo dimenticai, poi lo dimenticavo ancora, non mi andava di farlo, era un modo di rompere le palle al professore; ma era anche disinteresse, distrazione, mancanza di partecipazione. Il professore si incazzava: minacciava me e altri. Ma, ho scoperto in seguito, non ne aveva mai fatto parola con mio padre, in quei colloqui settimanali. E a un certo punto, misteriosamente, smise di chiedere la restituzione del libro anche a me. Cosí, il librino rosso fu dimenticato, non sapevo nemmeno dove fosse, né mi tornò piú in mente.

Se penso ora che per la pagella lasciavo passare i giorni andando incontro a un disastro sicuro e se penso ora che non restituire un libro della biblioteca era un fatto gravissimo che avrebbe portato a qualche conseguenza, mi potrei chiedere com'è possibile che lasciassi andare le cose cosí. Ma era esattamente il mio modo di stare al mondo: lasciare andare le cose cosí.

Era senz'altro un modo per farmi ammirare dai miei amici; ma era un modo soprattutto distratto e impermeabile di vivere in quegli anni: non rispondere durante le interrogazioni, non rispondere alle sfuriate del preside, non rispondere alle incazzature di mio padre; essere picchiato, coprirmi e aspettare che finisse e poi continuare a fare tutto quello che facevo prima, ignorando le minacce che mi avevano fatto, le promesse che mi costringevano a fare e che facevo, i discorsi dei professori, degli amici, dei parenti; ascoltavo con la testa bassa come assorto, come se pensassi che mi stavo comportando male ma in realtà l'unica cosa che pensavo era: niente. Aspettavo che finissero, e basta. Riuscivo a fare la faccia di circostanza, riuscivo a promettere quello che volevano e poi continuavo a vivere come vivevo. Se mi chiedevano di studiare, non studiavo; se mi ordinavano di non andare a basket ci andavo lo stesso; se dovevo riconsegnare il libro non lo riconsegnavo; vivevo cosí. E piú i giorni passavano, piú i pericoli si facevano incombenti, piú la mia reazione era quella di fregarmene e vedere cosa sarebbe successo o, piú probabilmente, ignorare quello che sarebbe successo.

Il primo giorno degli esami di terza media c'era il tema di italiano. Sembrava un giorno diverso non soltanto perché erano gli esami e noi ne eravamo pienamente coscienti, ma anche perché c'erano altri professori in classe, si respirava l'aria dell'evento. Il professore di italiano dettò le tracce, ci fece delle raccomandazioni, disse che non dovevamo copiare, che dovevamo riflettere con calma prima di scrivere, ci rassicurò a proposito del tempo a disposizione.

E poi, con studiata teatralità, tirò fuori il colpo di scena.

Disse che c'era un alunno che purtroppo non avrebbe potuto partecipare alla prova. Si avvicinò al mio banco. Eravamo tutti stupiti, non soltanto io, anche i miei compagni, e anche gli altri professori. Disse che ero l'unico a non aver restituito il libro della biblioteca e che avevo due possibilità: o lo avevo riportato quella mattina, oppure il costo era... non mi ricordo assolutamente quanto fosse, comunque una cifra di cui non potevo essere in possesso. Il libro ce l'hai?, disse. No, risposi con freddezza. I soldi li hai? No, risposi con freddezza. E allora prendi la tua roba e vai via.

Si era appellato a un regolamento, mi ricordo che cosí diceva; ma non so se quel regolamento esistesse davvero.

Uno può sempre dire, come dicono tutti gli studenti di ogni ordine scolastico: mi odiava, ce l'aveva con me. Ce l'aveva con me, è vero, ma per una ragione che adesso ritengo comprensibile: pensava non meritassi la licenza media. Non era una presa di posizione, era il senso che aveva il suo lavoro. Se diamo la licenza media a questo qui, diceva, il mio lavoro non ha senso. Quindi non so se fu una vendetta, un modo di umiliarmi, o un espediente studiato da tempo per non farmi davvero partecipare all'esame. So però che aveva smesso di chiedermi di quel libro da un po', so che non lo aveva chiesto nemmeno a mio padre; nessuno degli altri professori si permise di contraddirlo, e quindi nel mio ricordo c'è questo fatto incontrovertibile: che dovevo radunare le mie cose, alzarmi e andarmene.

A quel punto intervenne Federica.

Non disse quello che speravo dicesse qualcuno ma nessuno ebbe il coraggio di dire, e cioè che era una vigliaccata, un atto di potere spaventoso verso un compagno di classe nel giorno dell'esame; non avevamo né l'età né la forza per farlo – e forse nemmeno di pensarlo cosí compiutamente. Non disse nemmeno: se lui se ne va io mi ammazzo perché lo amo perdutamente – come sarebbe stato bellissimo sia nella mia vita sia almeno in questo libro, a questo punto. Disse: professore, ci dà il tempo di capire se possiamo raccogliere i soldi? Federica e altri miei compagni avevano monete, una banconota da cinquecento lire. Un altro professore, quasi di nascosto, mise nel mucchio una banconota da mille. Il professore di italiano contava e diceva che non bastavano, non aveva intenzione di fare sconti, cosí altre due compagne chiesero il permesso di andare a cercare i soldi nelle altre classi, ma lui disse che non si poteva, che lí era già cominciata la prova di italiano. Un professore suggerí di chiedere ai bidelli, in corridoio, quello forse si sarebbe potuto fare. Cosí alla fine il professore di italiano ebbe tra le mani la cifra richiesta, ne fu molto contrariato ma diede il via alla prova.

Intanto in quel momento ero anche diventato proprietario del romanzo per ragazzi *La squadra di stoppa*. E tanto tempo dopo, non so nemmeno quanto, mia madre ha ritrovato il librino rosso. Non so perché, poi per tutta la vita me lo sono sempre portato dietro. E adesso è qui, tra i libri che ho letto per questo libro. Con il timbro della biblioteca della scuola.

La squadra di stoppa di Emilio De Martino, a rileggerlo ora, è un romanzetto enfatico e senz'altro trascurabile, scritto negli ultimi anni del fascismo (è del 1941). Nei miei ricordi la storia era cosí: la squadra degli scarsi, definita per questo «di stoppa», riesce a vincere il torneo della scuola contro tutte le altre squadre piú forti. Ho sempre pensato: mi era piaciuto per questo. E invece nel rileggerlo ho scoperto che la squadra di stoppa in finale non vince ma perde. E soprattutto che le questioni del romanzo sono altre.

Il libro comincia con un litigio in classe. Renato, figlio di un industriale ricchissimo, sostiene di essere il capitano di una squadra imbattibile. Luciano, uno dei ragazzi poveri, decide di formare anche lui una squadra per il campionato scolastico. Renato la definisce subito «la squadra di stoppa», per il fatto che non ha nessuna speranza. Questa squadra, grazie soprattutto alle parate di Anfossi, altro ragazzo povero che si rivela grande portiere, e all'allenatore – che alla fine del libro diventerà il secondo padre di Luciano perché sposerà sua mamma rimasta vedova (sí, davvero), vincerà a sorpresa tutte le partite del torneo e andrà in finale. Manco a dirlo, proprio contro la squadra di Renato. A quel punto però gli equilibri sono cambiati e la squadra di Renato è sfavorita perché quella di Luciano ha dimostrato di avere forza, entusiasmo; e tutti fanno il tifo per loro. Infatti la squadra di stoppa va subito in vantaggio, però poi la squadra di Renato segna due volte, con due tiri da lontano, deboli; Anfossi a sorpresa li fa passare, lui che ha parato sempre tutto, anche i tiri impossibili.

È successo qualcosa: poiché la madre di Anfossi è molto malata, Renato gli ha dato i soldi per le medicine che potrebbero salvarla; in cambio ha chiesto di lasciarli vincere. Era un ricatto, ma era impossibile dire no. Però poi Anfossi subito dopo la partita scopre che Luciano aveva già raccolto i soldi con una colletta (quindi anche nel libro che è diventato mio grazie a una colletta, si fa una colletta). Si pente, ma ormai non c'è piú niente da fare. Luciano è deluso e arrabbiato con l'arrogante Renato. Il suo allenatore (e futuro padre), per distrarlo da tutte le delusioni, lo porta a vedere una gara di auto. Sono le auto della fabbrica del padre di Renato. Ascoltando un dialogo per caso, Luciano scopre che vogliono fare una rapina nella fabbrica e rubare tutti i soldi.

Questa è la vera trama del libro, che avevo dimenticato. La finale è stata giocata da tempo, si tratta di tutt'altro: dell'inimicizia tra un ragazzo povero e uno ricco che si trasforma in un'amicizia (virile) grazie alla generosità del povero verso il ricco. La madre di Anfossi è appena morta nonostante le cure, Luciano corre a casa dell'amico per consolarlo, e lí trova anche Renato. A quel punto Luciano decide di aiutare il suo nemico – in quella situazione tutte le questioni del passato svaniscono; gli dice seguimi, entrano nella fabbrica e i due ragazzini insieme riescono a sventare (addirittura da soli) il colpo dei ladri. Luciano viene perfino ferito. I due grandi nemici diventano amici, il padre di Renato regala ventimila lire a Luciano che porterà l'assegno a casa, dove troverà questo secondo padre e dirà: babbo, babbo! Cosí finisce la storia.

La squadra di stoppa potrebbe essere uno dei racconti del mese di *Cuore*. Ha gli stessi sentimenti e gli stessi valori. È una storia rivolta ai ragazzini maschi: costruisce un'idea di virilità virtuosa, cercando di coniugare la sensibilità con lo stereotipo già adulto dell'autocontrollo, del coraggio, della generosità, della lealtà, dell'onestà. L'assonanza tra *La squadra di stoppa* e *Cuore* sta nei valori della famiglia, dell'amicizia, dell'appartenenza (ai legami di sangue, a una squadra, alla patria). Cadere in guerra per la patria è un dovere. La solidarietà nella squadra e nell'amicizia è un dovere. Voler bene al papà e alla mamma è un dovere. Comportarsi con onestà, gentilezza e coraggio è un dovere. Ma l'insegnamento piú intrusivo di questi libri per ragazzi è che l'individuo maschile è al servizio della comunità maschile: i valori virili di un singolo devono servire alla virilità del gruppo (i soldati, la squadra, la famiglia). E tutto ciò corrisponde perfettamente al desiderio di noi ragazzi: volevamo stare in un gruppo di amici, volevamo stare in una squadra, essere protetti da una piccola comunità. La virilità è il mezzo migliore con cui ottenere tutto questo, perché è il minimo comune denominatore per la somiglianza.

Questo librino esile, di cui ero diventato proprietario, mi aveva indicato un orizzonte a cui mirare. Anche se l'avevo letto distrattamente e in maniera indolente, intuivo che mi stava chiedendo di assomigliare ai personaggi migliori, e quindi di assomigliare a quello che i professori desideravano fossimo, a quello che mio padre desiderava fossi. Un punto d'arrivo, un uomo di cui la comunità avrebbe potuto essere orgogliosa. Non importa se io avrei voluto esserlo, o sarei stato capace di esserlo; e non importa se mi interessava esserlo. Se esprimevo tutti quei valori positivi che Luciano mi trasmetteva, che la piccola vedetta lombarda o il piccolo scrivano fiorentino mi trasmettevano, gli adulti sarebbero stati orgogliosi di me e avrei condiviso con tutti i maschi della comunità, grandi e piccoli, un sentimento comune.

Ma se voglio essere sincero, devo ammettere che lo stereotipo maschile della virilità virtuosa – eroismo, moralità, altruismo, coraggio, lealtà, onestà, generosità – non è stato il punto di riferimento della mia formazione di maschio. Anzi, dirò meglio: credo lo sia stato, nel senso che avevo intuito che sarebbe stata la strada giusta da intraprendere; ma ero del tutto incapace di soddisfarlo.

E allo stesso tempo, per fortuna, in quel periodo di formazione, l'orizzonte indicato dalla mia comunità (il cortile o la scuola di Caserta, una città di provincia meridionale) per far parte di un gruppo è stato addirittura opposto. Nella mia vita provinciale e meridionale, nel mio cortile e nel mio piccolo gruppo di amici, i valori della virilità e della mascolinità erano furbizia, ribellione, disobbedienza, esibizione dell'indolenza. Tutto ciò contrapponeva ai valori positivi della virilità, altri valori non esattamente positivi, ma altrettanto virili: c'è lo stereotipo di chi deve essere bravo a scuola per costruirsi una vita dritta, sana e solida; e c'è lo stereotipo opposto di chi è un pessimo studente e per questo è ammirato per un altro tipo di coraggio, di sfacciataggine, di forza. Il primo tipo costruisce un futuro, il secondo si concentra solo sul presente; ma era, almeno nella mia comunità, piú efficace. Quindi l'appartenenza al gruppo c'era, ma avveniva tramite altri mezzi. Lo stereotipo maschile della virilità aveva un'opportunità piú oscura e discutibile, ma anche piú a portata di mano, meno impegnativa.

In quegli anni, insieme a quattro o cinque dei miei compagni di classe (il mio battaglione, la mia squadra, la mia comunità), eravamo strafottenti e violenti, prendevamo pesantemente in giro alcuni compagni piú deboli, qualche volta decidevamo di non entrare in classe e restavamo lí fuori scuola. Poi all'uscita li aspettavamo per le scale e colpivamo in testa con i libri chi ci capitava, oppure lanciavamo a terra le loro cartelle facendo spargere ogni cosa. Nessuno si ribellava perché avevano paura delle nostre reazioni. Una volta ci vide il professore di religione, un prete con il riporto, e ci fece dare tre giorni di sospensione. Aspettammo anche lui per le scale, all'uscita, e davanti a tutti gli alunni lo minacciammo urlando che gli avremmo squartato le ruote della macchina. Lui era terrorizzato, non disse una parola; e uno di noi non poté resistere e gli scompigliò il riporto, rendendolo ridicolo. La mattina dopo, aspettammo che arrivasse a scuola e gli squartammo tutte e quattro le ruote della macchina.

Non studiavo mai, sono stato rimandato sia in prima sia poi in seconda media (e tutti si chiedevano perché non mi avessero bocciato) mentre in terza – l'ho saputo tempo dopo – ci fu un consiglio lunghissimo in cui il professore di italiano lottò con tutte le forze per non farmi ammettere, proprio perché sosteneva che non era possibile che uno come me passasse indenne quei tre anni, alla fine. E invece per la pietà di alcuni suoi colleghi non la ebbe vinta, ma pare che la discussione fosse durata fino a notte: perché il professore di italiano non voleva mollare, e alla fine uscí sconfitto ma non rassegnato, e anzi vendicativo, come avrei sperimentato all'esame. Per il resto del tempo, passavo le giornate a giocare a calcio nel cortile o alla

Flora, a stare seduto sulle panchine con i miei amici a dire cazzate e a far scorrere le ore e i giorni, a sudare in qualsiasi modo, e a fare allenamento di basket.

Per tutti questi comportamenti che io e i miei amici avevamo, eravamo considerati dagli altri dei piccoli eroi – in misura uguale e contraria ai personaggi virtuosi dei libri che avevo letto: il nostro comportamento era pienamente ripagato dalla comunità che ci circondava. Avevano tutti rispetto, ci amavano, quando entravamo nei bagni ci indicavano, e qualcuno dei piú coraggiosi ci veniva a chiedere quanti giorni eravamo stati sospesi e perché. E quando noi stancamente raccontavamo i gesti insensati che loro non avrebbero mai avuto il coraggio di fare, ascoltavano ammirati e stupiti. Quelli che ci ammiravano erano gli stessi che prendevamo in giro o a cui davamo botte in testa per le scale. Ci temevano e ci ammiravano. Mi chiedevano se davvero mio padre doveva venire a scuola tutte le settimane, e quando rispondevo sí con sufficienza, mi guardavano come se fossi una rockstar.

Era questa la vita che facevo quando all'improvviso ho vissuto una parentesi di fidanzamento (astratto e frustrante quanto si vuole) con Federica. Ed è lecito chiedersi perché una ragazzina molto carina avesse detto sí alla mia richiesta di fidanzamento tramite il mio amico. Sono ancora adesso convinto – e non può esserci un altro motivo – che Federica aveva detto sí *per questo*. Anche a lei piacevo per questo. Non voglio dire: ne sono sicuro. Però sinceramente non riesco a immaginare nessun'altra ragione.

Quando sono diventato padre, qui a Roma, ho scoperto che essere bravi a scuola è considerata una qualità. Una qualità e basta, senza controindicazioni. Mia figlia alle medie e poi al liceo prendeva otto, nove, e io ero teso, preoccupato per lei – da noi, chi prendeva otto e nove era escluso dalla vita sociale, sbeffeggiato, deriso. Qui a Roma invece era un fatto positivo studiare ed essere bravi, aveva un valore sociale, e addirittura quelli che andavano male venivano giudicati male. Ero molto sorpreso, quasi inquietato. Ovviamente non nel mondo razionale e adulto dove ormai vivevo; ero un genitore soddisfatto della figlia e che conosceva il valore di quei voti. Ma dentro di me, da qualche parte, c'era un grumo solidificato che resisteva e mi dava preoccupazione, non riuscivo a scrollarmi di dosso le mie regole, e cosí quando mia figlia prendeva otto in greco e poi diceva: esco, vado con le mie amiche a San Lorenzo e poi a una festa, avevo voglia di chiederle: ma ti fanno andare? Oppure di dirle: stammi a sentire, comunque alla festa evita di dire che hai preso otto in greco, non c'è bisogno di dirlo a tutti – cioè, pensavo: l'hanno invitata alla festa perché non sanno che ha preso otto in greco, appena lo sapranno la cacceranno via.

Tutti i valori positivi della virilità maschile potevo osservarli, ascoltare quando li spiegavano (in realtà fare finta di ascoltare), stare lí davanti a mio padre in silenzio mentre mi spiegava (dopo avermi picchiato) come ci si comporta, stare davanti al preside in silenzio mentre mi spiegava come ci si comporta; ascoltare tutti e giurare sia di aver compreso sia di agire di conseguenza. Ma non lo ritenevo in nessun modo possibile; e non era solo questo, temevo che quei valori mi avrebbero fatto perdere il legame con la mia comunità di maschi: con il gruppetto dei miei compagni di scuola e con gli amici del cortile.

E allora, poiché non ero in possesso dei valori positivi della virilità, l'unico legame condiviso con gli adulti – mio padre, i miei zii, e qualsiasi altro maschio adulto che conoscevo – era l'interesse per le donne, quindi per il sesso. L'unico legame complice e positivo era quello instaurato mentre andavamo dalla villa al Villaggio Svedese. Ecco, se un giorno per caso ci fossimo trovati tutti insieme, i miei parenti, gli amici dei miei parenti, i miei compagni di scuola, gli amici del cortile, i professori, compreso il professore di italiano – ma anche i personaggi della squadra di stoppa, i buoni e i cattivi (sia Luciano sia i ladri), e gli eroi sopravvissuti dei racconti di *Cuore* – avremmo potuto incamminarci tutti insieme, allegri e complici, per andare a vedere le svedesi che uscivano tra le sei e le sette. Sono sicuro che in quel momento saremmo stati tutti simili, e le varie questioni che ci dividevano si sarebbero diradate.

Quindi, probabilmente ne dedussi questo: se mi concentro su quanto mi piacciono le ragazze, farò di me, alla fine, un buon individuo della comunità maschile. Mi apprezzeranno, saranno contenti di me, tutti, anche mio padre mentre mi punisce, mentre mi picchia.

Concentrandomi sul sesso, avrei potuto fare a meno degli altri valori – di cui alcuni di noi desideravano fare a meno, e alcuni di noi pensavano fosse ancora piú virile farne a meno. Essere un individuo significava essere solo, noi avevamo bisogno del battaglione dei soldati o della squadra di calcio. Ma per ottenere ciò, preferivamo questa specie di virilità disordinata, ribelle e brutale. Era la strada per portare a compimento l'accettazione dell'individuo dentro la collettività.

Andando per questa strada, è successo che ho pensato al sesso per gran parte della giornata, per gran parte della vita. Dentro questa protezione, non soffrivo mai. Non mi faceva soffrire il professore alle medie, mio padre che mi picchiava, il fatto di non poter andare a basket, nulla di tutto quello che mi era successo. L'unico momento in cui ho sofferto è stato su quella panchina, quando ho scoperto che sulla strada del sesso e delle donne era possibile (poi avrei capito che era molto probabile) inciampare nel sentimento e nelle sue conseguenze.

Il grado di evoluzione sessuale di un maschio si può dedurre dal rapporto tra la sua parte complessa e la sua parte semplice – che anche quando è relegata in percentuali molto basse, troverà il modo di sbucare fuori dappertutto. Abbiamo rapporti complessi, civili e di volta in volta diversi con gli esseri umani di sesso femminile. Ma poi, accanto a tutto ciò, c'è una costante semplicità che consiste in alcuni quesiti che riguardano le forme del corpo, il culo, le tette, il grado di desiderio che provocano, il grado di disponibilità. Queste domande stanno accanto al resto della vita reale; quello che possiamo fare è non mettere le due parti – la complessa e la superficiale, quella civile e quella bestiale – in relazione diretta (è il compito culturale che abbiamo).

Se sto parlando con una collega, con la mamma di un compagno di scuola di mio figlio, con la barista perché vorrei un cappuccino piú caldo, con un'amica che mi confida i suoi segreti, riesco a tenere separate la parte complessa e quella semplice. So rispettare il grado professionale e di competenza della mia collega, concentrarmi sul lavoro e non essere allusivo; so chiacchierare del programma di matematica, so essere allegro o serio a seconda delle circostanze. Ma dentro di me, sempre, sia che io lo voglia sia che non lo voglia, sempre, lavora un pensiero che sta sotto tutti questi: me la scoperei, come sarà nuda, però che culo, però che tette, sembra desiderosa, sembra rigida, chissà se le piaccio. Se questo pensiero non riesco a tenerlo sotto, compresso, perché quella donna mi piace troppo, allora, dentro quel dialogo professionale o familiare, entra una piccola allusione, un debole tentativo di seduzione, una specie di sondaggio blando.

Ma la questione fondamentale del pensiero semplice non è questa. In fondo, flirtare un po' è un atto allegro e innocente. La vera sostanza che sta alla base del pensiero semplice è la fantasia erotica che parte dalla situazione realistica e si spinge verso un'eventualità improvvisa: immagino, sul momento (cioè mentre lavoriamo, mentre chiacchieriamo, mentre bevo il cappuccino, mentre ci confidiamo) oppure in seguito, quando sono da solo, un irrazionale scatto in avanti. Prima di tutto, anche se capisco che la donna che sta parlando con me non ha nessun interesse sessuale, decido che sotto l'apparenza si nasconde una sorprendente brama di scopare. È una mia decisione, unilaterale. Di conseguenza la mia concentrazione si divide, diventa doppia: da una parte continuo a parlare di questioni letterarie o della mensa scolastica o del cornetto alla crema, dall'altra immagino (e lo immagino come assolutamente possibile) che la mia collega, in modo irrazionale e del tutto fuori contesto, come presa da un raptus, all'improvviso alzi la gonna, si sfili le mutandine, si metta a cavalcioni su di me dicendo in modo lascivo: violentami, sfondami, non ce la faccio piú. Immagino che la mamma del compagno di scuola di mio figlio mi tiri dietro la colonna per baciarmi senza farmi respirare e mi infili la mano nei jeans. Immagino la barista, la mia amica (che non ha mostrato per anni nessun sintomo o raptus erotico, almeno nei miei confronti) – immagino tutto questo e lo devo tenere a bada, farlo scorrere su un binario parallelo che non intacchi la riunione di lavoro o la chiacchierata innocente fuori scuola o il rispetto di una lavoratrice o la tutela di un'amicizia. Ma dentro di me, che lo voglia o no, che lo sopporti o no, si muove una realtà parallela in cui tutte le donne hanno voglia di scopare, sono ossessionate dal sesso e non riescono a controllarsi. In ogni sorriso c'è un'intenzione di apertura che porterà a quella scena di sesso furioso che immagino di lí a poco.

Perché questa è la questione: il maschio che detiene la parte semplice dei miei ragionamenti si assegna sempre una buona possibilità di improvviso cambiamento e relativa scena erotica, con dei ragionamenti contorti e del tutto opinabili. È la sua testa che si è formata cosí. Il maschio sogna continuamente che tutte si trasformino in quello che secondo la sua formazione erotica devono essere: delle troie che lo desiderano perdutamente. E non solo lí dove stavo io, a Caserta nel mio cortile, o a Baia Domizia davanti al Villaggio Svedese, ma dappertutto. Basti pensare alla scena di *Quando la moglie è in vacanza*, che è una commedia americana scritta e girata da un austriaco: quella in cui il protagonista immagina la segretaria che entra in ufficio, lui la rimprovera perché ha fatto troppi errori di battitura, lei dice sí perché la amo, sono disperata, la amo «corrottamente», si toglie la giacca e seminuda tenta di baciarlo.

Il compito che si è dato il desiderio sessuale maschile è costruire di continuo situazioni in cui l'impossibile si trasformi in possibile.

Basti pensare che il porno basa su tale concetto quel poco di narrazione che serve. All'inizio, due persone si incontrano per motivi molto diversi dal sesso e poi precipitano in un desiderio rapidissimo e incontrollato; si rende possibile, realistico, un incontro fugace, anche se nella realtà non ci capita praticamente mai. Ma questa è solo la conseguenza dei suggerimenti ricevuti da ragazzino, quando si forma l'idea euforizzante e terrificante che tutto il mondo sessuale è possibile, anche ciò che è impossibile.

Il Villaggio Svedese, appunto. Ragazze svedesi, che erano il simbolo di un'altra cultura lontana e di un paese realmente lontano, vivevano per tutto il periodo estivo, in tante, a poche centinaia di metri da dove vivevo io.

Andavamo lí e loro a una certa ora uscivano e spesso si fidanzavano con noi (non proprio io, ma la mia gente) che le aspettavamo lí fuori come in un sogno. Si fidanzavano rapidamente e scopavano subito (non so nemmeno se fosse vero, ma cosí raccontavano tutti quelli che erano là). Tutto ciò ha fondato e rafforzato da subito il meccanismo.

La questione paradossale, che ogni singolo maschio conosce, è che negli anni dell'adolescenza nulla succede, nulla è possibile, nemmeno il possibile. Mentre invece le letture, i film, i fumetti, i racconti convincono del contrario: succede il possibile, ma soprattutto l'impossibile e anzi, la portata erotica della vita riguarda proprio questo. E soprattutto succede ciò che mi interessa di piú, e che ha determinato gran parte della mia esistenza anche come scrittore: l'impossibile accade dentro la vita reale, dentro il mondo possibile – anche se è un mondo che non prevede quello scarto improvviso. Ed è esattamente questo che ho messo a fuoco subito, e che mi ha catturato. Mi spiego meglio: quando con gli amici abbiamo cominciato ad acquistare i primi fumetti erotici eravamo proprio nel periodo della scuola media. E la mia preferenza, anzi la mia scelta, è caduta su uno solo dei vari titoli: *Lando*. C'era, molto famosa, Jacula (una vampira); c'era Cappuccetto Rotto che se non ricordo male era una ragazzina ninfomane; c'erano i generi horror, c'era una specie di fantasy ancora poco consapevole, ma tutto mi sembrava mi riguardasse poco. Anche quando poi ho cominciato a guardare la serie dei film erotici, la mia scelta è infine caduta su ciò che richiamava la realtà quotidiana, cioè che assomigliava alla nostra vita. E i film in costume derivanti dal *Decamerone*, per esempio, li ho completamente ignorati.

Lando era un giovane che passava la giornata davanti al bar con gli amici, pensando al sesso, parlando di sesso, cercando dei modi per fare sesso. Praticamente, quello che facevamo noi. Ne ho appena acquistati alcuni numeri su eBay, perché anche di Lando avevo un ricordo molto vago. Non ricordavo che si svolgesse a Milano, che quindi ogni tanto parlassero in milanese, si chiamassero fra di loro il Lando, il Sapienza, il Lardoso. Ma erano del tutto simili a noi che stavamo lí in cortile o fuori scuola, il che doveva essere sorprendente e rassicurante per un ragazzino meridionale di provincia; cosí come sarebbe stato rassicurante da adulto vedere quella scena di un film americano girato da un regista austriaco. Perché era piú naturale pensare che l'ossessione riguardasse solo noi. Invece Lando realizza questo immaginario in un altro luogo e con altro gergo. Dice parole come «forchettare» per scopare, il «bus del gnao» per il buco del culo, a volte usa delle rime, oppure dice: ti sfondo, ti acchiappo. «Sembri un aspirapolvere» è un'altra frase che pronuncia durante i pompini; e poi gli diventa sempre duro e viene sempre «a litri». Ma la caratteristica di Lando appositamente irresistibile è di essere dotato di un cazzo enorme e tre palle. Quando si abbassa le mutande tutte le donne esclamano «oh» e poi si lanciano su di lui. Tutti noi ragazzini lettori ci identificavamo con Lando, credevamo di avere anche noi un cazzo enorme e tre palle e le donne avrebbero esclamato «oh». Lando e i suoi amici vogliono scopare sempre, si occupano per tutto il giorno solo di scopare, e scopano; o meglio è Lando che scopa; è uno schema interessante nella formazione di un ragazzino, perché permette, attraverso la lettura dei fumetti, di fondare un immaginario ipererotico, narcisista, virile, nel quale identificarsi. E di procedere su questo immaginario, esclusivamente su questo, pur non essendo in possesso di tutte le altre caratteristiche della virilità, quelle virtuose.

Nel cervello si produce una specie di rumore di sottofondo costante, il tappeto sonoro di qualsiasi attività durante una giornata, e allora qualsiasi donna interessante tu incontri durante la giornata, per tutt'altri motivi, c'è un ronzio sotto che ti spinge a pensare com'è, cosa farà, la scoperò, la scoperei. Da quando sei ragazzino impari la sintassi e quella specie di ambiguo modo di parlare per cui mentre stai parlando di un argomento, tra le righe stai parlando anche di un altro argomento e stai cercando di capire se si può. E quella sintassi coincide con i tuoi modi di ragionare, con i tuoi processi mentali e linguistici.

Tutto questo non è consapevole, o comunque non importa che lo sia. È uno strato duro che si è formato dentro la testa, e che accompagna la vita visibile. È come vivere in un palazzo dove per tutta la vita qualcuno sta facendo dei lavori di ristrutturazione; oppure, ancora piú chiaramente: riguarda la questione affrontata di continuo in questi anni, degli uomini che non saprebbero fare due cose contemporaneamente, come parlare e leggere un messaggio al cellulare. È vero che non sappiamo farlo, ma non perché non possiamo avere due pensieri paralleli; anzi, il nostro cervello è già impegnato con due pensieri paralleli: chiacchierare e immaginare evoluzioni erotiche. Quindi il messaggio da leggere sarebbe una terza occupazione – ed è il motivo per cui chiediamo scusa ma dobbiamo concentrarci sul cellulare.

Prima di compiere quattordici anni, io e i miei amici siamo andati a vedere un numero considerevole di film erotici, che erano tutti vietati ai minori di quattordici anni. C'erano giorni in cui ci facevano entrare senza chiedere l'età, altri in cui ci inventavamo mille stratagemmi per riuscire a entrare, altri in cui ci mandavano via. Il fatto inspiegabile, però, è che sognavamo tutti la libertà di entrare, quando avremmo compiuto quattordici anni; e invece da quel giorno in poi non ci siamo andati mai piú.

Quei film erotici accoglievano pienamente lo schema della realtà contigua alla nostra vita reale: insegnanti, supplenti, zie, vicine di casa, poliziotte, infermiere, dottoresse – tutto si svolgeva all'interno di case, scuole, ospedali, palestre. I film ovviamente non erano cosí espliciti nelle scene di sesso come lo erano i fumetti, però si vedevano corpi veri, gente vera, case vere. In *Lando*, pur essendoci la vita reale, le donne erano turiste o sconosciute incontrate per caso; invece qui c'era un passaggio ulteriore, e decisivo: c'erano le persone che si incontravano ogni giorno. Il piacere che mi davano questi film consisteva nell'aderenza alla realtà; mi attraevano quelli dell'insegnante o della supplente o della zia o della vicina, o dell'amica dei genitori, tutte situazioni e questioni che nella vita si sarebbero riproposte identiche – anzi per niente identiche, visto che nella vita la zia, l'insegnante, la supplente, l'amica di mia madre non si spogliavano all'improvviso e non mi amavano, non scopavano o non si mettevano le giarrettiere o si abbassavano per mostrare il culo; ma l'aderenza stava proprio nella vicinanza tra queste due cose, cioè io avevo nella vita la riproposizione del film erotico senza la parte erotica, ma erano cosí simili, cosí vicini che mancava solo il segmento erotico (il segmento conclusivo) e quindi la speranza riaffiorava di continuo.

In un film poteva succedere che la protagonista macchiava il vestito e quindi doveva toglierselo per asciugarlo o pulirlo. Succede, per fare un esempio tra tanti, a Edwige Fenech ne *L'insegnante* di Nando Cicero: mentre fa ripetizioni al ragazzo, a un certo punto si macchia la gonna e va a cambiarsi in bagno e si spoglia completamente (pur essendosi solo macchiata la gonna). Il ragazzo la spia dal buco della serratura. Basta questo film (un solo film) a costruire tutto il mondo erotico che c'è intorno a un ragazzo ossessionato dal desiderio: la cameriera va a svegliarlo ogni mattina con minigonna, reggicalze e scollatura; la compagna di scuola alla fermata si aggiusta le calze alzandosi il vestito – tutte le donne in questi film vivono in una tensione erotica che poi nella vita non c'era ma che noi speravamo ci fosse o a un certo punto abbiamo cominciato a pensare che ci fosse e la dovevamo in qualche modo dissotterrare.

È questo il confine che abbiamo superato, da un certo punto in poi: la convinzione che dietro la vita che vedi ce n'è un'altra, e basta forzare un po' per spingerla a venire fuori. Questo succedeva nei film; questo succedeva ogni volta che ci masturbavamo pensando alla zia, all'insegnante, all'amica della mamma, alla cameriera; questo quindi era possibile che succedesse davvero se ci fossimo comportati almeno un po' come si comportavano i ragazzi protagonisti dei film erotici. E quindi pian piano si è formata la convinzione che non dovevamo scoraggiarci, ma insistere, forzare, usare quel poco di violenza che serviva per superare la soglia in cui ci sarebbe stato l'abbandono, come si abbandonavano Edwige Fenech, Gloria Guida, Annamaria Rizzoli, Lilli Carati e le altre.

Quei film suggerivano: prima o poi succederà. E di conseguenza rendevano eccitante la vita quotidiana, ogni donna che faceva parte della nostra vita era oggetto di sogni che un giorno si sarebbero potuti realizzare all'improvviso. Tutto ciò appare innocuo, quasi divertente; in realtà metteva in moto un processo che non sarebbe piú svanito. O meglio, anche quando saremmo stati convinti, negli anni a venire, che fosse sparito, in realtà era solo dormiente, ma si sarebbe svegliato al momento giusto, ogni volta.

Si creava cosí un'ossessione: noi pensavamo, da adolescenti, che il sesso fosse la cosa piú importante del mondo; e quindi già per questo ci aggiravamo alla ricerca; le storie ci dicevano – anzi, ci rispondevano – che intorno a noi c'era sempre sesso, anche nelle persone che vivevano dentro casa, che erano a scuola, in palestra, nel negozio all'angolo, dappertutto; e che bastava cercarlo, provocarlo e forzarlo per ottenerlo. La risposta quindi alimentava la domanda ossessiva, e ci convincevamo ancora di piú che era di quello che dovevamo occuparci.

Tutto questo tempo passato cosí, negli anni decisivi dell'esistenza, ha determinato una forma mentale, un rapporto con il desiderio, da cui non è stato piú possibile liberarsi.

All'inizio provavo a sondare, nel mondo dove vivevo, le possibilità che c'erano. E ovviamente ci provavo con timidezza, con accortezza, con sotterfugi – senza evidenza, e certamente non con donne adulte o che potevano mettermi in pericolo. Ma lo facevo con ragazzine con cui avevo la possibilità di giocare, o che potevo manipolare e quindi sopraffare; anche in questo caso senza svelarmi, usando e lasciando usare un altro metodo erotico adolescenziale, e cioè fare le cose fingendo di non farle, facendo finta di dormire, facendo finta di fare altro – e allo stesso tempo sfiorare, premere, spingere; giocare a marito e moglie che dormono, dormire vicini perché fa freddo, insomma una serie di messaggi codificabili ma mai scoperti mandati a una cugina, una babysitter, una nipote della cameriera. Tutti eventi minimi che succedevano nei pomeriggi del riposino, spesso al mare dove eravamo un po' seminudi e dove c'era la possibilità di dividere piú facilmente gli spazi e il tempo degli adulti e dei ragazzini.

E alcune volte, in questi casi, qualcuna ha davvero mostrato quella disponibilità ipotizzata nei film erotici, anche se in modo rapido, inquieto, e spesso sorpreso e ancora piú spesso preoccupato. Molte invece non hanno concesso nessuna disponibilità. Accadeva quasi nulla, ma di quel quasi nulla mi ricordo sia una reazione abbastanza disponibile ma preoccupata; sia una reazione molto preoccupata, meno disponibile e molto sorpresa. Ma a me non importava. Pensavo a me stesso, pensavo a trarne una specie di soddisfazione erotica anche rapidissima, o addirittura fulminea, volevo prendere quello che potevo, non dare o condividere o cercare complicità. Anzi, sia quando trovavo un minimo di disponibilità, sia quando non la trovavo, il codice era quello di una sospensione della vita reale, un salto sul binario parallelo, un buco nero di qualche secondo o qualche minuto che però sarebbe stato ignorato e dimenticato.

Appoggiavo il mio ventre contro qualsiasi parte del corpo, c'era chi si ritraeva e chi non si ritraeva, almeno non subito. Spiavo dai buchi delle serrature. Guardavo chi si spogliava, chi si abbassava. Era tutto ambiguo, sottinteso, implicito, fatto come se fosse casuale o involontario, quindi eventualmente negabile. Mai è stato necessario negare, mai mi sono trovato in una situazione imbarazzante, rilevata, denunciata agli altri. Era un momento erotico avulso dai rapporti, in cui anche quando c'era stata una disponibilità o al contrario un fastidio, come alla fine di un incantesimo, appena dopo, tutto era stato spazzato via.

Il problema era riuscire a mettere in atto, un po', in qualche modo, qualcosina di tutto quel mondo enorme che vedevo nei film e leggevo nei fumetti e che di conseguenza avevo immaginato come possibile, in una percentuale minima, anche nella mia vita.

Ma c'è stato un film (un passaggio) decisivo: *Malizia* di Salvatore Samperi, che mi ha dato quella risposta che evidentemente cercavo, e me l'ha data piú forte degli altri film per vari motivi che tenterò di raccontare; ma soprattutto mi ha portato in un posto nuovo, mi ha fatto aprire un'altra porta. Ha iniziato perfino a farmi capire qualcosa sul perché quel giorno sulla panchina avevo pianto tanto. Inutile dire che tutte queste cose non le ho capite subito e tutte insieme, ma lentamente e nel tempo.

Malizia è il vero generatore della serie di film erotici, ma è un film di qualità, un racconto interessante. Avevo nove anni quando è uscito, quindi l'ho visto qualche tempo dopo, in un'arena estiva. I protagonisti sono Laura Antonelli (Angelina) che fa la cameriera e Alessandro Momo che è il quattordicenne Nino. *Malizia* ha tutte le caratteristiche del film erotico: l'amico di Nino è il classico grassone ossessionato dalla masturbazione e dal sesso, ed è un caratterista giovane che sarà molto utilizzato nei film erotici; la vedova Corallo, Angela Luce, di cui si dice che abbia il piú bel culo di Catania e che è eccitantissima nel film, è un personaggio che lo attraversa proprio come i personaggi secondari attraversano i film erotici: per dare il primo scalino di eccitazione, in attesa dello scalino finale. E il rapporto tra Nino e Angelina ricalca i tempi e le strutture di quel genere: l'impossibile che si trasforma in possibile.

Il film comincia con i funerali della mamma di Nino. Il

punto di partenza narrativo è questo: la donna, sapendo che stava per morire, aveva fatto richiesta a un'agenzia di una «cammerera», senza dirlo a nessuno. Turi Ferro, suo marito, e i tre figli maschi, quando tornano a casa, trovano questa Angelina che ha già pulito tutto e ha preparato la cena. È accudente, gentile, timida, parla a bassa voce. Ed è molto bella (è Laura Antonelli, appunto). Quindi anche gli sguardi del padre e del fratello grande sono subito voluttuosi. Ma la questione riguarda soprattutto Nino. In realtà la fissazione per Angelina non parte da un suo pensiero autonomo o spontaneo; ma, come succede quando nasce l'ossessione erotica, è la comunità che spinge; e se la comunità spinge, sembra di essere stati investiti di qualcosa. Nino e il suo compagno di scuola tornano a casa e Angelina si affaccia per dire che è pronto, e l'amico dice: mi', e chi è quella? Nino spiega che è la nuova cameriera, e quello: ma chista tu te la sei già...? Ma tu sempre a 'ste cose pensi?, risponde Nino.

Da quel momento, però, sarà Nino a pensare sempre a quelle cose. E la sera stessa, mentre guardano la tivú, seduto a terra, si volta per guardare le gambe di Angelina – è la prima inquadratura dell'immaginario erotico di *Malizia*, si vede pochissimo ma si intravedono le famose calze con reggicalze di Laura Antonelli.

Insomma, quella sera, poiché l'amico lo ha acceso, Nino si mette a guardare le gambe di Angelina. Però non è tutto qui. Perché Angelina, quando andrà in camera sua, nella tasca del grembiule troverà una rosa. E subito il personaggio di Nino e la complessità del film cambiano, evolvono rispetto al desiderio pressante dei film erotici.

Nino è eccitato ed è innamorato.

Il suo carattere è complicato, malinconico: sente attrazione ma questa attrazione è condizionata (spinta e frenata) dai sentimenti. I suoi stratagemmi sono sia erotici sia sentimentali. Angelina è una donna adulta e Nino un ragazzino, quindi il punto dell'impossibilità all'inizio è enorme e questa impossibilità è accresciuta dal fatto che oltre a Nino e Angelina in casa ci sono il fratello piú grande (che è già un giovanotto attraente e ha pulsioni sessuali molto piú dirette, adulte) e il padre che è il capofamiglia ed è colui che vorrà sposare Angelina.

Ma Nino costruisce una complicità tutta sua con Angelina. L'innamoramento glielo permette, ma ovviamente non è ammissibile né con lei né soprattutto con gli altri. La complicità viene inaugurata da Nino che si fa male giocando a pallone e Angelina che lo deve medicare vicino al pirellino – lo chiama cosí; a un certo punto deve dirgli di tenerlo in una mano per non dar fastidio alla medicazione: si capisce che lo dice perché questo pirellino è in erezione. La scena è decisiva, fonda la complicità esplicita tra loro. Nino poi la racconterà all'amico e si inventerà: e poi me l'ha menato; all'amico lui racconta che con Angelina ci scopa, dice un sacco di fesserie per vantarsi. Questo gli permette di mantenere distacco e anche di ottenere quello che la comunità desidera: assomigliare a tutti gli altri – a suo padre, a suo fratello, al suo amico. Rassicura sé stesso e gli altri. Il sesso è esibito al di là della verità; i sentimenti sono nascosti al di qua della verità. Ma poi l'amico dice: tu la sorvegli quando sei a casa, ma quando sei fuori che succede? Cosí Nino fa finta di avere la febbre per spiare cosa accade a casa.

Angelina, quindi, è diventata subito l'ossessione di tutti. Questo racconta la scena piú famosa di *Malizia*, l'immagine che è rimasta nella testa di alcune generazioni: Laura Antonelli sulla scala che pulisce i vetri.

Il padre, dalla poltrona, si abbassa fino a riuscire a scorgere un po' di mutandine e il fratello grande, che con Angelina è sfacciato, fa finta di fare flessioni proprio sotto la scala. Angelina non se ne accorge, o forse se ne accorge tardi; ma la cosa fondamentale è che Nino spia tutto questo, e soffre. La differenza tra Nino e suo padre, il fratello, l'amico e tutti gli altri personaggi di tutti gli altri film erotici – è che Nino finge di essere come loro, un maschio indifferente e attivo, si vanta di gesta inventate con Angelina; ma si è innamorato di lei e soffre; e questo lei lo ha già capito.

Il film si svolge quasi tutto dentro casa, e si sente precisissima la sensazione dei pomeriggi, di Nino che va a cercare per le stanze questa donna che vive con loro. È uno degli immaginari erotici piú irresistibili: qualcuno che non devi andare a inseguire chissà dove, ma che sta tutto il giorno con te ed è, infatti, quello che accende di piú perché è come se ci fosse una zia, un'amica della mamma, una cugina nella casa delle vacanze – perché dormire, mangiare, vestirsi, spogliarsi, andare in bagno, lavarsi, sono tutti elementi che alimentano la vita erotica (una medicazione è eroticissima); non solo la alimentano, ma la fanno sentire come una possibilità continua; e quindi l'eccitazione, il sentimento misto a eccitazione, non sparisce mai. È questo che succede a Nino. E a noi con Nino.

Per esempio, Nino una volta becca il fratello che sta molestando Angelina e cominciano a litigare, si picchiano, il fratello dice: ma sei picciriddu ancora, vai, vai a menartelo nel cesso che non puoi fare altro, io invece stanotte ci vado in camera e me la fotto. Nino gli sputa in faccia e scappa. Qui sia lui sia noi pensiamo che è troppo piccolo per competere con il padre e con il fratello: come può questo ragazzino, a cui Angelina ha detto la parola «pirellino», avere una possibilità erotica o sentimentale?

Angelina intanto dice: non voglio che vi litigate per colpa mia. E in quel momento, in cui ha sentito che Nino la difende, vuole ricambiare e gli rivela che lo sa che il fiore che trova ogni sera glielo lascia lui. E qui Nino ha una reazione che appare sorprendente eppure non lo è: si incazza. Perché si vergogna. Si vergogna dei sentimenti, non del desiderio. Se Angelina avesse detto: ho visto che ti masturbavi, che mi spiavi, non si sarebbe vergognato cosí, ma poiché Angelina ha reso esplicito il suo gesto romantico, si arrabbia e dice: ma che dici, che hai visto? Vai a lavare i piatti che è meglio. E Angelina se ne va arrabbiata, perché è e sarà la caratteristica di Nino, questa: ogni volta che viene scoperto nel suo sentimento, la tratta male, la tratta subito come la serva.

L'impossibile, in *Malizia*, è mediato da un continuo possibile che è messo in campo in vari modi: la consuetudine quotidiana; i rapporti di forza figlio del padrone e cameriera – quindi viene messo in campo un potere che bilancia la debolezza del ragazzino; una capacità ricattatoria; e anche un sentimento limpido. Tutte queste cose insieme fondano l'intimità tra Nino e Angelina, accorciano le distanze scena dopo scena. E sono gli stessi elementi che poi io e altri metteremo in campo per tutta la vita, in modo consapevole e meno consapevole.

Quella notte sia il padre sia il fratello hanno l'idea di infilarsi nella camera di Angelina. Nino vede nella penombra che si aprono le porte di tutt'e due le stanze. Il fratello, accorgendosi del padre, è costretto a tornare indietro. Nino cosí vede il padre che sta ormai per entrare nella camera di Angelina, è disperato e non sa come fermarlo, allora lancia un bicchiere contro la vetrina del negozio sotto casa. Fa un casino solo per non far entrare il padre nella camera di Angelina, e questo fa capire che *Malizia* sancisce la forza dell'erotismo sentimentale contro quello brutale. La scena della notte racconta di due maschi che vogliono andarsi a scopare Angelina e di un altro maschio, debole, senza mezzi, impossibilitato dall'età a fare qualsiasi gesto, che la difende ed è disposto a tutto pur di mettersi tra lei e il loro desiderio.

È per questo che Angelina avrà tenerezza di Nino e, alla fine, è per questo che sarà sedotta da lui.

Ma arriva il colpo per Nino: suo padre decide di chiedere ad Angelina di sposarlo. E lei come potrebbe dire di no a un cambio di vita cosí evidente. Vanno in campagna dalla nonna di Nino a chiedere il permesso, ma lei giudica una pazzia il fatto che il figlio voglia risposarsi cosí presto, e con una serva. Il problema vero però è quanto sia arrabbiato e disperato Nino, che quindi decide di agire: provoca il fratellino piú piccolo, lo accusa di essersi dimenticato della mamma, ormai vuole bene solo ad Angelina. Il fratellino si sente in colpa, scoppia a piangere, dice che vuole la mamma. E Nino gli dice: strilla piú forte. Quando accorrono tutti, Angelina vuole prendere il bambino in braccio, ma il bambino dice: non voglio te, voglio mamma. Anche la nonna assiste alla scena, sono tutti imbarazzati, Angelina capisce che è stato Nino e per questo è turbata: è arrabbiata ma allo stesso tempo intuisce che quel ragazzino è disposto a qualsiasi cosa per lei. Gli dice: ma che vuoi da me? E Nino: niente.

Quando ha paura che si possa scoprire il suo amore, Nino diventa brutale. Allora afferra un reggiseno e dice ad Angelina: ma non ti stringe? Non sarebbe meglio che non lo mettessi? Lei risponde: questi sono affari miei. Ma Nino le ordina: domani non te lo mettere. La questione si fa complessa: bambino / donna; padrone / serva; innamorato / oggetto d'amore; eccitato / oggetto dell'eccitazione; il rapporto tra Nino e Angelina si complica, il matrimonio ormai sta diventando concreto, e a un certo punto, dato che il fratellino di notte non ha piú voglia di svegliarsi per urlare mamma, allora comincia a farlo Nino. Si sveglia e urla: mamma! mamma!, per dire che anche a lui manca la madre. Tutto questo per non far sposare il padre con Angelina.

Quindi Angelina deve rispondere con strategie altrettanto forti, se vuole sposarsi e sistemarsi per tutta la vita – pensiero che dichiara con semplicità e sincerità, rendendocelo comprensibilissimo. Di conseguenza, da quell'urlo di notte di Nino si passa all'inquadratura di Angelina all'altezza dei seni. Nino si sporge a guardare e lei dice: non ce l'ho, sei contento?, ho fatto come volevi tu. Ha capito che Nino la sta ricattando, e si lascia ricattare: perché è conquistata dall'ostinazione del suo amore o perché si vuole sposare? Non si sa, forse tutt'e due, e qui sta la forza diabolica di Angelina; e però l'erotismo che mettono in atto, lei con lui, e lui dicendole di non mettersi il reggiseno, è un erotismo invischiato con la disperazione sentimentale di Nino.

E qui c'è la prima delle due grandi scene finali di *Malizia*. Ormai il matrimonio è deciso, il parroco va a pranzo a casa per convincere i ragazzi. Angelina è seduta a tavola con il futuro marito e i figli. La scena è molto forte perché il padre tiene la mano di Angelina, e Nino intanto infila la mano sotto il tavolo, prima la mette tra le gambe della donna e poi tenta di sfilarle le mutandine. Angelina gli prende la mano per trattenerlo, ma lo fa con complicità, guardando gli altri affinché non si accorgano di quello che succede. Ha una mano stretta a Nino che vuole sfilarle le mutandine e una mano stretta al padre che vuole sposarla (in realtà il padre vorrebbe sfilarle le mutandine, per questo la sposa; e Nino desidererebbe sposarla). Intanto sia il fratello grande sia il fratellino rispondono che per loro il matrimonio va bene, tocca a Nino, e Nino in questa situazione di lotta dice: per me va bene, se non fosse per le apparizioni della mamma. E mentre il parroco chiede di cosa si tratti, e il padre minimizza, Nino dice che la mamma appare e piange, tutte le notti. In quel momento, Angelina lascia la presa della mano che stringeva per trattenere la mano di Nino; lui adesso può sfilarle le mutandine e lei si muove in modo da aiutarlo, le lascia scivolare a terra, Nino fa cadere il tovagliolo e si prende le mutandine e dice: potrebbe anche essere che la mamma non venga piú a trovarci.

Il legame perverso, sentimentale, erotico tra i due è ormai arrivato al massimo del paradosso (un ragazzino che costringe una donna adulta a fare qualsiasi cosa), del pericolo (tutto succede nella stessa casa dove c'è l'uomo che sta per sposare lei, ed è il padre di lui) e della tensione (si deve sciogliere in qualche modo, anche narrativo).

E quindi a questo punto arriva la grande scena finale.

La casa è sottosopra per i preparativi della nuova vita matrimoniale. Per terra è sparsa la lana per i nuovi materassi. Il padre va di nuovo in campagna da sua madre a chiedere il consenso definitivo – che ottiene. Ma c'è un brutto temporale e Nino sente che Angelina al telefono dice al padre: fa bene a non tornare, cavaliere, co' 'sto tempaccio.

Il fratello grande è uscito come ogni sera, il fratellino va a dormire. Angelina e Nino restano soli.

Lei dice: tu ce l'hai con me, sei arrabbiato?, che c'è, ti dispiace che mi marito tuo padre?

E Nino, duro: e a me che me ne importa.

Angelina: guarda che dopo bisogna finirla di…

Nino la interrompe: di che?, ma che vuoi, che stai dicendo?

Si alza e va via. E a quel punto salta la corrente elettrica.

Angelina è illuminata solo dai lampi, chiede: Nino, per cortesia, mi vai in cucina a prendere la candela e i fiammiferi?

Nessuno risponde.

Nino dove sei, non mi fare spaventare, lo sai che ho paura del buio.

Si muove per la casa, cauta, impaurita. E all'improvviso viene illuminata da una torcia.

Nino, ma dove eri andato?, e levami quella luce dagli occhi, spegnila.

Lui la spegne e la riaccende da un altro punto.

Non giocare, finiscila, smettila. Basta, basta! E cade a terra, tra la lana per i materassi. La torcia si avvicina.

Guarda che se ti acchiappo ti ammazzo, dice lei, ma è spaventata.

E Nino: spogliati e stai zitta.

Angelina comincia a spogliarsi.

Guarda che questa è l'ultima volta, hai capito? Disgraziato sei...

Intanto continua a spogliarsi.

Una famiglia di disgraziati è, figlio di puttana, schifoso, guarda che io quando ti acchiappo ti ammazzo.

Poi tra sé e sé ripete: ero cosí contenta, m'ero sistemata, ero cosí contenta... Si leva le calze mentre dice: degenerato, porco... mi portava i fiori mi portava...

(Ecco, questa frase bisogna tenerla a mente: porco, mi portava i fiori. Perché è un passaggio importante che poi capirò pian piano nella vita).

Intanto si toglie reggiseno e mutandine ed è nuda.

Dice: quel pover'uomo di suo padre... vigliacco, maledetto, sei un vigliacco sei, sei una carogna – piange ormai, è disperata –, una bottana mi hai fatto diventare.

Poi gli scaraventa la lana contro, in un attacco isterico che pian piano cambia il suo pianto in un riso eccitato, si alza e scappa, si nasconde e quando Nino la trova, nuda, bellissima, lei scappa e ride. È una scena che mette in campo di tutto: paura, sesso, disgusto, follia, attrazione, amore, disperazione.

Angelina si nasconde e fa cadere la torcia a Nino, l'afferra lei, lui dice ridammela cretina; no adesso gioco io, vienitela a prendere, e il gioco si inverte. Angelina lo illumina e poi Nino finisce a terra tra la lana, Angelina gli salta addosso, dice: ti ho preso, ora basta giocare Ninuzzo, ora vedrai che ti fa Angelina.

E comincia a spogliarlo.

Che fai?, dice lui.

E Angelina: fotti, figlio di puttana, fotti. E sopra di lui si fa penetrare, fotti bambino mio fotti, dice, eccitatissima, quasi in trance per il gioco, Nino si abbandona sorpreso, è lei che lo scopa dicendo ancora: fotti bambino mio. E vengono, lei si stende accanto a lui, che apre gli occhi e dice: Angela... e lei lo accarezza dicendo: amore mio.

Fotti, amore mio.
Una scena indimenticabile.

È proprio Nino che accompagna Angelina all'altare. Quando lei dice sí, Nino ha un'espressione dura. Accanto, la vedova Corallo piange e gli dice: allora, ci vediamo stanotte? E Nino: ssssh, non lo so.

Fuori la chiesa, sequenza di baci tra tutti. Angelina bacia il fratello maggiore e poi deve baciare Nino. Il padre dice: abbraccia Angelina, ora la devi chiamare mamma, hai capito? Nino le si avvicina piano, i due si guardano negli occhi con amore, poi lo sguardo di Nino torna duro e indifferente e dice: auguri mamma, e si allunga per baciarla sulla guancia, mentre gli occhi di Angelina si chiudono. Fermo immagine e fine del film.

Malizia ebbe un successo enorme, anche se le intenzioni erano quelle di fare una commedia erotica. Lo dico perché è fondamentale capire che era rivolto a noi ragazzini. Il vero processo identificativo, quello piú evidente, era il nostro. Sarà piaciuto di sicuro a tutti gli uomini perché aveva un immaginario erotico preciso e reale (irresistibile) – ma sembrava fatto per noi. Perché io e i miei amici abbiamo pensato insieme a Nino di conquistare la bellezza di Angelina e ci siamo riusciti. Però quel film ha cambiato il punto di vista: intanto che lo vedevo, il mio sguardo smetteva di essere collettivo e diventava individuale. Quel processo identificativo con Nino ha contribuito a formare l'io di me ragazzino.

Il mio io.

Non bastava infatti identificarsi con Nino perché era il protagonista e perché aveva l'età nostra. Ma anche perché non pensava, come invece avevano pensato il padre e il fratello, di infilarsi in camera di Angelina di notte e basta. Nino si innamora di lei e le mette una rosa nella tasca del grembiule ogni sera. La sua tempesta ormonale è intrecciata al sentimento. Ovviamente è obbligato, per sentirsi maschio come gli altri, a negare l'evidenza dei suoi sentimenti, e cosí costringe Angelina in un gioco sadomaso, ma non capisce che lei sa che lui soffre, è a quella sofferenza che si rivolge ed è da quella sofferenza che è sedotta – in modo materno e passionale: mentre scopano dice «bambino mio» ma anche «amore mio». E per tutto il film tenta di stanare la sua dolcezza, ma piú lei prova a stanarla piú Nino si irrigidisce, diventa insensibile. Fintamente insensibile. Perché è questo che gli hanno insegnato. Che dovrebbe andare di notte a cercare di possederla, e non dovrebbe amarla.

In fondo, il sesso è sempre la realizzazione di uno strapotere, una prova di forza. Mette dentro la testa e i muscoli di un maschio l'idea che nulla è impossibile, che tutto è conquistabile. Che si può ottenere tutto. Anche contro gli altri maschi. Implicito o esplicito che sia, questo agonismo c'è nel film e c'è nella vita.

La conclusione di *Malizia* è in piena sintonia con il resto del cinema erotico: si realizza il sogno impossibile, anche se era un sogno domestico. Ma qui addirittura Nino vince su tutti: con il fratello grande che è troppo rozzo; e con il padre che sposa Angelina; ma Angelina ha scopato con lui, ed è a lui che ha detto: amore mio.

Dovrebbe essere il film erotico per eccellenza, invece fonda un sentimentalismo dell'erotismo, una cosa completamente diversa. Questo film cambia i connotati del maschio erotico che sono io, del ragazzino erotico che sono stato fino a quel momento, ed è un cambio di carattere che mi porterò dietro tutta la vita, senza rinunciare all'altro me stesso che mi rassicurava di piú.

Quindi quella storia della fame all'una e un quarto, può essere raccontata al contrario. E cioè che in fondo, a questa specie di essere abietto, che proprio durante la scuola media aveva raggiunto il suo punto piú basso, in quel periodo di totale imbarbarimento, era successo di fidanzarsi piuttosto seriamente e molto pudicamente con una delle ragazze piú carine della classe. In mezzo alla bestialità avevo avuto i miei momenti di sentimentalismo prima allegro poi cupo.

Tutto avrebbe dovuto ruotare intorno a quell'amore di cui non riuscivo a sostenere il peso, che non si poteva nemmeno toccare, che non avevo nemmeno capito con chiarezza che era finito. E invece mi ero scrollato di dosso il dolore con la fame dell'ora di pranzo, o piú probabilmente me l'ero tenuto addosso ignorandolo, continuando a costruire una vita insieme agli altri, uguale agli altri. In cui quell'amore era un episodio trascurabile agli occhi di tutti, e nessuno sapeva come era finito, su quella panchina. Non ero sicuro che avrei voluto vivere cosí e pensare cosí, ma seguendo il flusso, stando con i miei amici, era quello che avevo imparato, a cui mi ero abituato. Avevo sentito dentro di me la debolezza assoluta della passione solitaria, mischiata all'euforia di stare insieme a una ragazza – ma questo aveva reso tutto ancora piú fallimentare. Eppure né con la debolezza né con il fallimento ci avevo avuto davvero a che fare, di nessuno dei due mi ero accorto fino in fondo. Avevo adottato lo stesso metodo che avevo adottato con gli schiaffi e i calci di mio padre, con la rabbia del mio professore, con le umiliazioni del preside, con lo stupore addolorato di mia madre. Lo ignoravo.

Oggi so che quella mattina alla Flora, quel segmento della mia vita è stato importante, e lo ritengo piú importante di tutte le altre cose che ho vissuto in quegli anni. Oggi l'ho tirato fuori con chiarezza da quella nebbia e mi ci sono aggrappato. Ma se avessi dovuto considerare allora ciò che stavo vivendo, pur avendo sofferto tanto (o essendo stato tanto – insensatamente – felice nelle settimane precedenti), lo avrei ritenuto meno importante di tutto il resto. E avrei attribuito a questo la supremazia della fame sul dolore d'amore.

Quindi, la questione fondamentale di tutto ciò che ho raccontato finora, è che in fondo, anche se lo ignoravo, c'era il desiderio di essere diverso da com'ero. E anche rimanere su quella panchina quando Federica se n'è andata, era un modo di stare al mondo che avevo accolto senza prenderne coscienza – ma se lo avevo accolto doveva per forza significare qualcosa. Ero fidanzato, questo accresceva il mio valore (e riscattava una debolezza che mostravo ogni settimana, e di cui non parlavo io e non parlavano i miei amici), ma intanto potevo continuare a vivere come avevo sempre vissuto, senza pormi nessuna domanda e senza avere nessuno sguardo consapevole su me stesso e sui miei amici. Avevo scoperto di essere come Nino in *Malizia*, con quella debolezza, con quei sentimenti, con quella volontà anche di essere diverso da coloro che mi sembravano bestiali. Avevo scoperto di essere come ero da bambino quando mi dicevano: vieni con noi verso il Villaggio Svedese, e io andavo per stare insieme a loro e loro non si rivolgevano a me e mi sentivo sí parte di qualcosa, ma anche escluso dalla sostanza di questa cosa.

Da un lato c'era l'ossessione per il sesso e il corpo delle donne (che mi dava la possibilità di appartenere al gruppo); dall'altro un fidanzamento senza alcun contatto fisico, e con esito infelice (che mi dava la possibilità di essere un individuo). Tutto il resto della mia vita, cioè quello che poi ero per davvero, comprese le ribellioni alle punizioni, al professore, a chi mi diceva che dovevo studiare, l'indifferenza a mio padre che mi picchiava, erano la vita che facevo senza rendermene conto.

Però c'è un elemento che è decisivo, credo, nell'identificazione con Nino di *Malizia*: è vero che lui è diverso dal fratello grande, dall'amico porcellone, dal padre eccitato; ma questa diversità lo fa vincere, non lo fa perdere. Quello che il sentimentalismo propone all'animalità è, in questo caso, l'elemento decisivo al servizio dell'animalità. In fondo – poi certo il film finisce con Angelina che sposa il padre, quindi il padre consumerà un giorno questa passione – durante il film l'unico che avrà l'amore, la nudità, le esperienze erotiche con Angelina e che infine farà l'amore con lei, scoperà con lei, è Nino; e lo farà grazie al sentimentalismo, grazie all'amore.

Quindi l'insegnamento problematico, sotterraneo, per me era: sí, sono sentimentale, ma il sentimentalismo serve per scopare. È il mezzo migliore per far sí che l'impossibile si possa trasformare in possibile. Ed è questo il punto d'arrivo di *Malizia*.

Tutto ciò che ho vissuto guardando film, fumetti, parlando con gli amici, guardando i corpi delle donne, non ha nulla di eccezionale, è un rito collettivo risaputo, che abbiamo vissuto tutti in modo simile. Una parte di me è uno stereotipo, e questo stereotipo è consolidato dall'uso che ne ho fatto negli anni della preadolescenza e dell'adolescenza in mezzo agli altri, per assomigliare agli altri, per farmi accettare. E anche per difendermi dai pericoli delle mie debolezze. Nino nascondeva il suo amore a tutti mentre si vantava delle sue imprese erotiche con l'amico, anzi le inventava per parlarne; io di quella mattina sulla panchina, del pianto, non ne parlai con nessuno. Era inconcepibile per me il pensiero di comunicarlo agli amici che frequentavo. L'innamoramento e il dolore erano la vita individuale; l'erotismo era la vita collettiva, era totalmente legato alla comunità di maschi che conoscevo.

Ma la domanda che mi faccio ancora adesso, che mi faccio scrivendo questo libro è: il mio stereotipo e io come individuo eravamo davvero cosí diversi? Se avessi avuto la possibilità di scegliere da solo, non sarei andato comunque al Villaggio Svedese? Non avrei comprato i fumetti di Lando? Non avrei spinto il ventre contro qualcuna su cui si poteva spingere o non spingere? Non avrei passato lo stesso tempo a immaginare quello che ho immaginato?

Lo sforzo è rintracciare il rapporto tra quello che si è stati e quello che si è diventati. Il rapporto tra quello che ti hanno imposto di essere e quello che hai cercato di essere.

Il tentativo di essere altro: in quanta percentuale questa cosa è riuscita, in quanta percentuale non è riuscita e – dentro quei singoli episodi che appartengono all'immaginario di tutti – cosa si può rintracciare di determinante per il resto della vita, cioè cosa si è annidato per sempre dentro e come si è tentato di combatterlo; e con quello che non si è riusciti a combattere, come si è tentato di conviverci.

Lo stereotipo in ogni caso non era facile, almeno per me. C'erano varie pressioni, e alle pressioni bisognava saper rispondere, e farlo con energia. Anche essere uno stereotipo comportava una grande fatica, ma non me ne accorgevo perché non consideravo alternative. Tra le molte pressioni, c'era il fatto che essere vulnerabili fosse inaccettabile. Per questo avevo tenuto nascosto il mio malessere, e avevo cercato di mostrare distacco e strafottenza. E per questo mi ritrovavo di continuo in una situazione di fragilità. Perché avevo piú di una mancanza.

Dai film traevo l'immaginario per far accadere le stesse storie, le stesse scene probabilmente, nella mia vita reale; ma poiché nella realtà non era possibile concretizzarle, le riavviavo dentro un immaginario piú personale e possibile: nella masturbazione. Prendevo una zia, una professoressa, una cugina, una compagna di scuola, una vicina di casa, la mamma di un mio compagno di basket e rifacevo le stesse scene che avevo letto o visto nei film adattate alla mia vita, alla mia casa, a quei corpi, adattate a quelle voci. Credo proprio che fosse quello che facevamo tutti. Ma io ero convinto che anche agli altri l'atto della masturbazione provocasse sofferenza. Infatti un po' godevo (poco), e un po' soffrivo (molto).

Se devo dire come è successo che il medico ha visitato il mio pirellino (come dice Angelina a Nino) – ma ancora prima, come è successo che mio padre mi abbia portato dal medico a fare questa visita – io non lo so. Alle volte nei romanzi bisognerebbe inventarselo il racconto; ma io, se devo dire la verità, non ne ho memoria e quindi nessuna base su cui costruirlo. So soltanto questo: che ero in bagno, mi masturbavo, mi sembrava che la masturbazione fosse una gran fatica, mi faceva male, era una sofferenza; ma che io abbia mai potuto dire una cosa del genere a mio padre, lo ritengo impossibile.

Forse mio padre lo aveva trovato strano già da molto tempo, forse da piccolo un pediatra aveva detto: aspettiamo che si faccia piú grande e poi vediamo. So solo che mi sono ritrovato con questo problema senza saperlo e non ho memoria di come sia potuto accadere, però è accaduto e un giorno mi hanno detto: hai un problema, si chiama fimosi, prima o poi dovrai farti un intervento.

Il gruppo di amici mi aveva accolto pienamente, mi ero sentito parte di qualcosa. Mi ero sentito parte di qualcosa anche andando a vedere i film western con mio padre e godendo di personaggi duri che sembrava ci assomigliassero o ci dovessero assomigliare. Avevo goduto dei film erotici insieme ai miei amici e poi avevo goduto anche dei film della domenica mattina al cinema Esedra, dove facevano Totò, Zorro, e film di avventure; ma il genere piú frequente erano i film con Maciste. Erano dei film durante i quali si rumoreggiava, si urlava, si tifava per l'eroe, tutti noi nel cinema ci identificavamo in questo uomo forte che arrivava all'improvviso a fare giustizia, ad amare ed essere amato da donne bellissime. Soprattutto vedevamo una cosa precisa, che non c'era nei western e nei film erotici – anche se nei western c'era una precisione altrettanto virile; qui vedevamo i muscoli, uomini nudi o seminudi, con una specie di gonnellino davanti, la forza bruta e gli addominali e i dorsali tutti in evidenza. Erano degli attori culturisti che dominavano il mondo grazie ai muscoli, proteggendo i deboli e punendo i cattivi. Lo facevano in un modo poco credibile e che per questo ci faceva anche divertire – ma ci spingeva ad esaltarci: Maciste uccideva tre-quattro uomini alla volta, anche dieci, venti, sbaragliava eserciti. Lo faceva in un tempo remoto, come era remoto quello dei film western, che suggeriva una forza antica della virilità, in questo caso eccezionale: l'eroe era fisicamente diverso dal maschio comune. Era molto di piú.

Questo luogo indefinito e lontano è qualcosa di molto simile alla sbarra abbassata del Villaggio Svedese, perché al di là ci sono dei sogni e allo stesso tempo è inaccessibile; ed è su tale inaccessibilità che si fonda la prima incrinatura di diversità, qualcosa che evidentemente ho sempre sentito: cosí come nel Villaggio Svedese non si poteva entrare, non avevo accesso nemmeno al mondo dei muscoli di Maciste. Perché in quel branco delle medie, in cui ero forte perché avevo la forza della brutalità, dell'andare male a scuola, dello squartare le ruote ai professori, dell'essere indisponente, del venire sospeso, del nascondere la pagella – io che avevo molti requisiti, non avevo qualcosa.

Tra me e i miei amici c'era una differenza, e non era a mio favore.

La domenica mattina, in quel cinema chiassoso, violento, stravolto da ormoni impazziti, i miei amici vedevano entrare in scena Maciste e non provavano nessun imbarazzo, anzi si esaltavano, volevano assomigliargli. Io no. La domenica mattina davanti a Maciste era il momento in cui si ripresentava un problema che tutti avevamo accantonato. Mi sentivo in imbarazzo e in difetto, stavo lí con loro, tifavo per Maciste, facevo finta di avere la stessa adesione ma sapevo di non averla e i miei amici sapevano che non potevo averla. Sapevano che in quegli anni di brutalità, quando arrivava l'ora di educazione fisica, due volte alla settimana, due ore ogni settimana per tre anni consecutivi, per un po' ero come gli altri. Ma poi non piú.

Dopo corse, salti, respirazioni ed esercizi in giro per la palestra, il professore di educazione fisica ci indicava un angolo.

Era il momento.

In quell'angolo c'erano due lunghissime pertiche piantate sul pavimento, e due lunghe funi che scendevano dal soffitto e sfioravano il linoleum. Ci mettevano in fila e poi quattro alla volta dovevamo salire, come negli esercizi di epoca fascista, su una pertica o su una corda (che era ancora piú difficile perché ondeggiava di qua e di là). In quel momento, ogni volta, si consumava una tragedia di imbarazzo e tristezza: non riuscivo a salire, né sull'una né sull'altra. Non è che arrivavo a metà o arrivavo a un quarto, non ce la facevo proprio, non avevo i muscoli, gli addominali, forse non riuscivo a comprendere la tecnica, avevo paura, ero incapace, e mi avvilivo; i miei amici mi incoraggiavano, mi suggerivano come fare, il professore mi incitava oppure si incazzava per spronarmi di piú; e io ci provavo di nuovo; e ogni volta non ci riuscivo. Quei secondi in cui restavo aggrappato alla pertica, rosso per lo sforzo, a pochi centimetri dal pavimento intanto che gli altri tre del mio turno salivano, non finivano mai. La maggior parte delle volte mi rifiutavo di provarci, restavo fermo ad aspettare che finissero gli altri, ed era piú dignitoso.

Intorno c'erano i miei amici con cui minacciavamo e picchiavamo, e c'erano gli altri che avevamo minacciato e picchiato – tutti tenevano la testa bassa per evitarmi l'imbarazzo. E anche io tenevo la testa bassa. In quei minuti tutto il castello della mia forza e della mia appartenenza crollava miseramente e mi sentivo di una fragilità totale, ma non la potevo dichiarare. Era un argomento di cui non si poteva parlare e quindi stavamo tutti zitti, subivo questa umiliazione, me la tenevo, i miei amici però non si rassegnavano e ricominciavano a incoraggiarmi, mi dicevano che stavolta ce l'avrei fatta sicuramente, mi mostravano come incrociavano i piedi aggrappandosi alla pertica o alla fune, come tiravano su con le braccia, e ogni volta mi convincevo che non poteva essere cosí difficile. Ce la fa quello e ce la fa quell'altro, non è possibile che non ce la faccia pure tu – sostenevano i miei amici, preoccupati perché ero uno di loro, e non piaceva neppure a loro lo sguardo di tutti gli altri su di noi, e tantomeno lo sguardo delle ragazze su di noi, perché uno di noi non ci riusciva. Allora saltavo sulla pertica e mi aggrappavo, incrociavo i piedi, mi tiravo su con le braccia e a quel punto sentivo che tutta la coordinazione che vedevo negli altri si perdeva, le gambe scivolavano e il corpo rimaneva appeso alle braccia che non riuscivano piú a tirarlo su. Mi sforzavo, arrossivo per lo sforzo, e alla fine dovevo lasciarmi cadere giú. E poi, subito dopo che non ce l'avevo fatta, tutti si comportavano come se non mi avessero mai visto non farcela.

Quello che tenevo compresso dentro di me e si presentava durante l'ora di educazione fisica o durante i film di Maciste, o certe sere quando andavo a dormire e avevo paura, era l'angoscia di dimostrare di essere maschio. Doverlo mostrare a tutti, ogni ora, ogni giorno, ogni settimana. E ogni volta misurare la mia inadeguatezza: non quanto ci fossi riuscito, ma quanto non ci fossi riuscito, quanto mancava; mi sembrava di non esserlo mai abbastanza. Era un'idea infantile, ma era l'idea che tutti intorno a me condividevano; se pure non l'avessi approvata, non c'era nemmeno modo di pensarci, l'unica cosa che mi teneva aggrappato al gruppo era quell'idea. E ogni mancanza mi rendeva vulnerabile. E di questa vulnerabilità non ne potevo piú.

Poi, durante l'estate tra la terza media e il liceo, è avvenuta la trasformazione. Adesso la posso raccontare dicendo che avevo la percezione che fosse finito qualcosa, che stesse cambiando tutto. Anche io mi stavo trasformando, nel corpo e nella voce, in quel modo mostruoso in cui si trasformano i maschi. Ma non è un evento su cui porre attenzione: se tutti i tuoi compagni di scuola e tutti i tuoi amici e tutta la tua squadra di basket, all'unisono, si trasformano nel corpo e nella voce, allungano e allargano nasi, fronti, palpebre, fianchi, se i capelli di tutti diventano piú grassi, se tutti insieme si diventa piú malinconici, scontrosi, involuti, problematici, cavillosi, isterici – non è una trasformazione vera, è il corso delle cose, e guardando gli altri ti rassicuri.

Ma a me è successo qualcosa di piú. Perché io quell'estate mi sono staccato. Fino ad allora, le vacanze erano una pausa vissuta con la voglia di tornare in mezzo ai miei amici, e invece stavolta li avevo dimenticati. Anzi, da lontano pensavo che non mi piacevano piú. E ovviamente pensavo che non mi piacevo piú neanche io. Se mi fossi allontanato, avrei allontanato anche la frustrazione della loro omertà che in qualche modo mi rendeva anche piú indifeso.

Sentivo che era diverso il mio modo di stare in disparte, in silenzio, il mio modo di chiacchierare, era come se avessi perso tutte quelle energie violente, sudate. Non c'era un desiderio, non c'era una questione del desiderio. Sentivo l'esistenza, una strana malinconia, mi commuovevano i tramonti, guardavo l'orizzonte e pensavo a molte cose. Sentivo di stare nel mondo, e non l'avevo mai sentito. Era calata su di me una strana serenità. Era come se il mio fisico e la mia mente, modificandosi, mi facessero riconoscere il rumore dei cambiamenti, li sentivo accadere. Era tutto molto nebuloso, ma era come se si stesse formando qualcosa di me che sarebbe rimasto: qualcosa che nella mia testa chiamavo sensibilità. Era una presa di coscienza ancora confusa in uno sviluppo emotivo ormonale, ma sentivo piú evidente il senso di fragilità: io ero quello che non sapeva salire sulla pertica e sulla fune, e lo avevo ignorato per troppo tempo. Non potevo fingere. E addirittura pensavo che, se non fossi stato piú con i miei amici, avrei potuto anche smettere di vergognarmene.

Quell'estate decisi che dovevo cominciare a leggere dei libri. Ne avevo un desiderio generico, non sapevo nemmeno da dove partire, se c'era un modo di partire. Ma credevo fosse una risposta a questo sentimento confuso di voler cambiare. Presi qualche libro dalla biblioteca di una mia zia. E quando cominciai, quando sentii il piacere di leggere, mi ricordai che in realtà stavo ricominciando, perché da bambino qualche libro l'avevo letto, prima che gli ormoni mi portassero da tutt'altra parte (con l'eccezione de *La squadra di stoppa*, e le sue conseguenze). Mi tornò in mente il primo libro che avevo letto nella mia vita, sui pirati di Mompracem: l'aveva portato mio padre a casa per me, un giorno, un'edizione rilegata piuttosto grande, anche se in copertina c'era scritta una cosa come: versione ridotta; avevo cominciato a leggerlo subito per mostrargli la mia gratitudine, piú che per convinzione.

Quell'estate tra le medie e il liceo non m'innamorai, ma fondai una ricostruzione del mio stare nel mondo che risultò una predisposizione a innamorarmi, come se quel ragazzino sentimentale che combatteva con il ragazzino animale fosse pronto a imporsi, a sbocciare. Quando tornai dalle vacanze, non tornai dai miei amici. Mi sembrò, nel vederli, che il loro tempo si fosse fermato mentre il mio era andato avanti. Era una verità ed era un errore, perché non era possibile non essere piú come ero stato, e lo avrei scoperto negli anni. Ma era quello che desideravo di piú in quel momento: dimostrare – a me stesso, soprattutto – che non ero piú cosí.

«In quella stanza cosí stranamente arredata, un uomo sta seduto su una poltrona zoppicante: è di statura alta, slanciata, dalla muscolatura potente, dai lineamenti energici, maschi, fieri e d'una bellezza strana».

Queste sono le prime parole che ho letto nella mia vita in un libro.

Sandokan è la tigre di Mompracem e la sua fama è quella della bestialità. Nasce dal fatto che è un uomo feroce e coraggioso che non si è fermato davanti a nulla, è fortissimo, una specie di Maciste (anche lui nel corso del libro combatterà contro cinque, dieci inglesi alla volta). Si comincia subito con un'idea precisa, profonda, di virilità.

Ma questo non è soltanto il primo libro che ho letto in vita mia. È anche il primo libro che Emilio Salgari ha scritto su Sandokan. Quindi queste prime righe sono la prima descrizione assoluta di Sandokan. Ma cosí come è descritto, Sandokan non è piú, o è sul punto di non essere piú; l'immagine della prima pagina del libro è una descrizione che fa già parte del passato. *Le tigri di Mompracem* nasce lí dove, per fare un paragone, nasce *La metamorfosi* di Kafka. Quando leggi le prime righe de *La metamorfosi*, sai che Gregor Samsa è stato appena trasformato in un insetto; quindi è come se la metamorfosi del titolo fosse avvenuta nella pagina precedente, perché quando il libro comincia la metamorfosi è appena accaduta, ma è già accaduta. E la descrizione bestiale e virile di Sandokan è una descrizione che Salgari fa di com'è stato quest'uomo per tutta la vita fino all'inizio del libro. È una descrizione di potenza e nostalgia, allo stesso tempo. E comunque noi questa tigre senza cuore, questo maschio bestiale, non lo vedremo mai cosí come è stato per tutta la vita, ma sempre con un rovello o una malinconia amorosa accanto. Il Sandokan descritto nelle prime righe non c'è piú, e quindi Salgari non lo ha mai raccontato.

Perché all'inizio de *Le tigri di Mompracem* quest'uomo sta mettendo a repentaglio la sua forza, il suo mito, il suo regno e le isole che vuole conquistare lí intorno. Sta mettendo a repentaglio tutto per una donna. Anzi, piú precisamente, per una donna di cui gli hanno soltanto parlato.

Forse è stato il suo amico Yanez (o altri) a riportare a Sandokan la leggenda di una donna giovane, giovanissima, che pare sia arrivata da poco dall'Europa per soggiornare da uno zio inglese, e pare abbia l'abitudine di cantare e sia dotata di una voce meravigliosa. E pare sia incantevole. Per tutti questi motivi la chiamano la Perla di Labuan.

L'idea che da qualche parte lí vicino esista questa giovane donna fa perdere solidità al capo dei pirati della Malesia, che conduce da sempre una battaglia feroce contro gli inglesi, ma ora è costretto ad affrontarla con un tormento indefinito. La storia che ci è stata raccontata, la pre-storia, è che Sandokan è soprannominato la tigre della Malesia perché è feroce e imbattibile. E invece nella prima battaglia alla quale assistiamo, viene subito ferito a morte, come dice Salgari, che però aggiunge: «Un tale uomo dotato di una forza cosí prodigiosa, di una energia cosí straordinaria e di un coraggio cosí grande, non doveva morire». In realtà non avrebbe dovuto nemmeno essere ferito, se non fosse già un po' perduto.

Sandokan cerca di trascinarsi verso un ruscelletto, ma subito ricade. «Allora quell'uomo che voleva essere forte come la fiera di cui portava il nome, con uno sforzo potente, si rizzò sulle ginocchia, gridando quasi in tono di sfida: – Io sono la Tigre!... A me mie forze!...» Ma crolla, moribondo.

Si risveglia nella casa di un lord inglese che non sa chi sia quest'uomo, quindi non sa che si è messo in casa il piú grande nemico, l'orrore degli inglesi; sa soltanto che andava salvato perché stava per morire, il lord pensa addirittura che sia stato attaccato proprio dai pirati della Malesia, e prodigandogli ogni cura riesce a salvarlo.

Sandokan gli deve la vita. È immobilizzato a letto, per ora. Ma è salvo. Prende un libro che è sullo sgabello e sulla copertina vi è un nome impresso a lettere d'oro: Marianna. Salgari scrive: «Si sentí agitato da una sensazione ignota. Qualche cosa di dolce colpí il cuore di quell'uomo, quel cuore che era di acciaio e che restava chiuso alle piú tremende emozioni».

Ogni capitolo del libro è uno scardinamento del cuore d'acciaio di un uomo feroce; che ha una sensazione quasi inconscia e profetica: «Senza volerlo, ma spinto da una forza misteriosa, prese delicatamente quel fiore che poco prima aveva veduto e lo mirò a lungo. Lo fiutò piú volte procurando di non guastarlo con quelle dita che altro non avevano stretta che l'impugnatura della scimitarra, provando per la seconda volta una strana sensazione, un misterioso tremito, un non so che nel cuore; poi quell'uomo sanguinario, quell'uomo di guerra, si sentí vincere da un vivo desiderio di portarlo alle labbra!...»

Un uomo sanguinario che annusa un fiore. Dentro l'animale si forma qualcosa di diverso, proprio come si sarebbe formato dentro di me l'estate di qualche anno dopo: per una forza misteriosa che predispone ad accogliere l'amore.

E a quel punto Salgari racconta che dal giardino sale il suono di una mandola. Sandokan chiede al suo ospite inglese chi è che suona. Quando il lord torna, «dietro di lui si avanzava, sfiorando appena il tappeto, una splendida creatura, alla cui vista Sandokan non poté trattenere una esclamazione di sorpresa e di ammirazione. Era una fanciulla di sedici o diciassette anni, dalla taglia piccola, ma snella ed elegante, dalle forme superbamente modellate, dalla cintura cosí stretta che una sola mano sarebbe bastata per circondarla, dalla pelle rosea e fresca come un fiore appena sbocciato. Aveva una testolina ammirabile, con due occhi azzurri come l'acqua del mare, una fronte d'incomparabile precisione, sotto la quale spiccavano due sopracciglia leggiadramente arcuate e che quasi si toccavano. Una capigliatura bionda le scendeva in pittoresco disordine, come una pioggia d'oro, sul bianco busticino che le copriva il seno». La descrizione è di Salgari, ma con gli occhi di Sandokan. «Quell'uomo cosí fiero, cosí sanguinario, che portava quel terribile nome di Tigre della Malesia, per la prima volta in vita sua si sentiva affascinato dinanzi a quella gentile creatura». Il nome Marianna, il suono della voce della ragazza, ogni cosa turba Sandokan: «Mai aveva udito una voce cosí dolce accarezzare i suoi orecchi, abituati all'infernale musica del cannone e alle urla di morte dei combattenti».

Salgari non manca mai di ricordare, ogni volta che Sandokan prova un'emozione, da quale persona feroce arrivi quella sensibilità. E a questo punto, poiché quella bellezza corrisponde all'altra bellezza che gli avevano descritto, Sandokan le chiede se per caso gli indigeni non la chiamino «la Perla di Labuan». Ma ormai i dubbi erano già sciolti: sí, è lei. Si era già innamorato della descrizione astratta, quando la vede gli basta scambiare due parole e già la ama perdutamente. (Poi Salgari, cosí quasi senza curarsene, dice: «Lady Marianna Guillonk era nata sotto il bel cielo d'Italia, sulle rive dello splendido golfo di Napoli, da madre italiana e da padre inglese». Quindi, praticamente, la Perla di Labuan è napoletana).

Salgari per tutto il libro scrive come se non si rassegnasse al fatto che il suo eroe feroce si stia perdendo; ma ne è segretamente compiaciuto. Sandokan nasce già indebolito, e la sua ferocia la vedremo in atto, ma in nome di Lady Marianna.

Mompracem è lontana, ora: «Che importava a lui che i pirati di Mompracem lo piangessero come morto, quando poteva rivedere per molti giorni ancora quella divina fanciulla? Che importava a lui del suo fedele Yanez, che forse lo cercava ansiosamente sulle sponde dell'isola, giuocando la propria esistenza, quando Marianna cominciava ad amarlo? E che importava a lui se non udiva piú il tuonare delle fumanti artiglierie, quando poteva ancora udire la voce deliziosa della donna amata, o provare le terribili emozioni delle battaglie, quando lei gli faceva provare delle emozioni piú sublimi? E che importava infine a lui se correva il pericolo di venire scoperto, forse preso, forse ucciso, quando poteva ancora respirare la medesima aria che alimentava la sua Marianna, vivere in mezzo ai grandi boschi dove viveva lei? Tutto avrebbe dimenticato per continuare ancora cosí per cento anni, la sua Mompracem, i suoi tigrotti, i suoi legni e perfino le sue sanguinose vendette».

Questo è quello che pensa appena Marianna si avvicina. Ma subito dopo avverte il senso di colpa di stare lontano dalla sua isola, di non essere a capo dei suoi pirati che forse lo credono morto, e a quel punto comincia il tormento: andarsene o restare lí?

«Tutto il sangue gli affluí al capo, e il cuore si mise a battergli con veemenza indescrivibile. Egli rimase lí, cogli occhi ardentemente fissi sulla giovanetta, rattenendo perfino il respiro, come se avesse paura di turbarla. Ad un tratto però diede indietro, mandando un grido soffocato, che parve un lontano ruggito. La faccia si alterò spaventosamente, prendendo una feroce espressione». Mentre sta pensando di abbandonarsi a Lady Marianna, qualcosa di atavico dentro di lui respinge questo pensiero e scatena il ruggito bestiale dell'animale che torna a mostrarsi.

«La Tigre della Malesia, fino allora affascinata, stregata, ora che si sentiva guarita, improvvisamente si risvegliava. Tornava l'uomo feroce, spietato, sanguinario, dal cuore inaccessibile ad ogni passione. – Ma che sia proprio vero che io amo quella fanciulla? Io amare!... Io che non ho provato altro che impeti di odio e che porto il nome di una belva sanguinaria!... Dimenticherei io forse la mia selvaggia Mompracem, i miei fedeli tigrotti, il mio Yanez, che mi aspettano chissà mai in quali ansie? Dimentico io forse che i compatrioti di quella fanciulla, non aspettano che il momento propizio per distruggere la mia potenza?»

La mia potenza, ecco cosa dice Sandokan.

Non sarà che questa donna lo sta depotenziando, gli sta togliendo la forza, la virilità, la saldezza, la capacità e il fatto di sentirsi, di essere la tigre? Dice a sé stesso: devi tornare tigre, elimina la riconoscenza che hai per queste persone, torna il temuto pirata della formidabile Mompracem. Ma poi, appena finisce di esortare sé stesso, di nuovo, subito, il tormento d'amore per Lady Marianna lo reinvade. È una lotta tormentosa e continua tra la ferocia della tigre e la debolezza dell'amore. Appena pronuncia il nome di Marianna, la tigre torna uomo comune e ama, cioè perde tutta la sua virilità. Come un Maciste che non sa salire sulla pertica o sulla fune.

Sandokan è dilaniato dai dubbi: è innamorato, ma se si lascia andare all'amore si sente indebolito. Perde sicurezza: gli è bastato immalinconirsi per una descrizione, ed è stato ferito a morte. E adesso è nel pieno del tormento perché dentro di sé lottano l'animale e il sentimentale.

Leggo e vedo film e ascolto canzoni perché la mia vita non mi basta, per costruire l'identità devo usare altri strumenti, piú che posso. E ho cominciato a scrivere per affermare una diversità: dagli altri maschi, ma soprattutto da quel me stesso che è come gli altri maschi. E da mio padre.

Le tigri di Mompracem l'ho letto a otto anni, forse nove. E parla dell'argomento del libro che sto cercando di scrivere, della mia vita che sto cercando di capire.

Entrai al liceo come se fossi un altro. Mi sembrava un posto pieno di potenzialità e vita. C'erano persone molto diverse dai miei amici, e mi sembrava fossero tutte eccitate dall'età, desiderose di sapere, e allo stesso tempo spaventate. Anch'io avevo paura, però la prima volta che mi è venuta la febbre, e mio padre ha detto resta a casa, ho aspettato che uscisse e sono scappato a scuola. Quando mio padre l'ha saputo è venuto a scuola di corsa, e ha aggredito il primo professore che ha incontrato: cosa succede qui, cosa fate a questi ragazzi? Ma era semplice: volevo stare lí, in quel liceo, anche perché lí, nella mia classe, era apparsa Lady Marianna. Questo sentimento prima del sentimento è la volontà di innamorarsi, e quindi la volontà di non essere una bestia: non mi è capitato, me lo sono cercato.

Lady Marianna, al momento, non sapeva nemmeno che io esistessi, ma importa poco. Invece di me si accorgevano gli altri. Erano tanti, erano allegri, avevano motorini, si fidanzavano, andavano alle feste e in discoteca. Era tutto cosí lontano da quello che avevo vissuto fino a quel momento: uno di loro cominciò a venirmi a prendere, e i miei amici del cortile mi guardavano imploranti mentre salivo sul motorino di questo nuovo amico e mi avventuravo verso la Vita Nuova, ma evitavo di incrociare i loro occhi, ero indifferente alle loro suppliche, ero come un uomo diventato ricco che non ha voglia di regalare nemmeno uno sguardo di pietà a un mendicante – nulla –, volevo andare via e lasciarli lí dentro. Lí dentro non volevo tornarci piú.

Mi ricordo quella volta che andammo a una festa e Patrizia e Norma, che avevano deciso che ero il loro nuovo amico, si misero una da una parte e una dall'altra sotto il mio braccio; camminavo per strada come se fossi il padrone del mondo, come se fossi arrivato nel punto piú alto della mia esistenza. Passammo per via Ricciardi. Lí abitava un mio zio, un fratello di mia nonna. Stava al pian terreno, ed era sempre affacciato alla finestra. Lo salutavo e lui rispondeva, ma non mi considerava. Mi salutava distrattamente. Però quella volta che passai insieme a due ragazzine che mi tenevano a braccetto vidi la sua sorpresa, il suo orgoglio, e il suo saluto cambiò; da allora in poi mi fermava, voleva parlare, era come se all'improvviso si fosse accorto che esistevo. E lo so cosa voleva dire, cosa pensava. Era quello che pensavo io: passeggiavo con due coetanee molto belle sottobraccio a quattordici anni ed ero felice.

Proprio mentre credevo di essere diventato qualcosa, di aver raggiunto qualcosa, di essere stato ormai accolto nella Vita Nuova, fu fissata la data dell'intervento di fimosi.

In pratica, alla nascita, la pelle prepuziale è abbondante e nasconde il glande, lo ricopre completamente. Poi, con il passare degli anni, man mano che il pene (il pirellino) cresce, le proporzioni cambiano e la pelle appare meno abbondante, il glande si comincia a vedere e poi viene scoperto quando cominciano le prime erezioni, perché a quel punto il glande tende verso l'alto e si libera completamente della pelle. Se si ha un problema di lieve entità – è scritto anche sui siti medici cercando su internet – ci si rende conto del problema solo in quel momento, appunto: quando cominciano le erezioni. Il filo che lega il prepuzio al glande, il frenulo, era corto, ed era questo il motivo principale per cui nemmeno con un'erezione il mio glande veniva liberato dalla pelle intorno.

L'erezione non provocava nel mio pirellino la liberazione del glande, rimaneva mezzo coperto, e quindi era doloroso masturbarsi, era parziale l'igiene, era tutto problematico; ma io pensavo che quello che stava succedendo a me succedesse a tutti gli altri, e quando mi confidavano quante volte si erano masturbati il giorno prima, pensavo soltanto che avessero una grande capacità di sopportazione del dolore. Perché questa è una caratteristica fondamentale del maschio in età puberale: bisogna sempre mostrare di sapere già quello che non si sa ancora; quindi se qualcuno comincia a parlarne non bisogna mostrarsi curiosi ma indifferenti, come chi sa bene di cosa si sta parlando. Bisogna far finta di sapere già. E questo porta un doppio risultato: non far scoprire agli altri quello che non sai; e però avere meno informazioni di quante ne vorresti perché non puoi chiedere visto che già sai.

Adesso, parlando con i medici e navigando su internet, tutti sono d'accordo nello sconsigliare la circoncisione. Ci sono pomate ed esercizi, dicono. Ma su di me intervennero facendo un taglietto al frenulo e la pelle si staccò dal glande. In questo modo il glande rimane sempre scoperto, anche quando non è in fase di erezione.

Decisi di tenerlo segreto. Feci dire che avevo la febbre, anzi la bronchite. Al risveglio dopo l'anestesia mi sentivo tirare, avevo una fasciatura rigida, una specie di ingessatura da cui si vedeva solo la punta. Facevo pipí con mille accortezze perché faceva male; la mattina avevo paura di svegliarmi con un'erezione perché i punti tiravano e faceva malissimo. Mi ricordo che cominciarono a venirmi a trovare i parenti, mia zia voleva vedere per forza questo pisello (era lei a chiamarlo pisello), una cosa un po' morbosa, si mise a studiarlo, voleva toccare, ma io non mi facevo toccare da nessuno. Mio padre diceva che l'operazione era andata bene, adesso era tutto a posto, avevamo fatto bene a farla. Ma al momento avevo un piccolo pisello ingessato e dolorante. Quindi boh. Mi facevo anche parecchie domande sul mio futuro, visto che fino a quel momento non avevo saputo di essere diverso, un po' menomato, chissà se da ora in poi sarei stato normale, se sarebbe stato davvero tutto a posto.

Un pomeriggio suonò il citofono, mia madre venne in camera mia e disse: sono i tuoi amici. Come i miei amici? Quali miei amici? Ha detto una certa Patrizia e altri. Erano loro. Ero molto agitato, mi feci trascinare subito nel letto di mia madre, la sua camera era bella e luminosa. Sperai insensatamente per un attimo che non sapessero cosa avevo fatto e che non lo capissero. Invece Norma, l'altra ragazza, entrò con una grande scatola di cioccolatini e disse con tono di rimprovero scherzoso e serio: ma perché non ci hai detto niente? Sei scemo? Di cosa ti vergogni?

Mi sentii uno stupido, mi sentii infelice che tutto questo fosse cosí evidente, infelice che loro sapessero che lí sotto le coperte avevo un pisello fasciato e malato; e però anche molto felice che stessero tutti lí a farmi compagnia, con quella grossa scatola di cioccolatini.

Quello che successe appena dopo lo ricordo pochissimo: ricordo il giorno in cui tolsero i punti e liberarono il mio pisello piccolo e malandato, che puzzava perché non era stato lavato per tanto tempo. E il gesto che fece il dottore di aprire e chiudere la pelle intorno al glande, e la pelle che ormai stazionava sotto. E questo glande sensibilissimo, che appena lo toccavo mi faceva male, perché non era mai uscito allo scoperto.

Poiché adesso, come aveva detto mio padre, era tutto a posto; poiché qualche sera andavamo in discoteca o in feste con balli e luci soffuse, i maschi baciavano e toccavano, si fidanzavano o si strusciavano o tutt'e due; poiché qualche banco piú in là c'era Elena, e cioè Lady Marianna, una ragazza con i lunghi capelli biondi dal carattere difficile, comunista da generazioni e seriamente fidanzata (dicevano che già avesse rapporti sessuali), e io ne ero da subito perdutamente innamorato – poiché esisteva tutto questo intorno a me, avrei potuto mettere in scena lo stesso tormento di Sandokan: dovevo andare con i pirati nelle discoteche e fare il ratto delle ragazze che ballavano, oppure restare qui accanto a Lady Marianna e abbandonare tutto?

Non ebbi la possibilità di fare né l'una né l'altra cosa. Perché mi guardai allo specchio e vidi una grande quantità di brufoli. Sul mio viso, soprattutto, ma anche sulle spalle e sulla schiena. Cioè, forse non da un giorno all'altro. Ma nemmeno qui – per fortuna – ricordo i dettagli. Non credo di essermi svegliato una mattina con i brufoli. Però ho il ricordo di me senza brufoli e ho il ricordo di me con i brufoli. Cosí.

Da un certo momento in poi sono stato il ragazzo con i brufoli, per tutti gli altri e quindi anche per me.

C'erano brufoli veri e propri; c'erano cicatrici di brufoli – perché erano brufoli consumati, andati a male, premuti fino a far uscire prima il pus poi il sangue poi una materia trasparente e poi piú nulla; c'erano brufoli scorticati distrattamente, oppure c'erano brufoli vivi, freschi, con del pus giallo visibile; oppure avevo la faccia impiastricciata dal bianco del topexan sia fresco sia solidificato, che quindi era diventato una specie di polverina attaccaticcia sul viso, e in particolare sul pus giallo dove si attaccava con piú accanimento (ed era giusto che facesse cosí, quindi bisognava tenersi addosso quella specie di intruglio fatto di pomata e pus). Ma il topexan era il medicamento consueto; c'erano molte altre pomate e le loro tracce grumose di solito erano gialle come il pus ed erano piú visibili dei brufoli, e io andavo in giro cosí, non avevo alternative, se non chiudermi in casa e sparire; ma volevo combattere, avevo conquistato una posizione nel mondo, non potevo perdere tutto. Da un certo giorno in poi la mia vita cominciò a ruotare intorno a dermatologi rassicuranti che mi prescrivevano creme, pomate, anche quattro diverse in un giorno, fermenti lattici da bere appena svegli – ma soprattutto ruotava intorno alla speranza pressante e insensata di veder scomparire ogni traccia all'improvviso; una speranza che tutti alimentavano, per il fatto che si trattava di acne giovanile, quindi destinata a finire. Il problema è che per loro non aveva importanza se sarebbe finita dopo anni, mentre io avevo necessità che finisse subito, appena dopo aver inghiottito quei fermenti lattici, o quando avessi pulito il viso dopo aver tenuto le creme per ore. E ogni volta guardavo sperando seriamente e ostinatamente nel miracolo, ma la situazione non migliorava mai, al limite peggiorava.

Alle ragazze, a Lady Marianna, ai miei amici, e soprattutto a me stesso, quei brufoli facevano orrore.

Nel mio gruppo le ragazze uscivano con i ragazzi, invece io avevo i brufoli; le ragazze baciavano i ragazzi, e invece io avevo i brufoli; le ragazze salutavano con due baci sulle guance gli altri ragazzi e a me davano una pacca sulla spalla perché non avevano tanta voglia di baciare uno col pus o con il topexan fresco o solidificato.

Quindi continuavo a essere un buon amico, ma durante le feste restavo da solo in un angolo, visibilmente infelice, perché quella almeno era una parte a cui tenevo, esibire consapevolezza della mostruosità; mi permetteva di spiegare come mi sentivo. I brufoli mi spingevano in un angolo, mi facevano intristire, immalinconire. Dove entravo io, si sentiva subito la puzza di zolfo. Sento ancora adesso, mentre scrivo, quella puzza sulla faccia e sul corpo; sento quella puzza se entro in una casa, in un locale, in un bar dove andavo in quel periodo. Una volta sono tornato nel mio liceo a incontrare gli studenti, e ho sentito solo puzza di zolfo. Sento spesso, prima di ogni altra sensazione, una scia di zolfo che appare fulminea e poi scompare.

Ero brutto e avevo il cazzo che non funzionava.

Questa frase è precisa, ma soprattutto è decisiva. È sulla base di questa frase che nella mia vita intera, e finora, sono stato quello che sono stato.

È quello il momento in cui sono stato piú lontano dai miei amici delle medie, da Maciste, da Lando, da tutti; e sono stato piú lontano da Sandokan innamorato e da Nino di *Malizia*. È quello il momento in cui ho creduto che la mia vita non sarebbe valsa a nulla, che tra i miei amici ero l'ultimo, per tutte quelle ragazze ero l'ultimo, per Lady Marianna non sarei mai potuto esistere. È quello il momento in cui piú dell'insicurezza prevaleva il senso di sconfitta totale che ha determinato il mio modo di stare al mondo: continuamente alla ricerca del riscatto, e senza mai riuscire a raggiungere un riscatto. Quel momento che mi ha reso per sempre debole, spietato, violento, fragile – una combinazione di opposti faticosa, incomprensibile, spesso letale.

Una cosa del genere nella vita non se ne va piú, nel senso che a un certo punto i brufoli se ne sono andati, ma anche oggi che sono un uomo adulto, sposato, con dei figli, uno scrittore abbastanza apprezzato – sono rimasto uno che ha i brufoli, cioè mi percepisco ancora e costantemente come uno con i brufoli. Con quei brufoli là, con quel viso là. So che è normale: per esempio, io mi muovo, cammino, parlo, mi siedo, faccio ogni cosa come se fossi magro. Sono una persona grossa, di oltre cento chili. Ma mi sento magro, perché da ragazzino ero magrissimo. E ancora adesso nella mia testa sono magro, e ho i brufoli.

Come si percepisce uno con i brufoli? Come uno che rimane l'ultimo al mondo, anche quando si crede stocazzo. Non potrà avere nulla anche quando ha tutto, nella sostanza farà sempre abbastanza ribrezzo alle persone che si avvicinano, anche se hanno detto di voler scappare insieme a lui. Uno che per tutta la vita non potrà dimenticare ogni singola volta che è stato davanti allo specchio, disperato, a guardare la faccia sfigurata malgrado decine di prodotti miracolosi e inutili. E, soprattutto, uno che ha i brufoli pensa che nella vita non riuscirà a essere mai uno che non ha i brufoli, non riuscirà ad avere amore da qualunque essere umano che ama o desidera, non potrà mai fare sesso, che a quell'età è la cosa piú importante della vita (almeno questa era la percezione di un adolescente con i brufoli, non so se fosse la stessa di altri adolescenti senza brufoli). Senza considerare che avevo anche un cazzo anormale, ed era ancora tutto da vedere se avrebbe funzionato come gli altri.

È come essere scampati a un infarto, a un tumore, a una bomba scoppiata a venti metri, a un incidente aereo. Non è cosí tragico, ma è altrettanto profondo, perché capita nell'età piú infelice della vita, e perché capita per mesi o anni – non so recuperare alla memoria né un inizio né una fine, e forse soltanto chi ha avuto i brufoli capisce cosa sto dicendo: conta che per molti e molti giorni della tua vita, mentre vedi gli altri sbocciare verso il mondo con una carica scomposta e spietata, tu rimani in disparte e speri che qualcuno si ricordi di salutarti, prima di sparire nelle notti di amore ed euforia. E poi pensi che l'unico antidoto a questa sofferenza è non andarci piú alle feste e quindi smetti di combattere. A quel punto devi preoccuparti che gli altri – i tuoi genitori, i tuoi fratelli, i tuoi amici – non si preoccupino troppo per te; quindi devi trovare delle scuse per restare a casa, devi nascondere le feste ai genitori e devi inventarti delle storie con gli amici. Alla fine rimani a casa decine e decine di sere, ceni con i tuoi genitori e poi te ne vai in camera, i tuoi fratelli sono usciti e soltanto tu sei rimasto a casa, guardi la tivú o leggi o stai sul letto e pensi, e davanti agli occhi hai l'immagine chiarissima di cosa sta succedendo alla festa, sai dove si fa e chi c'è, sai che alcuni si stanno innamorando, che un tuo amico sta infilando la mano sotto la maglietta di quella ragazza che non riesci nemmeno a guardare tanto è bella e speri che non ti guardi mai se no pensa che schifo. E ti dici con massima precisione e totale certezza che tu, tutto questo, tutto quello che hanno i tuoi amici, non lo avrai mai. E vorresti buttar via tutte le creme che tutti i dermatologi ti hanno dato, se non fosse che l'unica esile speranza di miglioramento sta nello spalmarti quelle creme che non ti fanno sparire i brufoli come vorresti, e ti spalmi le creme anche quelle sere in cui sei rimasto solo a casa, ti spalmi le creme e speri, come speri ogni notte, di svegliarti meglio la mattina dopo e invece ogni mattina ti guardi allo specchio e sei sempre tu, con i brufoli con il pus o le cicatrici o la crema che è diventata polvere attaccata ai brufoli.

A una persona che ha vissuto cosí, tutto ciò che poi accade nella vita è un regalo. Ma un regalo serio, sorprendente. Il fatto di riuscire a vivere come gli altri, di cominciare a essere guardato con interesse e senza compassione, essere amato, perfino desiderato, il fatto di fare sesso con una persona e poi un'altra e poi un'altra, o il fatto che ci sia una traduttrice finlandese che dice, per gioco o seriamente, che vorrebbe scappare con te, è una cosa dalla quale si è completamente ipnotizzati tutte le volte, perché tutte le volte che accade, chi ha avuto i brufoli ritorna subito quello che aveva i brufoli e pensa: non me lo merito. Per questo, la mia risposta è sempre sí. Sempre sí, a qualsiasi richiesta. Vuoi scappare con me, vuoi scopare con me, vuoi scrivere un articolo entro due ore, vuoi venire a presentare il libro a ottocento chilometri ma non possiamo ospitarti per la notte, vuoi venirmi a prendere sotto la pioggia, vuoi venire a cena, vogliamo fare un figlio, vuoi venire a una riunione, posso passare da te? La risposta è piú che sí, è un senso di gratitudine che non si può quantificare per quanto è grande; e tutta la mia vita da quando ho smesso di avere i brufoli in poi (prima, avrei detto un sí ancora piú grato, ma nessuno mi chiedeva niente), è stata una lunghissima sequenza di sí, sí, sí, sí, grati al mondo. Per tutta la vita ho detto sí, perché davanti a quel ragazzo con i brufoli le turiste di Lando stavano dicendo «oh», Edwige Fenech o Gloria Guida si stavano spogliando perché la gonna si era macchiata, Laura Antonelli stava dicendo «bambino mio».

Proprio perché nessuno mi cercava, adesso mi accorgo immediatamente se piaccio a qualcuno. Dopo cinque secondi, lo so. Questo non significa che poi succeda qualcosa. Ma lo so. La mia predisposizione al desiderio e all'amore non parte da me e non riuscirebbe a esprimersi a senso unico: si muove solo mentre si muove l'altra, o in risposta all'altra. Addirittura si muove perché si è mossa l'altra. È come se riuscissi solo a condividere o a rispondere. Ma è soltanto perché la sequenza della fimosi e dei brufoli ha determinato una tale debolezza che non ho piú avuto l'ardire di chiedere, di spingere, di osare, di domandare. Solo di rispondere.

L'idea che il dolore uccida la brutalità, è eccessiva. Anzi, mi accorgerò nel corso della vita che di brutalità ne produce, pur cercando di tenerla a bada – ed è tutto da vedere se in un maschio sia possibile tenerla a bada. O al massimo, riesce a produrre sensibilità mista a brutalità, tutto insieme, come accade a Tony Soprano, il boss mafioso del New Jersey, quando un giorno, nella sua villa, le anatre che ogni mattina al risveglio vedeva nuotare nella sua piscina prendono il volo e spariscono per sempre. Quando le vede andare via, Tony Soprano sviene. Poi gli fanno una tac, ma non ha niente. Quindi viene costretto a incontrare una psicologa. Lui, essendo un malavitoso, non può accettare di avere un'anima fragile, quindi il suo incontro con la psicologa (originaria di Caserta, non so perché hanno deciso che lo fosse, ma lo è) è pieno di tensione.

La donna gli chiede se è depresso, e la risposta di Tony Soprano è pienamente respingente: «oggigiorno ognuno ha bisogno dello psicologo, tutti vanno ai talk show a parlare dei loro problemi, che fine ha fatto Gary Cooper, l'uomo forte e silenzioso, quello era un americano, lui non dava retta alle emozioni, faceva solo ciò che doveva, la gente non capisce che se Gary Cooper dà retta alle emozioni dopo non la finirà piú di parlare. La nevrosi, la nevrosi dei miei coglioni!»

«Ma lei si sente depresso?», chiede lei.

E lui sta zitto.

«Le ho chiesto se si sente depresso».

E lui deve ammettere: «dalla partenza delle anatre, direi».

Il grande boss del New Jersey, quello che uscito di qui farà ammazzare qualcuno, è depresso. Lei gli prescrive del prozac e lui confesserà soltanto alla moglie di prenderlo, a tutti gli altri deve nasconderlo: questa debolezza lui non la può mostrare. Tony Soprano è il maschio che è stato assalito dalla fragilità, ma vorrebbe essere e deve essere Gary Cooper, non può sottostare alle emozioni. Lui deve ammazzare la gente. E invece non può che continuare a prendere il suo prozac e a fare sedute dalla psicologa. Deve ammazzare e fare sedute per la depressione.

E una volta le racconta un sogno: «al posto dell'ombelico, avevo una vite con una testa a croce e mi do da fare per svitarla e quando riesco a svitarla tutta, il pene mi casca per terra. Cosí lo raccolgo, mi metto a correre, in cerca del meccanico che me lo riattacchi e ce l'ho in mano cosí, quando arriva un uccello che se lo prende e lo porta via».

La psicologa lo guarda e gli chiede: «un uccello di che specie?»

Tony cerca di sviare, ma ammette che si trattava di un uccello acquatico, però parla di gabbiani, pellicani...

E allora lei: «e perché non l'anatra?»

Tony cambia espressione. Era quello che aveva evitato di pensare: «stramaledette anatre».

«Perché quelle anatre avevano un significato cosí importante?»

E a questo punto Tony Soprano comincia a piangere: «non lo so, mi ero affezionato all'idea che quelle bestie stessero nella mia piscina, per mettere al mondo i piccoli».

Tenta di fermare il pianto, ma non ci riesce e dice: «è stato triste vederle andar via» e poi: «oh cazzo, pure il pianto ci mancava».

Quell'uomo piange, lei gli allunga i fazzolettini e lui dice: «davvero sto piangendo, cazzo, povero me».

Un grande contributo a farmi sentire stocazzo l'ha dato Marta. Andavo due volte alla settimana a giocare al circolo del tennis, la mattina presto, con fatica e costrizione, per tenermi in forma. E giocavo con chi capitava. Un giorno il tipo alla reception ha detto: Marta ha chiesto di giocare con te. Si aspettava una reazione, perché non poteva immaginare che io non sapessi chi era Marta. Poi ha fatto un segno nell'aria che disegnava delle tette, e subito dopo ha detto: pare sia una tua lettrice.

La mattina che è arrivata sul campo, ho visto una donna che poteva avere sui trentacinque anni. Aveva tratti e movenze aristocratiche e un corpo che non corrispondeva a quell'aristocrazia, con due tette grandi e i fianchi morbidi, sembrava il corpo di Silvana Mangano in *Riso amaro*. Aveva i capelli legati, un completino bianco con una parte blu che sembrava una divisa da marinaio, ma elegante e seducente. Ci siamo presentati e ho goffamente fatto lo spiritoso sul suo completino, citandole un romanzo che si intitola *Vestivamo alla marinara*. Lei non ha reagito e abbiamo cominciato a giocare. Mentre giocavamo e la guardavo, dai sorrisi e dagli incontri sotto rete per recuperare la pallina ho intuito che non era solo lei che piaceva a me. Ovviamente ero condizionato dal fatto che fosse una mia lettrice, e quindi mi sentivo in una posizione di vantaggio che non avrei mai avuto nei confronti di una donna cosí bella e giovane. Di quel giorno, né io né Marta ricordiamo il punteggio della partita. Eravamo completamente distratti, io da lei e lei da me.

Abbiamo scopato lo stesso pomeriggio in cui ci siamo conosciuti, a casa sua. Nuda aveva un corpo piú bello di quanto lo avessi immaginato vedendola sul campo. Le tette erano davvero indimenticabili, e mentre scopavamo in modo facile, non teso come succede la prima volta, ho sentito una specie di euforia che mi diceva quanto le cose che accadono certe volte nella vita sono bellissime. Però dopo che abbiamo scopato è successa una cosa un po' problematica e rocambolesca, che ha trasformato l'euforia in imbarazzo, anche se alla fine l'abbiamo risolta. Non ci siamo detti che ci saremmo rivisti. So soltanto, e anche questo l'ho ricostruito pian piano, che avevo sentito sia sul campo, sia mentre parlavamo dopo, fuori gli spogliatoi, sia quando mi ha scritto un messaggio per invitarmi a casa sua, sia quando sono andato da lei, sia quando ci siamo baciati, sia quando abbiamo scopato, sia quando ci siamo preoccupati, sia quando ci siamo separati come se non dovessimo piú rivederci, una specie di strana inquietudine che avevo deciso – come faccio con tutte le inquietudini – di ignorare. Per un po' non l'ho piú incontrata al circolo, forse perché andavo troppo presto, e lei era venuta a giocare solo quella volta cosí presto, per me.

Ignorare è un'altra caratteristica della virilità. Se c'è qualcosa che mi dispiace molto, se ho un dolore fisico, se ho i sintomi di una malattia, se ho una scadenza, delle questioni burocratiche, se devo risolvere un tarlo interiore, se ho dei dubbi, se ingrasso, se mi colpisce un lutto molto doloroso, se faccio un incidente per strada – ignoro; ignoro tutto: non mi curo, non risolvo, mi rialzo dall'incidente e me ne vado per non affrontare ore di questioni, non mi infilo in dilemmi emotivi che mi strappano dalla vita che sto vivendo. Vado avanti, non voglio intoppi. Continuo.

E poi alla festa per la chiusura estiva del circolo del tennis, a un certo punto si è sentita una specie di folata, ci siamo girati tutti a guardare verso l'ingresso: era Marta che stava entrando, con un suo amico.

L'ho guardata e ho visto esattamente cos'era quell'inquietudine. Avevo incontrato quella che ho sempre chiamato «la ragazza di agosto», e ci avevo scopato evitando di capire; mi ero sentito stocazzo per il solo fatto che lei aveva chiesto di giocare con me e mi aveva invitato a bere un aperitivo a casa sua. L'ho chiamata: Marta!, con una voce e un tono che già volevano dire tutto. Lei mi ha sorriso perché ha capito che allora anche per me quell'incontro era stato importante. In seguito ho scoperto che era venuta lí sperando di vedermi quella sera, ma era triste, perché si era sentita abbandonata. Quindi, quando è cominciata la mia storia con Marta, ero molto piú forte, distratto, incasinato di lei. E lei era molto piú fragile e insicura di me.

Una situazione che non corrispondeva alla realtà dei fatti. Perché quell'inquietudine che avevo ignorato il giorno in cui ci siamo conosciuti, abbiamo giocato e abbiamo scopato, testimoniava una condizione molto diversa. Non solo che lei era bella e desiderabile, ma anche che mi ero innamorato. Solo che l'incredulità mi aveva spinto a pensare che non era abbastanza bella, non era abbastanza desiderabile, non ero abbastanza innamorato. Era una stupida difesa contro il fatto che c'era qualcosa di serio: quando seppi che Marta quella sera era venuta lí a cercarmi, mi sembrò di aver conquistato non lei, non solo lei, ma appunto anche la ragazza della spiaggia di Serapo di quando avevo sedici anni, che giocava a racchettoni, era biondissima e piena di lentiggini, cosí inarrivabile come solo certe ragazze in agosto possono essere. E mi ricordo che la guardavo – si chiamava Emilia – e dicevo: Emilia di me non si accorgerà mai. Non che non potrò mai stare con una come Emilia, ma una come Emilia non saprà mai che sono nato e sto nel mondo. Ed è quello che ho constatato negli anni, ogni volta: una ragazza d'agosto, bionda e con le lentiggini – che non s'incontra necessariamente in agosto sulla spiaggia, ma anche a una festa in città, o mentre passeggia il pomeriggio, e non è necessariamente bionda e con le lentiggini, ma è come se lo fosse; Emilia e altre assolute come Emilia potevano prendersi quello che volevano (e per questo spesso erano disinteressate a prendersi chiunque), e per tutta la vita non mi avevano mai visto, mai, nemmeno una volta. Invece adesso Emilia, tramutata in Marta, luminosa, piú bella di Emilia perché aveva la stessa autorevole eleganza ma dentro un corpo meraviglioso, alla festa del circolo era venuta per me.

L'impossibile si era trasformato in possibile.

Quindi io e Marta cominciamo una relazione segreta. Oltre a giocare a tennis, una o due volte alla settimana. Ma nonostante abbia pensato di essere il piú fico del mondo e di avere quindi diritto a tutto, a lei e a chiunque altra, la verità è che tutte le volte che ci siamo trovati da soli, ho sentito che c'era una disparità di forze; ho sentito che, pur essendo una donna ormai evoluta, fragile e intelligente, dentro di lei sopravviveva la bionda di agosto che ha conservato quella forza e se l'è portata dietro; anche quando è cambiata, è diventata adulta e si è sentita un'altra, anche se ha creduto che la forza assoluta dei sedici anni non ci fosse piú, è inevitabile che ci sia ancora. È lí piantata dentro di lei, come un mostro.

Per tutto questo tempo, invece di occuparmi dei sentimenti che crescevano, ho ingaggiato una guerra con Marta (di cui lei era all'oscuro) per non soccombere. La potenza di questo momento non avevo intenzione di perderla: non volevo che la stessa potenza che aveva fatto diventare possibile l'impossibile, mi si ritorcesse contro perché avevo di fronte qualcuno che sentivo altrettanto potente, se non di piú. Tutto questo a lei non interessava: era una donna, e queste guerre non le combatteva; ed era molto bella, quindi non sapeva nemmeno che la potenza fosse contendibile. Poiché non le interessava, interpretava la mia tensione come una prova di disamore. Quindi ci trovavamo nella strana situazione in cui ognuno dei due ci sembrava il piú debole.

Per quanto riguarda me, succedeva questo: dopo che avevamo scopato in modo appassionato, restavamo a parlare sul suo letto, poi ci rivestivamo e andavamo nel salone, a volte faceva il caffè. Poi si sedeva non accanto a me, ma sull'angolo del divano, per guardarci mentre parlavamo. Ogni tanto si alzava per venirmi a baciare e poi tornava a sedersi. E a un certo punto si abbandonava sul divano, come se la giornata fosse finita. Non pensava mai, né sperava mai che me ne andassi, anzi ero io che avevo fretta di tornare a lavorare. Ma era in quel momento soprattutto che succedeva questa cosa. La guardavo, vestita, appena rivestita, ed era di quella bellezza delle ragazze del mare che io non avrei mai potuto avvicinare. E tornavo indietro a Emilia, ai brufoli, alla panchina della Flora. La sensazione che provavo era la seguente: io con Marta non avrei mai potuto scopare, ma nemmeno baciarla, ma nemmeno sperare che mi guardasse. Questo pensavo dopo che avevamo appena scopato, dopo che aveva pianto per la felicità di passare del tempo insieme, dopo che venti secondi prima si era alzata per venire a baciarmi – ecco, io pensavo che per me Marta fosse irraggiungibile.

Era una sensazione netta, che ignoravo o prendevo come un gioco con me stesso, visto che per difendermi ricordavo a me stesso che avevamo appena scopato. Ma facevo solo finta di non capire che proprio questo era spaventoso: era stata nuda sul letto con me con quelle tette meravigliose, eppure dieci minuti dopo provavo quella sensazione adolescenziale dell'inarrivabilità, della donna di un altro mondo. E la provavo nel momento della massima potenza e sicurezza della mia vita. Ed era spaventoso stare seduto con una donna sul divano appena dopo aver scopato e dirmi che con una donna cosí non avrei mai scopato.

Era quello che pensavo sempre con Marta, che ho pensato sempre con Marta fin da quando l'ho vista alla festa del circolo, cioè appena ho capito. E questo era per me il nostro modo di stare insieme: lei è Emilia di Serapo, io sono il ragazzo seduto sulla sabbia che la guarda giocare a racchettoni. Per esempio, se una volta ci davamo appuntamento per prendere un aperitivo in centro, uscivo dalla riunione di lavoro e pioveva a dirotto; ecco, io sapevo che lei a quell'appuntamento non c'era e stava aspettando che la chiamassi e andassi a prenderla sotto la pioggia, dovunque fosse in quel momento; ma lei non chiamava, perché essendo la bionda d'agosto non si preoccupava, restava lí e sapeva che qualcuno si sarebbe preoccupato per lei. E quando arrivavo, fradicio, e le chiedevo se non poteva almeno chiamarmi, lei non rispondeva, ma il suo sguardo voleva dirmi: ci sarà sempre per tutta la vita il compagno di scuola che è disposto a tutto per me, perché mi ama e mi amerà sempre; ci sarà sempre qualcuno che verrà a prendermi quando piove, anche se non lo chiedo.

Ognuno di questi episodi era sotterrato dal punto di partenza: io ero stocazzo e lei era venuta a cercarmi. Nonostante tutti i segnali, avevamo entrambi questa certezza. Non avevo considerato, sbagliando, che il ragazzo con i brufoli e la bionda d'agosto sarebbero sempre tornati lí dov'erano stati da ragazzi, e non c'era nulla che si potesse fare per evitarlo.

Quindi tutte le volte che sono entrato in una festa consapevole della mia potenza, ho conservato una debolezza che rende tutto instabile; e insieme rende quella potenza piú evidente, sfacciata, brutale. Esibita. Proprio perché non è costitutiva, ma passeggera. E mi ci sono aggrappato. Come mi sono aggrappato al premio. Perché i premi hanno un valore relativo nel mondo dove si lavora, la qualità e la stima è dettata da altri fattori, piú sostanziosi; e i premi sono un passaggio superficiale e dimenticabile.

Scrivere è un'altra cosa. Da quando ho cominciato a farlo, per me è stato irrinunciabile, ma era una vicenda totalmente privata; e anche decisiva, perché la scrittura come una barca mi ha portato lontanissimo da dove ero stato messo, ed era quello che mi serviva; è stato davvero il mezzo con cui ho cercato di comprendere e ragionare, ed è stato il modo per costruire un'identità che si distinguesse da quella che mi era stata assegnata. Quanto effettivamente lontano, e quanto effettivamente diverso, poi è tutto da vedere, va bene. Ma pubblicare, essere apprezzato, avere riconoscimenti è stato un accadimento tutto mondano; mi serviva per altro, per riuscire alla fine a entrare nelle feste sperando che qualcuno si girasse a guardare. In sintesi, per sentirmi stocazzo.

Qualsiasi forma di riconoscimento, quindi il premio piú di ogni altra, serve anche a dimostrare alle persone che non c'entrano col tuo lavoro, che tu nel tuo lavoro vali qualcosa. Le persone che non conoscono bene la letteratura possono dire: se ha vinto quel premio, allora deve essere bravo; e questo è il valore piú tangibile di un premio, quello che gli dà importanza. Tutto questo non lo sto dicendo in modo astratto o superficiale. Non lo sto dicendo nemmeno per Marta, davanti alla quale mi sono vantato del premio spiegandole l'importanza in un modo patetico di cui lei, innamorata, non poteva accorgersi.

Lo sto dicendo per mio padre.

Mia madre quella sera è venuta a Roma, è salita su una macchina nera insieme a me e al direttore editoriale della casa editrice e ha detto alla fine della serata: è stato bellissimo. Quella sera c'erano anche mia sorella, mia moglie, gli amici, le persone che lavorano con me, tutti quelli della casa editrice. Nei giorni successivi molti mi hanno chiesto: ma tuo padre era contento? E io ho detto: sí, molto. Ma com'è che non c'era? E io rispondevo: è venuta solo mia madre.

Mio padre non ha fatto in tempo a comprenderlo. Gliel'ho chiesto: hai capito che ho vinto il premio? E lui ha risposto sí, e lo ha fatto perché ha capito che doveva rispondere sí dall'intonazione della domanda, oppure perché a tutte le domande rispondeva sí. Ma non ne ha avuto nessuna consapevolezza, e quindi per me il premio ha avuto meno valore perché il suo cervello non ha fatto in tempo a decodificarlo – e per poco, sarebbe bastato accadesse pochi mesi prima, prima che la sua comprensione evaporasse; almeno avrebbe compreso questo, e ne sarebbe stato orgoglioso, e per me avrebbe avuto piú senso, non solo il senso pratico (l'attenzione, le vendite) che poi ha avuto realmente.

Ne *L'amica geniale* di Elena Ferrante, Nino Sarratore (ancora un altro Nino) è il bambino poi ragazzo poi uomo, di cui Elena Greco sarà innamorata per tutta la vita. La famiglia Sarratore vive nello stesso palazzo di Elena, dove vive anche una donna, Melina, che presto rimane vedova. Il padre di Nino, Donato Sarratore, diventa l'amante di Melina, che è cosí innamorata e affascinata da quest'uomo gentile da perdere la testa, sfidare la moglie, fare follie; tanto che i Sarratore decidono di trasferirsi. E la lontananza di Donato farà impazzire definitivamente Melina.

Nino sente di essere molto diverso dal padre, di incarnare un'altra generazione, libera da certi stereotipi maschili. E quando Elena andrà a Ischia per la sua prima vacanza, e incontrerà la famiglia Sarratore, si troverà davanti il conflitto molto forte tra padre e figlio.

Finora, però, Elena ha subito anche il fascino di Donato, e anche a lui attribuisce una specialità: ha scritto un libro di poesie, ha mandato una copia a Melina con la dedica (rendendola ancora piú pazza), è gentile con lei e accudente con la famiglia e la moglie. E quindi per Elena padre e figlio non sono gli opposti.

Una sera decide di andare a fare una passeggiata sulla spiaggia dei Maronti perché c'è la luna piena, sperando che Nino vada con lei. Ma Nino decide di accompagnare la sorella dagli amici. Elena ci va lo stesso, da sola, disperata perché Nino non sembra avere per lei i sentimenti che sperava. E poi, mentre è seduta da sola sulla sabbia, lo vede apparire alle sue spalle. E comincia a parlarle del padre.

«– Dedicherò la mia vita, – disse come se si trattasse di una missione, – a cercare di non assomigliargli.

– È un uomo simpatico.

– Lo dicono tutti.

– E allora?

Fece una smorfia sarcastica che per qualche secondo lo imbruttí.

– Come sta Melina?

Lo guardai stupita. Io ero stata ben attenta a non menzionare mai Melina in quei giorni di chiacchiere fitte, e lui ecco che ne parlava.

– Cosí.

– È stato il suo amante. Lo sapeva benissimo che era una donna fragile, ma se l'è presa ugualmente, per pura vanità. Per vanità farebbe male a chiunque e senza sentirsene responsabile. Poiché è convinto di far felici tutti, crede che tutto gli vada perdonato. Va a messa ogni domenica. Tratta noi figli con riguardo. È pieno di attenzioni per mia madre. Ma la tradisce continuamente. È un ipocrita, mi fa schifo».

A questo punto Elena tenta un'ultima difesa di Donato: «Lui e Melina sono stati travolti dalla passione, come Didone ed Enea. Sono cose che fanno male, ma anche molto commoventi».

Nino è deluso, dice «nemmeno tu mi capisci». Fa per andarsene, Elena lo raggiunge e dice: io ti capisco. Nino le bacia le labbra leggermente. Poi le dice che il giorno dopo partirà.

Ma la verità su Donato arriverà nei giorni successivi, la sera del compleanno di Elena (compie quindici anni), dopo che ha annunciato che partirà anche lei.

Ha un letto in cucina, si rigira nella notte perché non riesce a dormire. A un certo punto appare Donato. Le dice: lo so che sei sveglia, si siede sul letto accanto a lei e la bacia, le mette le mani sotto la camicia da notte, tra le gambe. È una scena fortissima, terribile, che lascia senza fiato anche chi legge, non solo Elena. Lei è irrigidita, sorpresa, sia schifata sia presa da una eccitazione sconosciuta. Che però, dalla mattina dopo, si trasforma in ribrezzo e basta. E anche per lei diventa definitiva la distanza tra Nino e Donato. Adesso capisce davvero cosa sente Nino, cosa voleva dirle.

Ma c'è un problema: «Vederlo mi faceva venire in mente subito Donato Sarratore, anche se non si assomigliavano affatto. E il ribrezzo, la rabbia che mi suscitava il ricordo di ciò che mi aveva fatto suo padre senza che io fossi stata capace di respingerlo si allungavano fino a lui. Certo, lo amavo. Desideravo parlargli, passeggiare con lui, e a volte pensavo, arrovellandomi: perché ti comporti cosí, il padre non è il figlio, il figlio non è il padre. Ma non ci riuscivo. Appena mi immaginavo di baciarlo, sentivo la bocca di Donato, e un'onda di piacere e ribrezzo confondeva padre e figlio in un'unica persona».

Due anni dopo quell'estate, arriva la scena che sancisce il legame inquietante tra padre e figlio. Elena ha compreso la diversità tra Donato e Nino, di cui è sempre innamorata. Nino è fidanzato con un'altra ragazza, ma cerca Elena per la sua intelligenza e per un legame che arriva da lontano. E infatti un pomeriggio lei sente la sua voce chiamarla dal cortile, scende di corsa, Nino è venuto per darle una rivista, le dice di leggerla, e le chiede di farla leggere anche a Lila, la sua amica. Elena è sempre infastidita quando Nino le parla di Lila, sente la sua forza.

Nino le chiede di andarlo a trovare a Ischia. E prima di andarsene le dice: «Mi piace parlare con te». Elena sente accendersi una speranza tanto grande da convincere Lila ad andare in vacanza insieme a Ischia, perché intuisce che quell'estate può finalmente succedere qualcosa.

E poi, nel momento in cui Nino sta per andarsene, e lei per rientrare a casa, si sente un grido nel silenzio del pomeriggio. Elena si blocca e vede Melina alla finestra, che si sbraccia cercando di attirare la loro attenzione. Quando anche Nino si gira a guardare, perplesso, Melina grida ancora piú forte, un misto di giubilo e angoscia. Grida: Donato.

Lo ha scambiato per il padre.

Nino, a disagio, chiede a Elena:

«– Ti pare che io assomigli a mio padre?

– No.

– Sicuro?

– Sí».

Quell'estate a Ischia Nino Sarratore vivrà un amore erotico e passionale non con Elena, ma con Lila. Elena capisce che in amore contano poco le affinità intellettuali quando subentra la forza sessuale e quindi per un momento intuisce che anche Nino, in qualche modo, è soggiogato dalla forza sessuale.

Cosí quando Lila e Nino trascorrono la prima notte insieme, Elena decide di perdere la verginità proprio con Donato, il padre di Nino.

Quando ero ragazzo, mio padre cercava spesso una complicità con me, soprattutto sulle donne, che mi ha sempre imbarazzato; ho mostrato insofferenza, tutte le volte, con puntiglio. Cercavo di fargli capire che non ero piú quel bambino inconsapevole che li seguiva al Villaggio Svedese. Esibivo una diversità, un pudore, esibivo solo i miei sentimenti per contrastare le sue allusioni al sesso.

Una sera, quando avevo direi ventidue o ventitre anni, ero al nostro ristorante, stavo mangiando da solo, era tardi. Mio padre aveva mostrato sempre scarso interesse per i miei studi di letteratura, per non parlare dei miei primi tentativi di scrivere. Ne aveva un'idea generica, era molto scettico, ma non ha mai fatto nulla per ostacolarmi o avvantaggiarmi. Tranne quella sera.

L'ho visto arrivare dalla sala grande dove c'erano pochi clienti a cenare; si è seduto accanto a me e ha detto: forse posso darti una mano. C'è una signora di là, un po' anziana, con la sua assistente, è una professoressa, ma la sua assistente ha detto che è una persona importante nella letteratura. Ho capito che le piaccio... Però è anziana, dovrei fare un po' un sacrificio per te, ma se vuoi lo faccio.

Ero infastidito e innervosito, ho detto se la poteva smettere. Però volevo anche capire chi fosse la professoressa. E lui ha detto: vieni di là, te la presento. Aspetta, ho detto. Volevo prima vedere se era qualcuno di riconoscibile: mio padre non capiva niente, ma chi era questa professoressa? E quindi sono andato verso la sala grande, nascondendomi dietro l'ingresso, e ho guardato. E ho visto che c'era una donna un po' giovane di lato e di fronte una signora anziana, con i capelli perfetti, come appena uscita dal parrucchiere, gli orecchini, il viso pallido con occhi piccoli e naso piccolo. L'ho subito riconosciuta: Maria Corti.

Mio padre, pur non capendo niente, aveva capito. Quando sono scappato via mi ha detto: e allora? Gli ho spiegato che era una grande studiosa della letteratura, volevo dirgli del Fondo manoscritti di Pavia ma poi ho pensato fosse inutile, e gli ho solo detto: sí, è molto importante, è vero. Vieni a conoscerla, mi ha detto. Non ce la faccio, ho detto io.

Non ci sarei mai andato; già l'idea di conoscere Maria Corti, lí, mi sembrava troppo; poi non sarei mai andato insieme a mio padre, a conoscere Maria Corti. Con il timore degli atteggiamenti che aveva mio padre, il modo in cui parlava, la corte che le stava facendo o che, a quanto diceva lui, lei stava facendo a lui (ne dubito molto, per moltissimi motivi, ma lui sosteneva questo); e non sarei mai andato a stringere la mano a Maria Corti perché oltretutto mio padre le avrebbe esplicitamente chiesto di aiutarmi, avrebbe detto che scrivevo.

Quindi ho detto no.

Peggio per te, ha detto lui, ma non ti preoccupare, me la vedo io. E io gli ho urlato: no!, ma lui era già tornato nella sala grande e dopo un po' sono andato a spiare e ho visto che mio padre era seduto al tavolo con loro e devo ammettere che Maria Corti rideva molto per qualcosa che lui stava dicendo, ma da qui a dire che fosse sedotta, be', ne mancava.

Mio padre si è girato e mi ha visto, mi ha fatto l'occhiolino, e io sono scappato via. Poi è tornato e ha detto: guarda che è fatta, è pazza di me. Io il sacrificio lo faccio, cosí tu le dai da leggere qualcosa.

Ero davvero annichilito. Mi sembrava orribile quello che diceva, che progettava. Non sapeva nemmeno cosa scrivevo, non gli era mai importato. Mi sembrava orribile che facesse il seduttore con Maria Corti (cazzo, Maria Corti!), e che mi spingesse a immaginare che la porta per entrare nella letteratura fosse quella. E però dentro di me, in un angolino nascosto, mentre mi vergognavo di lui e pensavo che ero una persona molto diversa da lui, in un angolino nascosto pensavo che se si scopava Maria Corti, in ogni caso, chissà, un qualche vantaggio forse me ne sarebbe venuto.

Riguardo la malattia di mio padre, ho sempre pensato di non volerne scrivere perché di letteratura sull'alzheimer, sulla demenza senile, ce n'è tantissima. E mi sembra di aver letto tutto, e che tutti abbiano raccontato tutto. E poi avevo partecipato alla sceneggiatura di un film in cui avevamo descritto la perdita progressiva della lucidità neurologica e mentre scrivevamo quel film pensavo, parlavo e scrivevo sempre riferendomi a mio padre.

Poi però è successa una cosa. Mio padre, in pochi mesi, è precipitato; la malattia ha accelerato il suo corso e da un certo punto in poi a stento mi riconosce, mi guarda in un modo incomprensibile, perché il suo sguardo è sia vuoto sia profondo, perché indaga nei miei occhi per cercare di capire chi sono; non parla piú, e se ne va continuamente a dormire. Da un po' di tempo ha alcune ossessioni: continua a contare delle monetine di vari paesi che aveva conservato, le toglie e le rimette in una scatola; soprattutto, ha paura che qualcuno gliele sottragga, da quando un suo fratello per gioco gli ha detto: dammene qualcuna. E poi prende i vinili, li sfila dalle copertine e li infila in altre copertine – infatti non ce n'è piú nessuno che corrisponda. Trascorre le giornate cosí, o meglio le trascorreva cosí fino a quando c'è stato ancora un altro passaggio: non riconosce piú nessuno, credo solo mia madre, solo qualche volta; ma riconosce tutte le donne in modo generico, le riconosce in quanto donne.

Si avvicina a tutte: la badante, mia mamma, mia sorella (sua figlia), mia moglie, e qualsiasi altra donna possa entrare in casa, con gli occhi accesi anche se sperduti, con una postura tutta in avanti, e con una mano che di continuo si infila nei pantaloni. Vuole baciarle – la badante, mia mamma, mia sorella (sua figlia), mia moglie, e qualsiasi altra donna entri in casa –, toccarle. Vorrebbe scoparle, solo che non ne ha la forza, non parla e non ha presa violenta, è regredito e quindi chiede, non vuole prendere; chiede un bacio in bocca, e quando capisce che non è possibile, prende la mano e la bacia, con voluttà. Poi si avvicina il piú possibile languidamente e cerca di avere un contatto fisico, cerca di toccare una qualsiasi parte del corpo; lo fa davvero senza alcun gesto violento, è come se chiedesse soltanto, ma nel chiedere si avvicina, tocca, cerca di avvolgere. Dice se vogliono andare di là con lui. Lo dice a sua figlia, a sua moglie, a mia moglie, alla badante. Mia moglie è molto imbarazzata perché è intenerita, commossa, anzi straziata. Ma intanto non vuole essere toccata o baciata sulla bocca, cosí mi guarda, mi sorride e mi chiede aiuto, ma io non so come aiutarla, non so cosa dire, come allontanare mio padre, e allora lei con delicatezza gli afferra le braccia per tenerlo a bada, e gli parla, ma lo tiene bloccato. Lo ha visto fare a mia sorella. E davvero quando mio padre si avvicina a sua figlia, sua figlia lo tiene fermo per le braccia, lo tiene a distanza, lo asseconda ma non gli permette di avvicinarsi di un millimetro e anche lei con dolcezza dice no a tutte le sue richieste. Quando lui le prende le mani, lei gliele stringe, gli parla con dolcezza, ma poi lo respinge, tiene le braccia tese in avanti perché essendo sua figlia non può immaginare questo gesto, questa specie di desiderio. Dice no quando suo padre le dice: vieni di là con me. Alla fine, di là ci va da solo. E in mezzo al corridoio si mette la mano nei pantaloni e non si capisce se prova a risvegliare il suo cazzo oppure se cerca di masturbarsi in modo goffo.

Mia madre e la badante hanno a che fare con questa ossessione tutto il giorno e anche la notte. La badante di notte chiude a chiave la porta della sua camera. E qualche volta mio padre va nel letto di mia madre, e lei ci dice che fa finta di dormire, perché lui si avvicina, si struscia, vorrebbe scopare (senza averne nessuna forza o possibilità, abbiamo capito) e poi quando si rende conto che mia madre non si sveglia, a un certo punto se ne va. Mia madre e la badante quando lui allunga le mani si arrabbiano, lo rimproverano, e la neurologa dice che ogni tanto va bene arrabbiarsi, nei pochi momenti in cui si rendono conto che lui capisce, cosí lo inibiscono un po'. Ma poi ricomincia sempre.

Questa storia è sia molto imbarazzante, sia straordinaria. È molto imbarazzante il fatto che le donne che vivono in casa con lui siano continuamente in tensione. È molto imbarazzante che mia madre subisca continui assalti sessuali da suo marito, con il quale ha vissuto per tutta la vita, e questo desiderio è solo un istinto generico, non riguarda lei in quanto compagna di vita, ma una figura femminile qualsiasi. È molto imbarazzante che mia sorella – sua figlia – si senta a disagio e debba tenere a freno le mani di mio padre. È molto imbarazzante che mia moglie senta addosso le mani di mio padre, i tentativi di baciarla sulla bocca, è imbarazzante che lo afferri nell'incavo dei gomiti per bloccarlo, e che mi guardi come mi guarda – ed è uno sguardo cosí accorato che io non riesco piú a togliermelo dalla testa, perché è lo sguardo di una persona che tira fuori tutta la sua comprensione, allo stesso tempo è molto a disagio e si sente a disagio per me, che devo assistere a quella scena. È imbarazzante tutto quello che succede in mia assenza, ma è davvero incredibile assistere dal vivo a questi assalti, continui, in cui la presenza mia e di mio fratello per lui è un'assenza, non ci vede, non ci siamo. Lui vede solo le donne, cerca di baciarle, bacia la mano con gesto galante e voluttuoso, mette una mano sui fianchi, chiede vieni di là con me, dice quanto sei bella avvicinandosi piú che può. E intanto ha una mano infilata nei pantaloni e la muove, credo per accendere ancora di piú un desiderio, o per sentirselo addosso.

Ma la cosa straordinaria, a osservarla, è che la regressione di mio padre si sia fermata e concentrata lí. Che il suo istinto primordiale sia comunque il sesso, il desiderio. Che la sua malattia l'abbia portato (o riportato) in quel punto e solo in quello. E tutto il resto che aveva costruito come essere umano se n'è andato via, perfino l'amore per i suoi figli, perfino riconoscerli. Togliendo tutto, pian piano, anche dal suo sguardo, è rimasto solo quello. Mi sembra un racconto chiaro di questo animale che ci portiamo dentro e che viene tenuto a bada dalla razionalità, dall'evoluzione, dal rispetto per gli altri, dalle convenzioni sociali, dal senso civile, dal mettere in connessione molti stimoli culturali per cercare di capire cos'è, cosa sono i sentimenti, i limiti; ma è un tentativo di combattere quell'animale che sta in fondo, e se poi, addirittura, il cervello perde le sue facoltà razionali, l'animale viene fuori in maniera ossessiva, totale, in questo momento è l'unica occupazione, visto che ha sconfitto anche l'ossessione per le monetine o i dischi. E attribuisco tutto questo a una caratteristica familiare, un modo di tramandarsi le pressioni, i desideri, i doveri.

Lo osservo con tristezza, con dolore, mi fa pena vedere un essere umano che è mio padre, che è stato un mito da bambino, la persona con cui essere in conflitto da ragazzo, la persona che mi imbarazzava da adulto proprio per la sua esibizione del desiderio, la persona a cui da quando è diventato vecchio mi rivolgo solo con comprensione e so che lui non la recepisce, la persona che fino a poco fa faceva intenerire e incazzare – vederla trasformata in un corpo stonato in cui non c'è piú niente. Noi viviamo con un padre che non c'è piú, come se fosse morto, ma in realtà non è morto, sta lí davanti ed è un dolore diverso dalla morte perché è un dolore lentissimo e che deve essere tenuto sotto controllo perché questo involucro esiste, per cui il dolore non è totale ma è grande, grandissimo ma di un altro tipo, perché ci si trova di fronte a un fantasma, che è solo un fantasma e con cui non puoi avere piú rapporti, come con i fantasmi. E però in questo fantasma rimane l'ossessione per il sesso, il tentativo di portarsi di là una figura di donna qualsiasi, la mano nei pantaloni che si tocca di continuo il cazzo per sentire un piacere, che chissà se sente.

Ogni sera, quando torno a casa, mio figlio è sul divano a guardare la tivú. E ha sempre la mano nei pantaloni, e si stimola il pirellino. Di continuo. Di continuo io e mia moglie diciamo smettila, e lui la smette. Ma dopo un po' ricomincia, senza pensarci, non può farne a meno.

Quindi mi sono trovato con mio padre sempre con la mano nelle mutande e mio figlio sempre con la mano nelle mutande e io lí in mezzo a pensare che in fondo c'è un'immutabilità che mi attraversa; combatto e combatto, ho combattuto con forza per la mia diversità da mio padre, e poi mi ritrovo a guardarmi indietro e a guardare avanti, mio padre e mio figlio, e le loro mani sono nelle mutande, sempre, come se fosse l'unica occupazione che conta. Mio padre torna bambino e si mette le mani nelle mutande, cosí mio figlio è un bambino che cresce, e fa lo stesso. E io sto lí in mezzo e sto male, sono scoraggiato e disarmato. Mi dà fastidio e mi fa male, soprattutto perché sento che sono stato cosí, che sarò cosí, e che sono in qualche modo ancora e sempre cosí.

Lady Marianna, cioè Elena, è la prima donna con cui ho fatto l'amore (farò l'amore). È come se i maschi fossero postumi e vivessero tutta la vita nella nostalgia del primo amore; come se fermassero lí l'innamoramento perché è la prima volta che sono passati dall'animalità al sentimentalismo, ed è un evento che sembra irripetibile. Io sono sicuro di non aver vissuto una vita postuma a Elena, e senz'altro non voglio tornare là; però poi mi rendo conto che continuo a raccontarla.

Anche se eravamo nella stessa classe, aveva un anno piú di me. In pratica, la storia del mio amore per Elena è durata esattamente i cinque anni del liceo. Se si vuole condensare, si può dire che l'innamoramento per Elena è nato il primo giorno di scuola, quando ho scoperto che una Lady Marianna con una lunga treccia – nello sceneggiato su Sandokan, Carole André aveva una lunga treccia bionda – era nella mia classe. E si è concluso appena prima dell'esame di maturità. In quei cinque anni, il cammino è stato questo: prima ero un ragazzo pieno di brufoli con un pirellino ammalato; e non esistevo. Poi un insegnante dispone un cambiamento dei banchi, con l'obiettivo di amalgamare la classe, e finiamo nel banco insieme. E grazie al coraggio che mi dà stare nel gruppo di amici che avevo, riesco a essere allegro e socievole. Elena ritiene la frequentazione di quella comitiva borghese e sfaccendata un insulto ai tempi e alla rivoluzione (e capisco le sue ragioni, ma io avevo appena conquistato un posto nel mondo e non potevo rinunciarvi). Poi Elena sente come un impegno personale la richiesta dei professori di rendere la classe piú unita, e un pomeriggio mi invita a casa sua a studiare, come atto socialmente utile. I suoi genitori mi accolgono con simpatia, quasi fossi uno straniero, e sentono di partecipare all'attività socialmente utile. Cosí, cominciamo a stare nel banco insieme la mattina e a casa sua al pomeriggio, passiamo quasi tutta la giornata insieme, diventiamo amici, pian piano una specie di intimità cresce. Lei mi racconta del suo ragazzo, del sesso, della crisi che stanno avendo; poi mi chiede con insistenza di confessarle di chi sono innamorato, perché si vede che sono innamorato; a me sembra di capire che lei voglia farmi dire che sono innamorato di lei, e penso che sia ingiusto, cerco di resistere, ma il suo sguardo mi ipnotizza e alla fine le confesso di essere innamorato di lei. Elena assume un'aria seria e pensosa, si capisce che lo riteneva scontato e che anzi si sarebbe indignata se le avessi fatto un altro nome. Mi spiega che ne è lusingata, che è impossibile per ragioni che non c'è nemmeno bisogno di spiegarmi, e io dico che non c'è bisogno di spiegarmi (penso che un elenco delle impossibilità non vorrei ascoltarlo e mi farebbe molto piú male), ma lei ci tiene molto a questa amicizia, non vuole perderla, e quindi nella sostanza (ma non parla cosí, Elena) devo essere innamorato e non rompere il cazzo (molte donne che ho amato nella vita mi comunicheranno che non devo rompere il cazzo, ma non perché abbia rotto particolarmente il cazzo nella vita – no, a prescindere).

Del resto, i pomeriggi con Elena sono meravigliosi: lei mi presta libri, mi dice come leggerli, cosa studiare del comunismo, mi racconta i sogni rivoluzionari, le storie dei leader del Movimento. Il mio innamoramento, dichiarato piú volte, diventa straziante e lei ne ha pietà, reagisce con dolcezza ma allo stesso tempo con violenza perché mi tiene lí e mi accudisce, ogni tanto mi dà una speranza, ma poi la sua vita sta da un'altra parte. Elena spinge il sentimentalismo verso il sadismo, io spingo il sentimentalismo verso il masochismo e il livello di sofferenza si fa altissimo. Quando è troppo alto, quando sto per decidere come un eroe che devo smettere di andare il pomeriggio da Elena, quando sto per dirglielo, Elena mi bacia. Comincia il periodo in cui la bacio, lei scopa con il suo fidanzato, io non ho mai scopato, ma lei non può scopare con me perché è legata al suo fidanzato, che però poi lascia, ma quando lo lascia le cose si mettono male, i genitori non sono contenti, Elena dice che sospettano di noi due, lei nega ma loro sono incazzati con me. E pure quelli del Movimento sono contrari alla nostra relazione. Cosí non solo non ci fidanziamo, ma smettiamo di studiare insieme, e smettiamo di stare nel banco insieme. Ci vediamo ogni tanto, di nascosto, non possiamo camminare per strada perché potrebbero passare la madre, o il padre, e imparo a riconoscere da lontano le auto della madre e del padre, e poi a distinguere il suono del motore di quelle auto, cosí posso entrare in allarme ancora prima di vederle. Poi scopro o mi pare di capire che lei vede degli altri ragazzi, qualcuno mi dice che è innamorata di uno, qualcuno mi dice che scopa con un altro; quando ci vediamo non ho il coraggio di chiedere, e quando balbetto qualcosa lei si indigna, mi bacia, ci tocchiamo, mi ferma, non può perché dà allo scopare con me un significato piú alto, fare l'amore, è una cosa importante; lei non sa che non l'ho mai fatto perché faccio finta di averlo fatto.

Insomma, capisco che ci dobbiamo vedere soltanto di nascosto, per colpa dei genitori e anche di quelli del Movimento. Capisco che tutto questo lei lo usa: per vedermi poco, per tenermi da parte perché si vergogna di me. Mi rendo conto che fa tutto manipolando il mio innamoramento per lei, un po' le piaccio ma vive un'altra vita, sta con altre persone. Tutto porta a una feroce e lunghissima sofferenza. Prima perché lei era inarrivabile, poi perché è vicina ma non è mai mia, poi perché non si riesce mai a capire quali sono i suoi sentimenti e appena sente che sto per mollare, per andarmene, per crollare, mi dà qualcosa: un bacio, una lettera, qualcosa. Scopa con altri e dice che con me succederà un giorno, ci arriveremo, è un cammino.

E poi man mano che la sofferenza diventa stabile, acquisisco una capacità di assuefazione, una capacità di stare al mondo e di fare tutto anche soffrendo, perché la vita ormai è cosí, da anni; e quindi un po', anche se solo un po', mi abituo. Insomma sento di sopravvivere. Tutto questo spinge Elena a riacciuffarmi perché vede che ce la potrei anche fare: alla fine lei ha diciotto anni, io diciassette, siamo nell'estate tra il quarto e il quinto liceo, pronti, perché a quel punto si è concentrata su di me e quindi è pronta per questa notte d'amore che per me è la prima volta che faccio l'amore. E quel cammino lungo si compie veramente e andiamo alla mia casa al mare, con l'intenzione forse non esplicita di stare finalmente insieme.

A Gaeta, sul lungomare di Serapo, i miei genitori prendevano una casa per tutto l'anno. Era inizio estate, io ed Elena ci andammo con la sua macchina. Ricostruisco il senso di quei giorni, di quel weekend, ma ho dei ricordi lucidissimi e dei buchi incredibili. Mi ricordo che siamo stati tutto il pomeriggio, dopo, a parlare sul muretto di fronte casa; al di là del muretto c'era la spiaggia, il mare e il tramonto a un certo punto, ma non ci siamo mai girati a guardare. Eravamo seri e compresi. Poi si è fatto buio, si è fatta notte, e non ricordo se abbiamo mangiato (ma è impossibile che non abbiamo mangiato), non ricordo nemmeno – questo è davvero incredibile, ma è cosí – se siamo ripartiti la sera stessa, oppure se siamo rimasti a dormire e poi siamo ripartiti la mattina dopo, senza piú toccarci durante la notte. Alle volte sono convinto che siamo ripartiti, alle volte sono convinto che siamo rimasti. Quel che è certo è che siamo stati ore seduti su quel muretto a tormentarci, lei mi accusava, piangeva, poi siamo stati teneri e ci siamo abbracciati, come dei sopravvissuti. E a quel punto penso che siamo andati a dormire insieme, senza piú fare l'amore. Oppure siamo tornati in città.

Siamo arrivati nel primo pomeriggio. Ho aperto la casa e poi, poiché sapevamo cosa eravamo venuti a fare e io ero molto impaziente, siamo andati in camera. Era da quando mi ero svegliato che pensavo: oggi farò l'amore per la prima volta, stasera andrò a dormire che sarò uno che ha scopato come tutti gli altri, stasera sarò una persona diversa. Ero anche spaventato, ma ero soprattutto desideroso di farlo, di averlo fatto, di pensare che avevo fatto l'amore anche io nella mia vita. Pensavo che sarebbe cominciata ancora un'altra vita.

Andiamo su in mansarda, c'è il lettino dove dormo. Siamo soli in questa casa ma non siamo andati nel letto matrimoniale. C'è la luce accesa delle scale, le finestre sono semichiuse nella penombra. Ma la luce lí fuori è molto forte ed entra lo stesso, vedo benissimo tutto mentre ci baciamo e ci spogliamo. E vedo per la prima volta in vita mia il corpo nudo di Elena, e a parte alcune parzialità, è la prima volta che vedo il corpo nudo di una donna, qui accanto a me. Ne sono scioccato. Scioccato dall'averlo davanti, dal toccarlo, non si tratta nemmeno di essere innamorato (in questo momento, dopo quattro anni di sofferenze, lo sono meno). È il corpo nudo, il culo che mi piace tanto e che avevo tante volte toccato, le tette piccole, la pancia, la schiena, le gambe. La pelle bianca. Elena capisce subito, da questa mia ipnosi immobilizzante, che non è vero che ho già scopato, ma forse non ci ha mai creduto, e comunque lo capisce e io capisco che lei lo ha capito ma in quel momento va bene, anzi ne approfitto, perché non so bene cosa fare, è lei che mi muove, mi bacia, mi tocca, si fa toccare e poi mi guida per farsi penetrare. È lei che prende con la mano il mio cazzo (che in quel momento è diventato definitivamente cazzo) e se lo infila dentro.

Questa penetrazione, questo calore, la consapevolezza di essere dentro e quindi di stare facendo quello che per anni avevo sognato di fare, mi provoca un secondo shock, definitivo. Entro in una specie di trance, una condizione anche comica a ripensarci osservata da uno sguardo esterno (e forse Elena ha uno sguardo esterno, chissà); una condizione ridicola, tragica, assurda, in cui mi perdo, perdo cognizione di me stesso, faccio quello che devo fare, mi muovo, ma il fatto che il mio cazzo stia dentro una fica e che il mio cazzo stia dentro la fica di Elena mi fa perdere il senno, non ho piú controllo.

E dico questo perché dopo poco, dopo pochissimo, vengo.

E vengo dentro Elena.

E vengo dentro perché non capisco davvero piú niente, lo so che sto facendo una cosa che non bisognerebbe fare, ma la faccio e basta, perché sento di essere senza controllo e di avere diritto di essere senza controllo, il diritto dell'ingenuità, della prima volta, dell'inesperienza; e poi comunque se anche non ne avessi diritto non ho nessuna capacità di gestire quello che avviene, mi sembra che questo tremore del corpo mentre il flusso di sperma sta per uscire sia l'ultima cosa che succede prima di morire, qualcosa di indicibile e del tutto diverso da quello che mi era successo fino ad allora masturbandomi: è come se tutto quello che c'è dentro di me, tutti gli organi, uscissero insieme, mi abbandonassero e svuotassero l'interno del corpo. E come si fa a tenere sotto controllo un avvenimento del genere?

Voglio dire che mentre succede non mi rendo conto di quello che sta succedendo e della gravità di questo abbandonarmi. E a diciassette anni, la prima volta che scopo con una donna, le vengo dentro.

Elena mi guarda, non ci può credere.

Sa cosa è successo ma me lo chiede lo stesso, disperata. Io le rispondo sí, scusa – dagli abissi della mia ipnosi e dagli abissi di me che ancora sto pensando: ce l'ho fatta, ho fatto l'amore per la prima volta.

Da quel momento in poi Elena si trasforma, non si capacita, proprio non si capacita; ormai ha capito benissimo che è la prima volta, vorrebbe anche continuare a essere un po' tenera con me, ma non può credere a quello che ho fatto, e una rabbia feroce la prende, mentre si alza di scatto dal lettino come se questo potesse annullare quello che è successo. Io continuo a chiedere scusa, da quel momento continuerò a chiederle scusa per giorni, lei è disperata, ha scopato con tante persone e mai nessuno ha fatto una cazzata del genere. E ora si ritrova con uno scemo che continua a scusarsi; e lei sente di aver sbagliato tutto.

Avevo aspettato tanto, tutta la vita fino ad allora, fino a diciassette anni. Quel giorno, che è il giorno piú importante nella vita di un ragazzo, uno dei piú importanti della mia vita, diventa subito tragico. Quello che è successo, cioè il fatto che abbiamo fatto l'amore per la prima volta e che *io* ho fatto l'amore per la prima volta, viene cancellato, non se ne parla piú.

Parliamo soltanto di come fare, cioè ne parla lei, perché io non so niente, non ho nessuna idea di come fare. Sapevo soltanto che dovevo stare attento, e basta. Ci rivestiamo, scendiamo in strada, c'è una cabina telefonica lí vicino al muretto, Elena fa telefonate, chiama le amiche, credo, non credo la mamma, spero proprio di no, io la guardo, inerme, seduto sul muretto. Lei torna e si siede accanto a me. L'unica soluzione è prendere la pillola del giorno dopo, dice. Mi parla di ovulazione, del conto dei giorni, dice che sono giorni molto fertili. Che bisogna agire subito. Mi dice che qualcuno in città le farà la ricetta e lei prenderà questa pillola – che allora non era come ora, la descrive come una bomba devastante, dice che vomiterà, sanguinerà, starà malissimo.

E io, in cuor mio, me lo ricordo benissimo cosa pensavo: ma non è esagerato questo fatto che rimane incinta? Cioè, è davvero cosí sicuro? Ma non è esagerato che starà cosí male con questa pillola del giorno dopo? Ero lí, chiedevo scusa, dicevo non so cosa è successo; ma in cuor mio pensavo, però ho fatto l'amore, adesso comunque sono uno che ha fatto l'amore. E in cuor mio pensavo anche che dopo questo disastro era finito tutto, sarebbe finito tutto, non avrei fatto mai piú l'amore con nessuna.

A questo punto c'è la questione: abbiamo dormito a Gaeta o siamo tornati subito? Non lo so. Però il giorno dopo lei ha preso la pillola, era sola in casa, i suoi genitori erano fuori per il weekend. Io dicevo vengo da te, lei diceva no, preferisco di no, poi mi diceva ma con che coraggio te ne stai a casa tua mentre io sto male? Tu mi hai detto che non vuoi che venga. Ma tu devi venire lo stesso, è tuo dovere. E andai. E per tutto il giorno mi trattò come un coglione mentre continuavo a dirle che mi dispiaceva, che non sapevo come era successo. E lei davvero vomitava, sanguinava, stava stesa sul divano con la faccia verde.

Questo è stato il risultato del primo rapporto sessuale del maschio che sarei stato e del sentimentale che avrei voluto essere.

Avevo pensato che quella era la prima e l'ultima volta che avrei scopato con Elena. Invece lei ha aspettato le mestruazioni e poi quell'estate, in un altro weekend in cui i genitori non c'erano, mi ha invitato a dormire a casa sua. E abbiamo scopato tante volte, la sera, la notte, la mattina. Ero arrivato molto concentrato e attento a non fare cazzate, e lei in una sola notte mi ha insegnato tutto: a controllarmi, ad aspettare, ad aspettare di penetrarla, a farlo durare, a capire quando arrivava il suo piacere, a sentire quando arrivava il mio, a uscire in tempo. Abbiamo dormito con una maglietta e basta, tutti e due.

Quando alla fine si è abbandonata a questo amore, le cose si sono ulteriormente complicate. I genitori si sono inferociti. Le loro macchine che giravano per la città ci terrorizzavano, il giudizio dei compagni del Movimento ci terrorizzava, ed eravamo nascosti ancora piú di prima. In sostanza, abbiamo rimesso in scena una versione un poco piú adulta di quello che avevo vissuto con Federica: non eravamo mai una vera coppia, solo in qualche luogo buio o al sicuro di una casa; o al telefono, ma solo quando era sola, o di notte quando i suoi genitori dormivano. Uscivamo pochissime volte insieme, abbiamo scopato pochissime volte, e poi litigavamo, ci lasciavamo, ci tormentavamo. In piú, avevamo di continuo paura di essere scoperti perché Elena aveva giurato a sua madre che tra noi non c'era niente. Quindi, il risultato era che continuavamo a fare una vita separata, ognuno per conto suo, legata sotterraneamente. Solo che non c'era nessun motivo valido per farlo.

Una sera le dissi che andavo con i miei amici al cinema, a vedere un film di Zeffirelli. Lei convinse alcune nostre compagne di scuola ad andare allo stesso spettacolo. Facevamo spesso cosí, andavamo negli stessi posti e a stento ci salutavamo, ci scambiavamo due parole, ma da lontano ci guardavamo di continuo.

Era seduta molte file dietro di me. Mentre le luci erano ancora accese mi voltavo, e ogni volta mi stava guardando. Avevamo un sentimento cosí straziante dentro, eravamo infelici e non sapevamo bene perché, almeno fino a quando non si spensero le luci e cominciò il film.

Amore senza fine è tratto da un bel romanzo di Scott Spencer e si trasforma in uno dei film piú melensi della storia del cinema, fatto di sentimenti sdolcinati, con personaggi illuminati dal fuoco del camino – insomma un film assurdo. Eppure ha avuto un grande significato in quel momento della mia vita, molto piú di altri film bellissimi e che però non hanno avuto una ricaduta cosí precisa.

Jade e David vivono il primo grande amore. Questo amore adolescenziale è vissuto quasi tutto in casa della famiglia di Jade, sotto lo sguardo amorevole dei genitori. Però, forse, il padre non immaginava che sua figlia, a quindici anni, avesse rapporti sessuali con David. E invece succede che alle due di notte David s'infila in camera di Jade di nascosto, fanno l'amore – ma Zeffirelli inquadra il soffitto, dove lei ha una specie di planetario casalingo; poi nudi, tra le coperte, David dice: darò il tuo nome a una stella; Jade guarda il soffitto e chiede: dove la metterai? E lui dice: qui, indicandosi il cuore.

Il padre di Jade si incazza perché lo vede allontanarsi dalla loro casa all'alba, dice che la loro famiglia sta andando in pezzi e che David si sta solo togliendo qualche voglia ma non la ama. Quando David torna, il padre dice: tu e Jade non dovete vedervi per un po', questa storia ha preso una brutta piega, è stato uno sbaglio darvi tutta quella libertà. David risponde che non ha il diritto di farlo e il padre si incazza di piú, dice: Jade è mia figlia, ha solo quindici anni, è una bambina, ne riparliamo tra un mese (lasciando perdere il fatto che tra un mese avrà sempre quindici anni). David vuole parlare con Jade, la mamma gli dice con dolcezza di andarsene, perché non è il momento.

A scuola i due si devono guardare da lontano, non si possono avvicinare. È cominciato il film che somiglia alla storia tra me ed Elena: cioè la storia avversata dai genitori di lei, che era proprio uguale alla nostra condizione. Io mi agitavo sulla sedia, mi voltavo ma al buio non si vedeva piú niente, Elena era laggiú e chissà se stava pensando quello che pensavo io.

Tutto viene risolto con una tragedia, in maniera totalmente insensata, ma l'insensatezza è una cifra del film.

Allora: David è incazzato perché una sera a casa di Jade c'è una festa e lui non è stato invitato. Si mette a spiare dalla finestra e vede Jade che parla con un ragazzo che sa che piace molto ai genitori; e poi ha l'impressione che ci sia un'atmosfera di felicità in cui lui non è piú coinvolto. Allora cerca una cabina telefonica e prova a chiamare Jade, ma nel casino della festa nessuno sente gli squilli del telefono. È disperato, continua ad aggirarsi intorno alla casa e alla fine della festa, quando tutti sono andati via, si avvicina a una finestra, chiama Jade da fuori ma lei non lo sente e David rimane solo nel buio. E cosí vede una pila di giornali su una sedia di legno e senza alcun motivo tira fuori dei fiammiferi e dà fuoco ai giornali. Cosa vuole fare? Un atto dimostrativo? Non si sa. Diciamo che a quel punto serve la tragedia e allora lui dà fuoco ai giornali. Il vento colpisce gli alberi, alza il fuoco, David si allontana senza rendersi conto della gravità del suo atto, cammina per la strada e a un certo punto torna indietro, perché capisce che sta divampando il fuoco, tenta di spegnerlo, apre la porta ma il fuoco attacca la casa. David mette in salvo Jade ma ci sono anche gli altri della famiglia e non si riesce piú a uscire dalla porta. Corrono verso il retro, la madre in quella tragedia urla: le poesie!, perché lei scrive poesie e sta pensando che bruceranno. Arriva anche il padre, ma manca il fratello di Jade. David corre su per le scale e riesce a salvarlo.

Il giudice condanna David a cinque anni di libertà vigilata a condizione che sia ricoverato in una clinica psichiatrica, e che non si avvicini mai piú a Jade. Il padre urla furioso che è troppo poco e da questo punto in poi il film precipita in una serie di atti sempre piú tragici e insensati, con lo scopo di ricattare emotivamente lo spettatore fino alla fine. E infatti, piangevano tutti nel cinema. Anche io ero commosso, ma per il fatto che quel film assurdo mi riportava alla mia storia.

Si riaccendono le luci, e vedo Elena appoggiata a una colonna all'altezza della mia fila. Piange. Mi guarda e piange. Io la guardo commosso. È come se il film continuasse, mentre gli altri stanno uscendo.

La sostanza del film è: il primo amore è un amore infelice, per il fatto che poi bisogna allontanarsi. E non vuol dire soltanto allontanarsi da una persona, ma da quell'assoluto. Io ed Elena abbiamo visto un film cosí nello stesso cinema, alla stessa ora e guardandoci da lontano. E ci colpiva in un punto esatto di quel momento della nostra vita.

Tecnicamente, c'era un'inesattezza: non ero il primo grande amore di Elena, però lei era il primo grande amore per me. E comunque c'era quell'identificazione perfetta dell'avversione dei genitori, e c'era anche qualche altra cosa. Per lei, ripeto, era una questione piú imprecisa, ma visto che piangeva appoggiata alla colonna, doveva essersi identificata comunque con il finale del film: Jade soffre tanto e la madre le dice che non è facile per nessuno diventare grandi, ma il tempo ti aiuterà a capire, vedrai. E quando David è disperato di non potersi piú avvicinare a Jade, suo padre gli dice che si deve togliere dalla testa quella ragazza. David risponde: non ce la faccio. E il padre: tutti pensiamo di non poter dimenticare il primo amore, ma possiamo, lo so, perché è accaduto anche a me.

Possiamo, dice. E io piangevo per quel possiamo.

Insomma. Poi io ed Elena ci siamo detti che sembravamo noi due alle prese con i suoi genitori, ma quello che non ci siamo detti è che eravamo diventati grandi, e il primo amore era finito, potevamo lasciarcelo dietro. Questo forse voleva dire *Amore senza fine*, cioè il contrario di quello che diceva il titolo. E questo voleva dire, senz'altro, il nostro pianto in quel cinema.

C'è un'altra cosa che dice il padre di David al figlio: gli rivela che lui e la madre si sono separati e che lui ora ama un'altra. E dice: vuoi sapere perché mi sono innamorato di un'altra? Perché ho visto te cosí e mi hai fatto ricordare dell'innamoramento. Quindi il padre sta dicendo a David non solo che si può dimenticare il primo amore, ma che quel generatore della prima volta moltiplicherà gli innamoramenti.

Un po' di tempo dopo conosco la sorella dell'attore. Mi faccio coraggio, vado a prenderla a scuola. È molto timida, non è mai stata con nessuno, ha capelli lunghi ed è, appunto, la sorella dell'attore, il mito della città. Lei dice che non posso accompagnarla a casa, oppure che posso quando c'è anche la sua amica. C'è qualcosa che riconosco subito in questa complicazione. Le chiedo se vogliamo metterci insieme, dice sí ma molto dubbiosa; c'è un problema: è terrorizzata da suo padre che esce dalla fabbrica il pomeriggio e gira con una macchina gialla e vecchia per la città; e soprattutto ha il terrore di suo fratello. Cioè dice: se mi vede mio padre o mi vede mio fratello mi ammazzano. Il perché non è chiaro, ma io mi chiedo se la frequenza con cui i genitori si incazzano è generica o se ce l'hanno proprio con me. Però la sorella dell'attore, quando vede lo sconforto nei miei occhi, dice subito che ha una soluzione: faremo credere che ti sei fidanzato con la mia amica.

La sorella dell'attore è entusiasta del suo ingegno, e molto decisa. Quindi non ho alternative. Cosí per strada usciamo sempre tutti e tre, io lei e la sua amica, come nei paesini meridionali degli anni Cinquanta. Abbiamo fatto credere a tutte le persone pericolose che io e la sua amica stiamo insieme e la sorella dell'attore ci fa compagnia. Ma non basta: comunque lei è terrorizzata dalla macchina gialla e dal fatto che l'attore si possa muovere da piazza Margherita dove passa il tempo con i suoi amici e decidere di farsi un giro per la città. Io dico: ma se sono fidanzato con la tua amica, a loro cosa importa? Lei scuote la testa e dice: non pensi mica che siano cosí stupidi da crederci?

Non so allora perché lo facciamo.

Comunque, anche per strada stiamo poco, l'amica ci accompagna fino a casa mia, e poi a una certa ora la viene a riprendere. Soltanto quando siamo a casa stiamo insieme, ci baciamo, in effetti ci baciamo e basta perché lei è cosí terrorizzata che si guarda intorno continuamente come se il padre e il fratello potessero entrare all'improvviso anche nella mia camera, e penso che già devo ritenermi fortunato se non mi ha proposto di baciare e toccare la sua amica al posto suo (e i genitori della sua amica, cosa direbbero?) A un certo punto, poiché siamo molto innamorati, lei prende coraggio e lo confessa alla madre, anche per la necessità di avere una complice. La madre sbianca e dice: se lo scoprono tuo padre o tuo fratello ti ammazzano.

La mia vita sentimentale comincia a essere chiara, e mi convinco che stare insieme a una ragazza sia questo: accogliere l'odio della sua famiglia e guardare tutte le macchine che passano con molta tensione. Una volta, vicino alla vecchia scuola, ho visto passare la macchina del padre di Elena, e ormai in stato confusionale ho fatto un salto e mi sono nascosto: perché il mio istinto mi ha detto che tutti i genitori mi avrebbero perseguitato per tutta la vita, e ho pensato che il padre di Elena si sarebbe incazzato anche per la sorella dell'attore, la quale si è talmente spaventata del mio spavento che ha urlato: era mio padre? Era mio fratello? Non sapevo come spiegarle il groviglio nella mia mente e ho sussurrato: non so, mi era sembrato. Chiedevo ai miei amici e alle mie amiche se vivevano delle relazioni d'amore cosí, e tutti mi dicevano di no. Allora cominciai a fissarmi che avevo qualcosa che non funzionava.

Una sera andammo al cineclub, eravamo almeno una decina di persone. Io e la sorella dell'attore stavamo aspettando la fine dello spettacolo precedente davanti al bancone del bar, poco distanti dagli altri – qualche volta succedeva che la sua amica si allontanasse, non per strada ma in luoghi chiusi e protetti sí, e comunque solo di qualche metro (e la gente per questo non avrebbe potuto trarre la conclusione che quindi stavo con la sorella dell'attore e non con la sua amica). In quel momento si aprono le porte della sala ed escono gli spettatori dello spettacolo precedente, e tra loro c'è l'attore. La sorella sbianca, io penso adesso muore, ma lei con uno scatto corre verso il fratello per dire che sta con tanta gente, lo spinge verso gli altri amici, cosí agitata da sembrare entusiasta, gli presenta persone che lui conosce benissimo, io resto immobile davanti al bar e quindi lui nemmeno mi vede (se non mi ha visto prima). Quando poi il fratello esce dal cinema, piuttosto indifferente a quel marasma e a quell'ansia, la sorella viene verso di me barcollando, bianca come un cadavere, e si accascia su una poltrona quasi svenuta e cerchiamo di farla riprendere, perché secondo lei ha sfiorato la tragedia piú grande della sua vita. A quel punto sta talmente male che non ce la fa a vedere il film, vuole andare a casa, mi offro di accompagnarla, ma lei sgrana gli occhi e urla: sei pazzo, no! Dico: ma viene anche la tua amica – la sorella dell'attore scuote la testa; a lei stasera questo terzetto sembra insufficiente, e alla fine è talmente spaventata dal fatto che il fratello potrebbe avermi visto per un attimo parlare da solo con lei, che mi ordina di restare al cinema. E finisco per entrare in sala da solo, mentre tutti gli altri vanno via.

Esagerava? Non lo so. Erano i racconti che mi facevano le fidanzate, non saprò mai se esageravano o no. Ma in questo modo una storia d'amore nata con l'entusiasmo delle mille cose che si possono fare insieme si era inaridita ed era finita, sopraffatta dalle difficoltà. Mi ero stancato di uscire in tre, di guardare le auto che passavano, evitare piazza Margherita perché poteva esserci l'attore. Non avevo una vita sentimentale, non avevo una vita sessuale. Vivevo tutto di nascosto e col timore di essere scoperto.

Quando arriva l'estate, io e il mio amico Renzo partiamo per Parigi, in moto. E andiamo a dormire in un ostello e lí conosciamo due sorelle di Valencia. Renzo e la sorella di Maria si baciano subito. E cominciano a baciarsi molte volte, tutto il tempo, tutto il giorno e poi si vedono di notte e dormono insieme. Io e Maria, piú cautamente, andiamo a fare un giro in moto lunghissimo, attraversiamo tutta la città. Lei si stringe a me. E comincia la storia romantica perfetta: a Parigi, in estate, con la moto. Maria ha capelli ricci, lunghissimi fino alla fine della schiena, e ogni mattina ha il profumo di una crema per capelli.

Ecco quello che succede da questo momento in poi, in cui sento di essere immerso dentro la prima felicità assoluta della mia vita amorosa. Sono a Parigi, mi sono innamorato perdutamente di una ragazza spagnola (che comunque mi sembra piú fica di una di Caserta, è un'idea stupida, ma in quel momento lo penso), allegra, che ride sempre, che vuole vedere ogni angolo di Parigi e girare sempre in moto. Abbiamo pochissimo tempo, lei e la sorella stanno facendo un giro dell'Europa in treno e quindi partiranno fra tre giorni, ma sono tre giorni meravigliosi in cui io e Maria ci baciamo e lei mi stringe da dietro la moto e mi dice ti amo, e la mattina quando si sveglia mi chiama dalla finestra e urla: faccio la doccia e scendo.

Poi partono e noi le accompagniamo alla stazione. Ci facciamo mille promesse, Maria piange dal treno. Appena il treno si muove, comincio a piangere anch'io e piango quanto quel giorno della panchina, se non di piú. Direi di piú, perché piango alla stazione, andiamo in ostello e rimango a piangere e poi la sera Renzo mi porta a Montmartre a mangiare per consolarmi, ci mangiamo un pollo a testa ma con estrema malinconia; lui mi spiega che stiamo a Parigi, è la nostra vacanza, la nostra vita, abbiamo fatto un incontro bellissimo e quindi non dobbiamo assolutamente essere tristi, ma io la smetto solo quando mi promette che andremo a Valencia. Dopodiché torniamo all'ostello e ci dicono che a mezzanotte ci chiameranno le due ragazze spagnole al telefono del piano, noi camminiamo avanti e indietro nel corridoio, quando squilla dico a Renzo di rispondere perché non ce la faccio. E loro dicono che stanno soffrendo molto e hanno deciso di passare tutto il giorno successivo a fotografare Amsterdam per dare l'impressione di essere state lí per tre giorni, e poi prenderanno un treno e torneranno a Parigi. Quindi noi torniamo alla stazione, viviamo altri due giorni bellissimi e poi loro ripartono per Copenaghen e noi torniamo a Caserta. I nostri amici dicono che siamo come Werther perché siamo tutti e due perduti. In realtà Renzo lo è meno di me, io lo sono di piú perché sento una frustrazione piú grande, ma di nuovo le ragazze ci telefonano e ci dicono: non torniamo in Spagna subito, cambiamo i biglietti e veniamo a Roma due giorni. Io e Renzo ci abbracciamo, il giorno in cui devono arrivare andiamo a prenderle e prenotiamo un alberghetto triste in via Nazionale. Le portiamo in giro per Roma e la sera andiamo a dormire. Renzo e la sorella di Maria in una stanza (ma Renzo e la sorella di Maria dormivano insieme anche a Parigi); e io e Maria in un'altra (io e Maria non eravamo mai nemmeno entrati nella stessa stanza dell'ostello).

E qui c'è da rivelare il fatto che questa storia era cosí romantica perché era (anche questa) problematica. Maria aveva appena compiuto diciotto anni ma era seriamente fidanzata, in pratica doveva sposarsi. E non con me, come è evidente, ma con un ragazzo che era figlio di amici di famiglia. Il viaggio con la sorella era il regalo dei genitori per il suo compleanno. Il giorno prima della partenza lei e il suo fidanzato avevano fatto un patto di sangue – letteralmente: si erano punti e avevano unito i loro polpastrelli insanguinati per giurarsi che non si sarebbero mai traditi per nessun motivo. Quindi la vera storia romantica sembra la loro. Ma poi arrivo io e ci innamoriamo (Parigi, l'ostello, la moto, la frenesia, la giovinezza – che ne so). E quindi la nostra condizione è altrettanto romantica perché Maria rompe il patto di sangue. Questo le crea una grande sofferenza, ma non vuole rinunciare a quello che ci sta succedendo. Qual è, a questo punto, la salvezza del patto di sangue? Non fare di piú. Cioè non fare l'amore. E Maria me lo fa promettere a Parigi in uno di quei giri in moto, dicendo: io sono innamorata di te, ma tu devi aiutarmi a non rompere il patto di sangue. Sentendomi protagonista di un film romantico, le ho promesso che non le avrei mai chiesto di fare l'amore. Per questo non dormivamo insieme, per questo lei si affacciava la mattina per dirmi faccio la doccia e scendo.

A Roma, Renzo e la sorella di Maria volevano dormire insieme, e se ne fottevano di noi due. Quindi io e Maria entriamo in camera, dopo aver fatto finta per tutto il giorno di non sapere che avremmo dormito insieme. E non ci diciamo niente, perché era tutta una storia di patti di sangue e di promesse, una storia di popoli latini. Cosí ci infiliamo nel letto, in piena estate, seminudi perché fa caldo, lei con una maglietta corta e delle mutandine, e passiamo una delle notti piú belle e frustranti della mia vita: ci accarezziamo, ci abbracciamo, dormiamo, ci svegliamo, lei mi sussurra che sono una persona stupenda perché rispetto la promessa; e piú non facciamo l'amore piú lei trova tutto ancora piú romantico e si innamora di piú. Poi, la mattina, va a farsi la doccia e sento che canta felice una canzone napoletana che le avevo insegnato a Parigi, io sono ancora a letto e penso: è il momento piú bello della mia vita.

Poi inizia un calvario. Io e Maria ci scriviamo quasi tutti i giorni delle lettere lunghissime, comincio a studiare lo spagnolo, comincio a parlarlo, addirittura ho fatto l'interprete in alcune occasioni anche se poi ho dimenticato tutto, dimenticando Maria; e però, quasi subito, il suo fidanzato si accorge che c'è qualcosa che non va, lei non ce la fa piú e gli confessa tutto e confessa tutto a casa – non so se lui ha ritenuto salvo il patto di sangue, oggi è la prima cosa che le chiederei ma allora non me ne importava, soffrivo per la lontananza e per il suo dramma (volevo andare lí e sposarla al posto dell'altro, subito). Il ragazzo vuole perdonarla (quindi forse il patto era salvo) ma lei lo lascia. E i genitori di Maria si incazzano moltissimo.

E quindi, come al solito, nella mia vita entrano in scena i genitori. Dicono: questo italiano ti ha rovinato la vita, non devi sentirlo mai piú. L'unica cosa buona è che stanno in Spagna e quindi non devo mettermi di nuovo a guardare le macchine che mi cercano per tutta la città. Comincia un periodo in cui scrivo lettere fermo posta; Maria, ogni giorno, tornando dall'università, si infila in un ufficio telefonico di Valencia e mi fa delle telefonate velocissime perché è convinta di essere spiata. Renzo e la sorella di Maria invece vivono un amore allegro e visibile, lui la chiama la sera a casa. Alla fine decidiamo che a Natale andremo a Valencia.

Facciamo i biglietti dell'aereo, le due ragazze mettono a posto una casa dove ci ospiteranno. La sorella di Maria dirà che viene Renzo, e Maria ovviamente nasconderà che ci sono anche io perché ha giurato che la storia è finita. Solo che continua a non voler tornare con il ragazzo spagnolo, il quale si incazza sempre di piú e Maria mi confessa che adesso lui riga con un coltellino tutte le macchine con targa italiana che trova per le strade della città. (Alla fine, in un modo o nell'altro, le macchine ci dovevano entrare). Tutto quello che succede, comprese le lettere fermo posta, le telefonate dall'ufficio telefonico, questo ragazzo che fa uno sfregio profondo su auto di italiani ignari, e Maria che conta quanti giorni mancano al Natale, a me continua a sembrare la storia piú romantica del mondo.

Tre giorni prima di Natale, Maria mi chiama con una voce triste.

Le dico: dove sei? A casa, risponde. E dice che il padre ha scoperto tutto, che la spiava davvero, che ha cambiato la serratura della casa dove dovevamo andare e l'ha messa in punizione, tipo gli arresti domiciliari, fino a dopo Natale. Le ha ordinato di chiamarmi per dirmi di non partire, e adesso ha sua madre lí accanto per controllare che lo faccia. Maria piange e dice solo mi dispiace, continuamente. E io non so cosa dire, dico solo: ma è vero? E poi riagganciamo.

Mi accascio a terra. Abbiamo sprecato i soldi del biglietto, ma soprattutto non andremo a Valencia e questa storia finisce qua. A quel punto Renzo dice: io che c'entro? Io parto.

Quindi Renzo parte. Non so se l'ho mai considerato un tradimento o mi è sembrato giusto, però certo improvvisamente mi hanno abbandonato tutti. Sono rimasto a Natale qui, straziato, e loro tre vanno in giro per Valencia. Renzo un giorno mi telefona dicendomi che lí è bellissimo e sta benissimo, quando il padre ha visto che è andato solo lui ha riaperto questa casa enorme e ora Renzo ci vive con la sorella di Maria; e un giorno sono stati in spiaggia anche con Maria e lei ha scritto sulla sabbia, a caratteri cubitali, in modo che si potesse vedere da lontano: Fra è il mio mare. In italiano. Poi è andata sopra una specie di collina e ha scattato una foto e l'ha fatta sviluppare subito, e Renzo me l'ha portata.

Renzo e la sorella di Maria si stancano dopo qualche settimana, e si lasciano. Si risentiranno dopo molto tempo e lei gli dirà che Maria si è fidanzata di nuovo con il suo ragazzo, e si sposeranno in primavera.

Ecco cosa aveva prodotto fino a quel momento la mia vita sentimentale: sesso disastroso e poi niente sesso, anche grazie a scelte eroiche, ma davvero niente piú; ragazzi che in una nazione rigavano auto di un'altra nazione; sotterfugi, castrazioni, odio delle famiglie, parenti che si aggiravano per le strade allo scopo di trovarmi e uccidermi. Quindi, a un certo punto, ho pensato che stare insieme a qualcuno significasse stare sempre in uno stato di ansia, che tutto potesse finire e che scoppiassero tragedie.

Questa specie di vita involuta è finalmente terminata quando ho incontrato Rosalba a una festa di compleanno: nella mia città ci conoscevamo tutti da sempre, ma all'improvviso si accendevano delle intimità. E in quella festa cominciammo a parlare, restammo sempre insieme, poi mi chiese di riaccompagnarla a casa e da allora non smettemmo di vederci un solo giorno. Poi lei partí per le vacanze, andò in una casa al mare nel Cilento e io partii con i miei amici. Ma avevo nostalgia, e decisi di tornare. Andai fino alla casa nel Cilento, e a quel punto sentii il mio cuore battere forte anche per la paura: lí c'erano i suoi genitori. Entrai nel giardinetto d'ingresso, c'era una signora che non posso dire che mi accolse con calore ma nemmeno con inimicizia, disse che sua figlia era in barca con amici e tornava tardi ma se volevo aspettarla, potevo. E poi arrivò anche il padre. E fu piú gentile. Insistette per farmi dormire lí, e io dormii lí. Rosalba fu felice che fossi tornato e trovava normale che i suoi genitori mi ospitassero e non volessero picchiarmi.

Con lei progettavamo vacanze, andavamo al mare in moto, camminavamo per strada tenendoci la mano, parlavamo di libri, andavamo a cena con amici. Scopavamo ogni giorno: in macchina, nel garage di casa mia, appena una casa si liberava per qualche ora. All'improvviso, stare con una donna, amarsi, fare l'amore, non era piú tragico, ma anzi portava giornate serene. Settimane, poi mesi, e un anno, due. Litigavamo, facevamo pace, ci accompagnavamo l'un l'altra a fare gli esami all'università. Lei cantava e recitava in una compagnia teatrale amatoriale e io andavo a prenderla alle prove, li seguivo negli spettacoli, lei veniva a vedere qualche partita di basket (ma solo all'inizio, poi quando vide come mi comportavo decise di non venire piú), e la domenica a volte mi invitava a pranzo a casa dei suoi genitori. Quella debolezza, quell'identificazione tra amore e sofferenza, tra amore e pericolo, pian piano si allontanavano. A un certo punto, per la prima volta in vita mia, sento che amarsi può anche voler dire essere sereni. Pensavo: adesso sono tranquillo, amo e sono riamato, cosa voglio di piú?

Mi ero rilassato. E cosí l'animale che per anni aveva subito, dormiente, ha intuito che si era aperto un varco.

Lady Marianna, scopriamo pagina dopo pagina del libro di Salgari, è cresciuta a Napoli e canta accompagnandosi con un mandolino – quindi con ogni probabilità suona e canta canzoni napoletane. Mio padre, fin da quando ero bambino, ci ha fatto ascoltare canzoni napoletane, insegnandoci di ognuna la genesi, l'epoca, gli autori. La maggior parte di queste canzoni parlano di una sofferenza d'amore, di un dolore ricevuto e di un modo di reagire. Ecco, la canzone piú significativa in questo senso si chiama *'N'accordo in fa*, dove c'è qualcuno che racconta in prima persona di essere stato abbandonato all'improvviso, e di aver trovato una soluzione per vendicarsi. Sono tre strofe e il ritornello. In ogni strofa l'io narrante racconta quello che è successo (il dolore) e nel ritornello racconta le conseguenze di quello che è successo (la reazione).

La canzone comincia cosí (cerco di italianizzare il napoletano): tenevo una fidanzata, era affezionata, semplice e gentile; dopo tre anni è impazzita e le è venuto lo sfizio di lasciarmi. Quindi pronuncia la frase fondamentale della canzone: sto contro a tutte 'e femmene, per questa infamità. Cioè, poiché lei si è permessa di lasciarmi, io sto contro tutte le donne e voglio mettere in atto una vendetta nera. E cosa decide di fare? Quello che può fare uno che scrive e canta canzoni. Dice: mi sono comprato un mandolino e mi metto (ogni giorno) fuori il balcone, ogni volta che passa una signorina – cioè qualsiasi donna passi – le improvviso un accordo in fa e le canto uno stornello per farla intossicare (incazzare). Questo stornello dice, nel primo ritornello: la donna tiene i peli sopra al cuore e io nun m'a pigliasse pe' mugliera, nemmeno se me l'ordina il dottore, parola mia, parola mia d'onore.

La traditrice si chiama Rosa Imperatore – lo scopriamo nella terza strofa, quando lui legge sul giornale che Rosa Imperatore sta per sposarsi e decide di andare a vendicarsi aspettandola con il mandolino fuori il portone, per cantare uno stornello anche a lei e a suo marito avvertendolo che è destinato a essere un cornuto; insomma andrà a rovinargli il matrimonio; ma si tratta di una vendetta privata, che riguarda loro tre.

Invece nella seconda strofa, come nella prima, la vendetta è generica, è contro tutte le donne, a causa del fatto che la fidanzata gli diceva: tu sei tutto il cuore mio e se mi lasci tengo il vetriolo; se lui mai l'avesse lasciata, lei si sarebbe avvelenata. Diceva tutto ciò un mese prima che si sposassero, e poi aggiunge: il 15 diceva questo a me e il 16 non si fa piú vede'. E *per questo* mi sono comprato un mandolino e mi metto fuori il balcone e quando passa una signorina le canto uno stornello che è capace di intossicarla. E qui canta un altro breve stornello contro le donne, sempre di violenza spietata e generica: la donna dice una capanna un cuore, ma quando vede 'e carte 'e mille lire se mette pure cu nu scupatore (uno spazzino).

La presa di posizione interessante in questa canzone è che avendo subito il dolore da Rosa Imperatore, la rabbia e la vendetta non si sfogano solo su di lei ma su tutte le altre donne; e non solo sulle altre donne della propria vita, ma addirittura sulle signorine che passano sotto il balcone. Su qualsiasi donna.

Questa canzone riguarda me e quello che sta per succedere dentro di me, perché fa sí che l'accumulo di dolore cominci a diventare giustificazione, viatico ed esplosione di una rabbia, di una vendetta, di una brutalità che in qualche modo – poiché questo è il cammino – si ritiene giustificata. A causa del dolore io posso permettermi qualsiasi pensiero brutale.

Il futuro sentimentale e sessuale si determina in tutto il periodo che va dalla scuola media al liceo, quando il desiderio e l'amore si palesano in modo inevitabile. E la natura umana ha reso i maschi piú piccoli, sempre in ritardo.

Federica era molto piú grande di me, pur avendo la mia età. Elena era molto piú grande di me, pur avendo solo un anno piú di me. In seconda media di fronte a Federica, nei primi anni del liceo di fronte a Elena, mi sentivo infinitamente piú piccolo, debole, brutto, inutile, non interessante. E credo che il primo grumo sostanzioso di frustrazione nasca dentro l'insoddisfazione di sé stessi, dentro la pochezza di come ci si percepisce. Quel dolore provato su quella panchina, quel pianto; le mille frustrazioni ricevute da Elena e poi dal periodo dei brufoli, dallo sguardo delle donne; la paura delle conseguenze della fimosi e quindi l'idea che, forse, non avrei avuto un cazzo adeguato, o comunque non lo avrei avuto all'altezza degli altri; tutti i genitori che non mi volevano; l'incapacità di scopare la prima volta; ogni elemento in piú ha costruito dentro di me una specie di rabbia animalesca, mai espressa, mai mostrata per davvero – c'erano solo degli allarmi, e il primo allarme, positivo, rassicurante, è stata quella fame all'ora di pranzo nel giorno del dolore.

Nel tempo, è sorto un senso di difesa, una specie di patina di durezza che corrisponde benissimo a quella durezza che si nota facilmente nel maschio. Sono andato a cercarmi gli strumenti per dominare, per avere potere e, di conseguenza, per far male; e far male, piú che un modo di vendicarmi per aver ricevuto male, era un modo di non ricevere altro male. È come quando, da ragazzino, i miei amici del cortile mi avevano insegnato che bisognava partire con una testata in faccia prima di discutere, prima, appena si sentiva la possibilità di uno scontro, di una sfida: non era tanto un gesto di violenza attiva, ma impediva all'altro di farla a te. E quindi far male, in qualche modo, mi avrebbe difeso. Di tutto questo non ero consapevole, o comunque non ero pienamente consapevole.

In quel periodo, Rosalba ogni sera faceva le prove di uno spettacolo al Teatro Comunale, e io uscivo con i miei amici. Con loro c'era spesso Antonella, una ragazza un po' piú grande di noi, molto alta, fredda, impenetrabile, con occhi molto azzurri e molto liquidi. Usciva con noi insieme al suo ragazzo, un giocatore della squadra rivale della città. Antonella stava quasi sempre zitta, e sceglieva con attenzione a chi rivolgere la parola. Quando il ragazzo non c'era, Antonella stava con noi. Piú che altro stava con i miei amici, perché anche io la sera, come il suo ragazzo, andavo ad allenarmi. I miei amici erano tutti molto eccitati, ogni volta dicevano hai visto come si è vestita, hai visto che occhi, hai visto che culo, hai visto come mi ha guardato, hai visto cosa ha detto, ma secondo te lo ama, ha voglia di scopare, si vede. Non si vedeva proprio niente, ma ai maschi sembra sempre che le donne abbiano voglia di scopare con loro, perché lo hanno appunto imparato dai film dell'adolescenza.

Una sera, alla fine di un allenamento, esco dagli spogliatoi dopo la doccia, e trovo schierati tutti i miei amici, agitati, frenetici. Cos'è successo, chiedo. Ti dobbiamo parlare, è una cosa seria. Lo dicono quasi tutti insieme, muovendosi, toccandosi tra loro come degli invasati. Quella sera, durante il mio allenamento, avevano fatto una specie di gioco della verità, e Antonella un po' si divertiva e un po' si annoiava. Ma il piú coraggioso a un certo punto del gioco le ha chiesto se c'era qualcuno che le piaceva tra loro, e lei prima ha tentennato e poi ha detto sí. E poi ha nominato me.

Credo che siano rimasti tutti delusi, perché ognuno in cuor suo, che ne avesse la speranza reale o non ne avesse nessuna, aveva sognato di sentir pronunciare il suo nome. Ma dopo un momento di delusione, si sono liberati di Antonella il prima possibile, e sono corsi da me. Erano davvero piú che eccitati, mi abbracciavano, mi dicevano: ti rendi conto?, ora però dobbiamo essere bravi, dobbiamo capire come fare, ma tu te la devi scopare; anzi qualcuno diceva: ce la dobbiamo scopare – ero stato scelto io come rappresentante, ma ero appunto uno per tutti, era il nostro momento, volevamo tanto Antonella, però dovevamo essere bravi, mantenere il segreto, non turbarla, bisognava fare un passo alla volta.

Io non avevo detto una parola. In realtà ero molto sorpreso, e anche contento, che Antonella avesse detto cosí. Solo che, insomma, mi bastava. E del resto non è che lei avesse detto piú di: se devo scegliere uno tra di voi, scelgo lui. Stavo con Rosalba, stavo bene, la amavo, lei mi amava, non avevo pensato neanche per un secondo di poter vedere qualcun'altra. Ma i miei amici non volevano sentire ragioni. Il giorno dopo mi chiamavano di continuo, cercavano di capire quali strategie adottare, era diventato un problema collettivo: noi dovevamo fare qualcosa. E la sera siamo usciti, e tutti erano su di giri, siamo andati a mangiare una pizza e io e Antonella con strani spostamenti e movimenti ci siamo ritrovati seduti uno accanto all'altra; e piú tardi, all'improvviso, sono spariti tutti, facendo l'occhiolino, stringendomi il braccio per farmi capire, e alla fine ci siamo ritrovati io e Antonella, da soli. Ci siamo guardati e ci siamo messi a ridere. E lei poi ha chiesto: mi accompagni a casa?

Da quel momento ogni sera erano tutti in agitazione, erano tutti ammiccamenti, occhiolini, e a fine serata facevano in modo di lasciarci soli.

Però c'era un fatto incontrovertibile, che mi rendeva molto simile a loro: io ero lí con Antonella. Intanto che insieme a lei ridevo dei nostri amici, in fondo stavo pensando quello che pensavano loro: stavo pensando che avevo il dovere di fare qualcosa, avevo il dovere di cercare di baciarla e di scoparla. La prima sera la accompagnai, e restammo a parlare fino alle sei di mattina sotto casa sua. E cosí ogni notte. Dicevo a Rosalba che non sarei passato a prenderla dopo le prove, Rosalba si intristiva, diceva ma che succede, io dicevo niente ma finisci troppo tardi, e andavo con i miei amici, poi loro sparivano e io e Antonella ci fermavamo a parlare in macchina sotto casa sua fino quasi all'alba. E poi abbiamo cominciato a baciarci. E io aspettavo tutto il giorno che arrivasse la notte.

Ridevamo dei nostri amici che ci avevano costretti a stare lí però pian piano ci piacevamo, anche se lei mi aveva subito confessato che il motivo per cui aveva fatto il mio nome era perché la sera del gioco ero l'unico assente. Quindi lo aveva detto tanto per dire. Invece io ero costretto a pensare che lei mi piacesse perché era ambita e quindi mi doveva piacere per forza; e poi era evidente che la questione non riguardava soltanto me, ma era tutto il gruppo di maschi che agiva attraverso me. Tutto era segreto, perché sia io sia Antonella avevamo un'altra vita ufficiale. Lei non parlava mai del suo ragazzo, e l'unica volta che ne parlammo fu a proposito del fatto che qualche settimana dopo ci sarebbe stato il derby e avremmo giocato uno contro l'altro. Intanto Rosalba faceva le prove al Teatro Comunale fino a tarda notte, e io ogni sera dicevo che andavo a dormire e invece stavo con Antonella fino all'alba. Però a un certo punto queste notti erano diventate irrinunciabili; e poi a me non era mai successo di stare con due donne contemporaneamente, e non mi sembrava giusto. Pensavo di dover essere leale.

Cosí, una notte, intorno all'una, ho deciso di dire ad Antonella che dovevo andare via, senza dirle perché. E sono arrivato davanti al Teatro Comunale e ho visto che stavano ancora provando. Mi sono messo lí fuori ad aspettare.

Poco meno di mezz'ora dopo, escono tutti. Le prove sono finite. Un'amica di Rosalba mi vede e rientra, per andarglielo a dire. E poco dopo Rosalba esce dal teatro e mi vede all'una e mezza di notte accanto alla macchina ad aspettarla.

Capisco subito l'errore che ho fatto: proprio perché non andavo piú a prenderla, proprio perché lei non capiva cosa stava succedendo in quelle settimane, quando mi vede lí fuori i suoi occhi si accendono e mi sorride in un modo inequivocabile e straziante.

È felice.

Pensa che io sia andato a prenderla per dirle: spazziamo via i problemi, sono qui.

Quello sguardo innamorato ed entusiasta sulle scale del teatro quando Rosalba mi vede, è uno sguardo che non dimenticherò mai. E quindi lo fermo, lo lascio un attimo lí, quel sorriso e quegli occhi illuminati che sorridono piú del sorriso. Sbagliando.

Adesso qui in piena notte davanti al Teatro Comunale, devo decidere se malgrado lo sguardo felice di Rosalba posso dirle quello che ero venuto a dirle. Devo quindi decidere se mettere o no in atto un giuramento che mi ero fatto mentre ero ancora al liceo, mentre Elena mi torturava con le sue poche attenzioni e le sue tante disattenzioni, una delle sere in cui me ne stavo chiuso in silenzio oppure rispondevo in modo violento a mia madre (a mio padre no, non mi permettevo, avevo paura). Andando verso il bagno, in corridoio, sentii che il tormento d'amore mi sfocava la vista, e vidi il corridoio girarmi intorno e crollai svenuto battendo la testa a terra con un rumore cosí forte che – mi raccontò poi mia madre – accorsero tutti. Ero svenuto come Tony Soprano. E mi videro sul pavimento, come morto. Poi mi ricordo di me sul letto e mia madre seduta accanto che non riusciva a smettere di piangere e continuava a chiedere: ma cosa ti succede?

Ero svenuto per il carico eccessivo di dolore, di delusione sentimentale: mi ero inflitto per tutti i pomeriggi della settimana, da almeno tre anni, la sofferenza di stare di fronte alla ragazza che amavo e sentire il suo profumo e guardarla inebetito mentre ripassavamo latino per l'interrogazione del giorno dopo, e lei non mi vedeva, non si accorgeva che ero lí, che la guardavo, che l'amavo, che soffrivo. E poi arrivava il suo ragazzo di vent'anni e lei lo baciava appassionatamente davanti a me.

E cosí, quella sera svenni. E quando mi ripresi e mi resi conto che la mia condizione era davvero disperata, quando vidi che perfino mia madre era piú disperata di me (non me n'ero accorto che pativa, ero troppo concentrato sul mio dolore che nessuno poteva comprendere), decisi con lucidità, anche se sapevo che quella forza non avrei potuto averla in quel momento, decisi che in futuro avrei fatto soffrire qualsiasi donna mi fossi trovato di fronte, da quando ce l'avrei fatta (non subito, un giorno) fino all'ultimo giorno di vita.

Avrei comprato un mandolino e avrei intonato un ritornello a ogni signorina che passava.

Se devo essere onesto fino in fondo, ci sono dei piccoli eventi che ho trascurato nel raccontare le sofferenze patite. Li ho trascurati non per imbrogliare, ma per la volontà ostinata di ignorare l'animale, di non considerarlo.

Mentre avevo ancora i brufoli, mentre i miei amici erano piú sani e piú belli e si fidanzavano e scopavano, mentre ero innamorato di Elena e venivo ricambiato con la violenza – l'unica volta in cui riuscii a reagire fu con Carolina, una ragazza di un'altra classe, minuta, bruttina, che era stata un po' con tutti e che tutti prendevano in giro. Non so perché a un certo punto si avvicinò a una festa e mi baciò – ho sempre sospettato che glielo avesse chiesto qualcuna delle mie amiche. Poi fuori scuola mi disse: mi fai fare un giro in motorino? E poiché Carolina non mi piaceva e i miei amici mi avrebbero preso in giro se fossi uscito con lei, decisi di farlo di nascosto e imposi una regola per poter mostrare ai miei amici qualcosa che mi salvasse ai loro occhi: dissi a Carolina che poteva venire a fare un giro solo se in cambio faceva il pieno di benzina. E lei accettò. Non seppi fare altro che reagire al mio dolore provocando umiliazione, mi sembrava l'unico modo per prendermi una rivincita contro il mondo. E quindi ogni tanto c'erano queste serate assurde in cui andavo a prenderla sotto casa, andavamo al distributore di benzina, dicevo: il pieno, il benzinaio diceva: quanto?, Carolina tirava fuori dalla borsa i soldi e glieli dava; poi saliva sul motorino, andavamo in un posto buio, ci baciavamo ma io mi sentivo comunque l'ultimo al mondo, pensavo solo a Elena e mi sembrava che Carolina fosse troppo poco, quindi dopo un po' la riaccompagnavo a casa e andavo dai miei amici. Con il pieno nel motorino.

Quando Maria e la sorella sono partite da Parigi per la seconda volta, ero di nuovo tormentato dalla nostalgia. Eravamo stati accorti, non le avevamo accompagnate alla stazione, e io avevo pianto di meno. Poi ero rimasto nell'ostello. A un certo punto un ragazzo romano mi venne a chiamare perché voleva mostrarmi una cosa: nella camera accanto alla sua c'era una svedese, e questa svedese ogni pomeriggio quando faceva la doccia, si spogliava e si rivestiva davanti a chiunque. Quindi, diceva il ragazzo romano, poiché adesso sta per fare la doccia, possiamo andare a vedere. Si avviò e lo seguii.

Ora la questione è che io andai con lui, entrai nella stanza senza nemmeno salutare, c'era la svedese; ci sedemmo sul letto in alto (erano dei letti a castello) e questa svedese si spogliò completamente davanti a noi, poco dopo, come se ci stesse aspettando. Girò un po' nuda per la stanza, poi fece la doccia, tornò, si tolse l'accappatoio, passò una crema lentamente su tutto il corpo, infilò le mutandine, fece tutto con calma, stando nuda per un sacco di tempo. Era una scena molto forte, perché lei era alta e con un fisico molto attraente, era piú grande di noi e noi eravamo completamente scioccati; devo dire che non ho mai capito se era indifferenza o esibizionismo, forse esibizionismo perché si è spogliata quando noi siamo arrivati, ma poi chi se ne importa, al limite quelli ridicoli eravamo noi che stavamo lí seduti a guardare lo spettacolo e quando lei poi si è rivestita siamo andati via, senza dire una parola. Una situazione totalmente assurda, imbarazzante, ma noi ce ne siamo fregati perché volevamo vedere la svedese nuda. Perché? Solo per questo.

La cosa davvero pazzesca di quel momento, è che io ero innamorato perso di una ragazza spagnola e annientato dal fatto che era ripartita e che stavolta chissà quando l'avrei rivista, se l'avrei rivista. Cosí come da ragazzino avevo smesso di piangere perché mi era venuta fame, qui a Parigi mi ero seduto su un letto a castello per guardare una svedese nuda. D'altra parte, era dai tempi di Baia Domizia che sognavo di vedere una svedese nuda.

E devo raccontare anche cosa è successo quel pomeriggio, la prima volta che io e Marta abbiamo scopato. Ci siamo baciati, toccati, spogliati. Ho infilato il preservativo e abbiamo scopato a lungo, come se non fosse la prima volta, quando si è impacciati e non si sanno bene tante cose l'uno dell'altra. Lei ha goduto, direi (mi sembra sempre incauto esserne sicuro). E poi io sono venuto. Mi sono buttato pancia all'aria su un lato, per non schiacciarla e anche perché nei film ho sempre visto cosí e quindi ho sempre fatto cosí. E mi sono accorto che il preservativo si era sfilato. Mi sembrava una cosa un po' schifosa, mi sono messo a cercarlo, ma non c'era. Ho detto: ma il preservativo dov'è? Non lo trovo. Ci siamo alzati, abbiamo guardato sotto le lenzuola, a terra, ma niente. E poi lei ha detto: aspetta, si è stesa di nuovo e si è infilata le dita nella fica per cercarlo, se si fosse sfilato dentro. Ma non c'era. E a quel punto ho chiesto, dubbioso: ma ce l'avevo il preservativo? Abbiamo risposto sí tutti e due. Però era assurdo, perché le ero venuto dentro, quindi non potevo – non potevamo – essere cosí pazzi da aver immaginato tutti e due che avessi il preservativo, e invece non ce l'avevo. Il fatto che lo ricordassimo perfettamente doveva per forza significare qualcosa, ma non significava niente.

Lei ha detto: non è possibile, sono in piena ovulazione.

Quindi quando si fa un errore, ho capito a quel punto, anche se erano passati tanti anni, succede sempre quando c'è piena ovulazione.

Però il preservativo ero sicuro di averlo messo. Quindi il fatto che fosse sparito era inconcepibile. Abbiamo ricominciato a guardare dappertutto, con quella insensatezza di quando si cercano le cose nel panico, cioè per un attimo ho aperto anche un cassetto, vergognandomi subito dopo. Ma non l'abbiamo trovato. Mi sono convinto che c'era un solo posto dove poteva stare: lí dentro. E come se fossimo il ginecologo e la paziente, l'ho fatta stendere di nuovo e mi sono messo a cercare io. Ho infilato le dita e ho cominciato a esplorare. A destra, a sinistra, in fondo. E a un certo punto ho sentito qualcosa, come un minuscolo elastico, schiacciato, anzi mimetizzato contro una parete. Con l'unghia a uncino l'ho catturato e l'ho tirato fuori: era il mio preservativo, che non si sa come era finito là. Per i primi venti secondi eravamo soddisfatti della logica, dicevamo: ma infatti, ma certo, ma per forza. Poi lei ha fatto gli occhi tristi all'improvviso, e ha detto: e ora come facciamo?

Nei suoi occhi ho visto non solo il panico, ma anche quella totale incapacità di agire che avevo io da ragazzo. Ha detto che non le era mai accaduta una cosa del genere. Doveva prendere la pillola del giorno dopo, ma era imbarazzata, avrebbe dovuto spiegare molte cose e non era facile. Era molto agitata, ma cercava di non farmelo vedere, perché le dispiaceva. Fino al giorno prima non ci eravamo mai visti. Mi è venuto in mente che Anna, con cui ogni tanto scopavo in quel periodo, aveva preso non so quante volte la pillola del giorno dopo. E allora ho detto a Marta: aspetta. Ho chiamato Anna, le ho detto: c'è un'emergenza. Le ho spiegato rapidamente, lei ha capito che non era il momento di chiedermi come mai stessi scopando con un'altra.

Dopo meno di un'ora ho lasciato Marta all'angolo di una farmacia, Anna è uscita, si era già fatta fare una ricetta, non so come, poi le ha dato una scatolina, le ha dato istruzioni, si sono scambiate due baci sulle guance, Marta è risalita sul motorino, Anna mi ha sorriso ma scuotendo la testa, e abbiamo risolto tutto.

Ho riportato Marta a casa, sentivo le sue tette sulla schiena sul motorino, come le avrei sentite ogni volta per molto tempo. Lei era sollevata, mentre io mi sentivo stocazzo per aver risolto in quel modo. Non mi passava nemmeno per la testa che Marta si stesse chiedendo chi fosse quella Anna. E la sua apprensione mi aveva reso forte, risolutivo, spavaldo. Spaccone. Abbiamo risolto tutto, le ho detto quando l'ho riaccompagnata sotto casa. Lei mi ha guardato e io ho riso e lei ha riso per farmi contento. Le ho dato due bacetti sulle guance e l'ho salutata, e ho avuto l'impressione che fosse rimasta ferma lí, ma non mi sono voltato.

La verità è che proprio perché la sentivo piú forte di me, fin dal primo momento la mia brutalità e la mia forza hanno iniziato a combatterla. Non avevo nessuna intenzione di sentirmi come sulla spiaggia a Serapo, da ragazzo, proprio adesso che mi sentivo stocazzo.

Se posso dire in maniera virtuosa che non sono mai stato lo stereotipo del maschio perché sono sempre stato innamorato, questa affermazione si può ribaltare: si può anche dire che non sono mai stato davvero innamorato perché sono sempre stato lo stereotipo del maschio; e anche nel momento dell'innamoramento piú ingenuo, piú asessuato e piú perduto, estraneo a me stesso perché ero a Parigi, immerso nel sentimentalismo assoluto di quei giorni, io, nel pomeriggio, all'ora in cui la svedese stava per fare la doccia, sono andato nella sua stanza per vederla nuda. E a proposito di Nino e Angelina in *Malizia*, quando lei pronuncia il sí sull'altare, Nino ha accanto la vedova Corallo che gli chiede: allora, ci vediamo stanotte? E Nino risponde che non lo sa. Angelina lo aveva già spiegato bene: «degenerato, porco, mi portava i fiori» (maschio e sentimentale).

Ho costruito tutta la mia crescita in contrasto con lo stereotipo del maschio, con un misto di imbranataggine e volontà di essere diverso. Ma non ho potuto evitare che il nucleo del maschio si conservasse intatto, e apparisse ancora e sempre, tutte le volte, atteso o inaspettato.

Cioè, voglio dire che ho attraversato tante debolezze antivirili (la prima volta disastrosa, Maria, i fallimenti, i brufoli, le ribellioni al maschio) ma poi quel nucleo che ho scoperto dentro di me quando mi sono alzato dalla panchina per andare a pranzo, è rimasto sempre lí, a mostrarsi, a difendermi, a costituire il contraltare.

Ho cominciato questo libro raccontando il momento in cui si è rivelato dentro di me il dolore d'amore, cosí come Salgari comincia la saga di Sandokan nel momento in cui lui sente dire che nelle isole vicine c'è una giovane chiamata la Perla di Labuan. Ma prima, sotto, dormiente, pronto, c'è l'animale: in me, in Sandokan e in qualsiasi maschio sia esistito al mondo.

Quasi sempre i maschi per giustificare la loro brutalità, il loro cinismo, le loro menzogne, dicono che hanno sofferto tanto. Quasi tutto l'armamentario maschile giustificatorio è basato sulla sofferenza. Il dolore non giustifica, però rende comprensibile una certa dose di violenza cinica; allo stesso tempo è vero anche il contrario, cioè che il dolore diventa la giustificazione per comportarsi in qualsiasi modo. Questo libro comincia con una ragazzina della seconda media che mi lascia e io che sto tutta la mattina a piangere – è come se dicessi: tutto nasce da un dolore e allora dovete essere comprensivi, e allora posso liberare la potenza onnivora, sono autorizzato a imporre, urlare, insultare, picchiare, sputare, scopare, tradire.

Quando la frustrazione viene fuori e diventa terribile, soprattutto se si è sofferto molto per amore, se si è stati ingannati, il problema sono le conseguenze. Come è possibile che si arrivi a dire: ho sofferto perciò faccio soffrire? Che una donna adulta di un'altra città, dopo anni, debba pagare le conseguenze che ha causato quella ragazzina? Che una signorina che cammina per strada per conto suo debba essere oggetto di uno stornello vendicativo?

La reazione alla debolezza è una forza spropositata e usata male. Ma c'è di piú: il dolore non fa solo da giustificatore, ma da motore propulsore per il maschio.

La frustrazione e il dolore non sono, come appaiono, o come si è tentati di dire, una giustificazione della bestialità. Sono, piú precisamente e piú sinceramente, il mezzo che trova la brutalità per palesarsi in modo piú esplosivo e senza sensi di colpa, perché si dice a sé stessi e agli altri: posso, posso farlo, ho sofferto. E non si comprende che non è esattamente cosí, che non si ha il controllo su questo. Ma è l'animale che ha cercato delle aperture nei punti deboli, ha costruito la sua voglia di esplodere approfittando di tutte le fragilità, insinuandosi, aizzando, ragionando per ottenere la possibilità autorizzata di scatenarsi.

Quando davanti al Teatro Comunale vedo l'espressione di Rosalba e capisco che è raggiante perché pensa che io sia andato a prenderla in piena notte per amore, mentre io sono andato lí a dirle che la lascio, che mi piace un'altra, che sto passando intere nottate con un'altra – quello è il momento decisivo.

Ho costruito la mia decisione sul concetto di lealtà, mi sono detto: visto che sto con un'altra, è giusto che le dica la verità, ma dietro la lealtà, cosí come dietro il dolore, c'era la spietatezza – cosa che lealtà e dolore si portano dietro troppo spesso. Ero a un bivio: lasciar perdere, almeno in quel momento, quindi lasciarle quella felicità; oppure, scegliere la strada della spietatezza, in nome della lealtà.

E ho scelto la strada della spietatezza.

Non l'ho fatto per lealtà, l'ho fatto per far male, l'ho fatto per sfogarmi con le altre donne del dolore accumulato prima, l'ho fatto per cominciare a mettere in atto quel giuramento con me stesso quando sono svenuto; e questa è la cosa che succederà per tutta la vita. Fare male per non farsi male, e scatenare l'animale per far male.

Rosalba però, appena dopo il fermo immagine, quando la scena riparte, dopo un secondo ha già spento il suo sorriso. Perché si vede da come la guardo, dall'imbarazzo che provo, dal disagio, e dall'ostinazione, che non c'è niente da sorridere. Soffro; mentre so che sarò spietato, mentre so che sto per liberare l'animale dopo tanti anni – soffro. Nella memoria dell'amore io penso di aver sofferto di piú per la sofferenza che ho causato negli altri, che per la sofferenza che ho ricevuto, perché quella che ho ricevuto sono riuscito a sfogarla, mentre quella degli altri non ho potuto elaborarla: ogni volta che qualcuno mi racconta di una sofferenza d'amore, di una delusione, di aver visto la fine di un amore, io ritorno sullo sguardo di Rosalba che vuole dire: che meraviglia mi sei venuto a prendere, e poi subito dopo capisce che non è una meraviglia.

Sale in macchina e le racconto cosa ho fatto nelle ultime notti. Lei dice soltanto «mannaggia» (con gigantesca dignità) e poi piange in modo silenzioso, come se non piangesse. Le lacrime scendono piú per lo scarto tra la speranza e la delusione, piú per il fatto che gliel'ho detto facendo un gesto che lei aspettava da settimane, che per il dolore. Perché in qualche modo capisce prima di me che la sto facendo soffrire per qualcosa che non è importante quanto il nostro amore. Anche io lo capisco, ricorderò quel sorriso per tutta la vita, ricorderò quel mannaggia per tutta la vita. Lo ricorderò sia per l'equivoco che ho causato, sia perché in quel momento è successo qualcosa di irreparabile.

In ogni caso, quella notte la nostra storia finisce. Ci lasciamo. Dopo un paio di mesi, Antonella deciderà di restare insieme al suo ragazzo. Invece di soffrire, la sentirò come una liberazione. Dopo un altro po' di tempo, cercherò di nuovo Rosalba e torneremo insieme.

Ma in quei minuti di quella notte, da quando mi sono fermato davanti al Teatro Comunale per aspettarla fino a quando è scesa dalla macchina sotto casa sua, ho provato un piacere strano, inconsapevole, feroce. E considero quella notte, in particolare quel momento in cui Rosalba mi ha guardato con speranza, il momento dell'esplosione.

È da lí che ho cominciato a sputare e picchiare sui campi da basket, non riuscendo piú a contenere l'animale che mi ero portato dentro per tutta la vita.

In occasione dell'uscita de *Le particelle elementari* di Houellebecq negli Stati Uniti, Elaine Blair ha pubblicato un saggio per la «New York Review of Books», *Great American Losers*, che in Italia è stato tradotto *Il nuovo corso dei romanzieri maschi americani* – ma la parola «perdenti» ha un significato irrinunciabile. La Blair li paragona ai predecessori che, come li ha definiti David Foster Wallace, sono «i grandi maschi narcisisti» (John Updike, Philip Roth, Norman Mailer). Ora, al contrario di quanto si possa presumere, la Blair è molto critica non con i maschi narcisisti, ma con i maschi perdenti. Racconta di aver studiato con ostinazione molti nuovi autori e i loro romanzi, e conclude che raccontano per la maggior parte le storie di un maschio che si sente non amato e non amabile, che non si sente all'altezza. Questa condizione, dice la Blair, serve prima di tutto a suscitare risate di comprensione per la predisposizione alla sconfitta; ma piú che altro è un tentativo di piacere alle lettrici, che sono la schiacciante maggioranza delle persone che comprano libri. Per riportare uno dei tanti esempi che la Blair fa – anche da libri di Lipsyte, Franzen, Shteyngart –: in un romanzo di Richard Price, la moglie non ha piú voglia di scopare con il suo uomo ma preferisce masturbarsi con un vibratore elettrico. In pratica, c'è un racconto diffuso della fragilità del maschio, della non maschilità del maschio, che vuole essere in sintonia con la contemporaneità, certo, ma è soprattutto un tentativo di compiacere le donne che leggono.

E poi la Blair si occupa della recensione a *Verso la fine del tempo* di John Updike che David Foster Wallace fece nel 1998, perché è lí che definí Updike, Philip Roth e Norman Mailer i grandi maschi narcisisti della seconda metà del Novecento americano, caratterizzati «dal radicale egocentrismo, e dal modo acritico con cui celebrano tale egocentrismo tanto in sé stessi quanto nei loro personaggi». Ora, la questione è che Wallace dice: «La maggior parte dei lettori che conosco di persona hanno meno di quarant'anni, e in gran parte sono femmine, e nessuna di loro è una grande estimatrice dei grandi maschi narcisisti del dopoguerra». C'è una crescente preoccupazione per il giudizio che danno le lettrici, ed è proprio questo che non piace a Elaine Blair, una donna: voler compiacere le donne. Secondo lei, mettendo al centro del romanzo la figura di un perdente, si va verso un compromesso che suona cosí: d'accordo, è immaturo e rozzo pensare sempre al sesso, e guardare le donne, ma noi uomini purtroppo lo facciamo e quindi se lo facciamo abbiamo il dovere di scriverne, però promettiamo solennemente di evitare gli errori degli ultimi romanzi di Updike. I nostri personaggi saranno «comicamente patetici, e li puniremo a priori per le loro colpe rendendoli indesiderabili per le donne, e in tal modo, cara lettrice, anticiperemo il tuo giudizio. Per questo motivo», cosí dice la Blair parafrasando Wallace, «tu e io rideremo insieme alle spalle dei miei personaggi, e ciò ci avvicinerà di piú ed eviterà la terribile possibilità che tu mi abbandoni».

È questa la vera accusa della Blair a Wallace e ai nuovi romanzieri americani.

È anche lo scenario in cui arriva *Le particelle elementari*. I personaggi di Houellebecq, altrettanto perdenti, hanno però altri pensieri: «seno grosso un po' moscio, ideale per una bella spagnola; erano tre anni che non si faceva fare una spagnola». L'autore non cerca di reprimere questi pensieri e non cerca di compiacere le lettrici per dire che sta dalla parte loro. La Blair nota anche che «un personaggio borbotterà che una donna con la camicetta trasparente deve necessariamente essere una sgualdrina, e il suo autore lo lascerà dire. Questo sessismo grossolano è doppiamente irritante per una lettrice americana (anche per una che apprezza il libro): non solo i personaggi sono disinvoltamente misogini, ma anche il loro autore è disinvolto circa la questione della misoginia».

Noi siamo abituati a romanzieri piú premurosi, dice la Blair: «Houellebecq non sta lí a rimarcare, nel modo accurato di Franzen, che il suo eroe è uno zotico quando ha a che fare con le donne». In pratica, Houellebecq non vuole essere spiacevole ma non si preoccupa di piacere, mentre i romanzieri americani piú giovani desiderano essere amati. E infatti, secondo la Blair, i loro libri sono irresistibili, tra i migliori oggi in circolazione, divertenti ed esuberanti. Ma se c'è qualcosa di falso nella figura del perdente americano, è che gli scrittori, nel tratteggiarlo, all'umiltà sostituiscono la parodia dell'umiliazione. In altre parole, rendono la nuova generazione di personaggi ugualmente egocentrica.

Per esempio, i personaggi femminili sostengono che gli uomini sono degli idioti, dice la Blair, ma poi le battute piú argute e brillanti e intelligenti comunque le pronunciano i personaggi maschili. Insomma, sta avvenendo secondo la Blair una trasformazione tutta commerciale. L'autore dice davanti alla lettrice: «io, l'autore, prometto di riconoscere sempre il narcisismo dei miei personaggi, e lei, in cambio, continuerà a interessarsene. Va bene? Siamo d'accordo? Per favore, signora, firmi sulla linea tratteggiata, e io controfirmerò il mio libro per lei».

Il saggio della Blair, per quanto mi riguarda, sembra concludere che non si tratta di autoindulgenza – pur essendo l'autoindulgenza spesso inevitabile. Si tratta di tenere separati due compiti: tentare di raccontare chi si è per davvero, e allo stesso tempo trovare soluzioni perlopiú rassicuranti.

Non va bene che, mentre si cerca una verità, si tenti di cambiare il mondo. Queste due funzioni devono restare separate, per il semplice fatto che sono opposte in prima battuta, si condizionerebbero troppo, prevarrebbe il tentativo di mostrarsi migliori. Mentre la letteratura deve essere autodenigratoria, spietata, anche terribile. E non può, mentre è cosí, essere allo stesso tempo positiva, rassicurante, indicare la strada giusta.

Sono due funzioni diverse, due tempi diversi. Quindi c'è una scelta da fare a monte. Ma se voglio capire e dire chi diventi quando sei un maschio, come questa roba ti rimane dentro a prescindere dal grado evolutivo che hai raggiunto, allora intraprendo la strada opposta a quella del miglioramento. Al limite, posso ammettere un'unica cosa, quella che mi concedo sempre quando parlo di ciò che scrivo: il fatto stesso di aver avuto voglia di scrivere un libro su questo argomento, di aver scelto di parlarne, è già un tentativo di autodenuncia. Ma non ha né la funzione né i metodi dell'autodenuncia.

Il mestiere dello scrittore – nella percezione comune, ma anche nella mia quando ho cominciato a occuparmi di letteratura – assomiglia piú al nuovo scrittore maschio americano che al vecchio narcisista. Cioè, se mi presento e dico che mestiere faccio, l'allarme per l'eventuale presenza dell'animale cala. Ma, appunto, è uno dei motivi per cui ho cominciato a essere attirato dalla scrittura: per stare lontano dai miei amici del cortile, da mio padre che per aiutarmi aveva pensato di scoparsi Maria Corti, da quel destino ineluttabile che mi sarei ritrovato addosso se fossi rimasto a vivere lí dov'ero nato. La passione per la letteratura era evidentemente il tentativo di evolvermi dal maschio semplice, provinciale e mondano che rappresentava tutto ciò che mi era stato chiesto dalle persone intorno a me, tutto ciò che sapevo fare, tutto ciò che non avrei voluto essere, o almeno essere piú. Calava su di me il pregiudizio della sensibilità, quella sensibilità che dimostrano i nuovi scrittori maschi americani rendendo i propri personaggi perdenti e ridicoli.

Il pregiudizio della sensibilità lo avevo accolto pienamente quando ho cominciato a scrivere, ed ero sicuro che mi sarei allontanato dallo stereotipo. Ma in realtà, il confronto non è tra due generazioni distinte, ma tra due questioni interiori che si combattono per tutta la vita: la bestialità e la sensibilità. E semplicemente i vecchi narcisisti mettono *davanti* la bestialità, e i nuovi romanzieri mettono *davanti* la sensibilità.

Quello che stava succedendo a Helsinki non riguardava solo me e mia moglie: era come se di fronte a tutte le donne di cui ero stato innamorato o che avevo desiderato, io ora stessi esprimendo il massimo della mia potenza e loro fossero nel punto piú fragile. Qui a Helsinki, se avessi incontrato Federica, se avessi incontrato Elena, se avessi incontrato Rosalba o Antonella o chiunque altro ancora – cosí come sono diventate oggi – avrei avuto un atteggiamento opposto a quello che avevo avuto all'epoca; e avrei trovato loro piú insicure, nascoste, davanti a me piú potente e vivo che mai.

Qui a Helsinki, su una panchina al freddo, Federica non mi avrebbe parlato cosí, e comunque a un certo punto sarei stato io ad alzarmi e andarmene. Cosí mi sentivo in questi giorni, cosí avevo cominciato a sentirmi da un certo momento in poi. Nel mio lavoro ero considerato, come uomo ero considerato e perfino desiderato – io che ero quello troppo magro, con i brufoli, un po' timido, impaurito, a un certo punto avevo smesso di piangere, poi avevo cominciato a sentire che piangevano per me, e adesso non sentivo piú niente, ero solido e insensibile.

E mia moglie lo aveva constatato; da una parte era contenta, e dall'altra ne era schiacciata. Abbiamo superato tutti e due da poco i cinquant'anni, e siamo in condizioni opposte. Io mi sento stocazzo, come mi ha rimproverato lei; lei invece, parlandomi di quanto fosse sorpresa di quello che era successo quella sera, ha detto che si sentiva fragilissima, tanto da non poter sopportare lo sguardo degli altri su di me; e, ha continuato, nel mio futuro posso vedere soltanto piú fragilità.

Era come se le avessi dato appuntamento su quella panchina della Flora, e l'avessi lasciata lí a piangere. Non era mia intenzione farlo, anzi mi dispiaceva, ma era come se lo stessi facendo, che lo volessi o no. E ce ne siamo accorti tutti e due quella sera.

Perché la questione che io e mia moglie abbiamo vissuto a Helsinki era piú complicata. Da alcuni mesi di notte la sentivo agitarsi. Si girava e rigirava, buttava via le coperte, si toglieva la maglia. Le dicevo: cos'hai? Sto sudando, rispondeva. Litri di sudore, all'improvviso. Tutte le notti. Spesso si alzava per andare a fare una doccia. Quando tornava a letto, sbuffava. Per lunghe ore della notte non dormiva, si rigirava e sbuffava. Sbuffava tanto forte che mi svegliava. All'inizio le dicevo cos'hai, ma poi lo sapevo e non lo dicevo piú; facevo finta di continuare a dormire, per lasciarla libera di lamentarsi. Qualche volta l'ho sentita piangere, e allora sono scivolato dalla sua parte e le ho chiesto: cos'hai, abbracciandola. Rispondeva sempre: sono avvilita. E poi mi scostava dicendo che era sudata.

Era nervosa, distante, insofferente. Per qualche mese non le venivano le mestruazioni, poi tornavano e poi sparivano, aveva vampate improvvise; si sentiva stanca, imbruttita, insicura. Il desiderio era sparito, me lo aveva detto con chiarezza che non aveva piú voglia di scopare: poi mi tornerà, ha detto; ma non è successo. E la distanza tra le sue tribolazioni e la mia spavalderia era cosí tanta, che io non potevo fare altro che ignorare la fragilità, i sudori, la mancanza di desiderio. Le facevo capire di continuo che non importava, che andava bene cosí. Le davo tutta la mia comprensione, ma in questa comprensione esprimevo anche una distanza. Ero generoso e comprensivo perché mi sentivo euforico, e piú che rassicurare lei, rassicuravo me: volevo che nulla disturbasse, nessuna tristezza si infilasse in un momento felice.

Quando le ho chiesto di venire a Helsinki, ha detto: se stiamo un po' insieme da soli, lontano, senza figli, forse ci fa bene. E poi, appena arrivati in albergo, è uscita dal bagno dicendo: mi sono venute delle mestruazioni fortissime, non mi venivano da quattro mesi.

Era davvero sconfortata. Avevamo dato un'importanza simbolica a quel viaggio, al fatto che eravamo stati a Helsinki tanti anni prima, ma lei si sentiva cosí fragile. Mentre io a Helsinki – anche a Helsinki – ero allegro, il nuovo libro appena uscito sarebbe entrato in classifica, a Roma c'era Marta che mi aspettava, la traduttrice voleva scappare con me, eravamo io e mia moglie nella città dove eravamo stati appena dopo esserci sposati. Mi sembrava di fare la cosa giusta nel rassicurarla di continuo che andava tutto bene, che non importava, che quel periodo sarebbe passato; ma poi non so se era la cosa giusta.

Non so nemmeno se è stato quando sono cominciati i sintomi della menopausa che ha iniziato a parlarmi di spalle allontanandosi; non riesco a escluderlo. Però, in qualche modo irrazionale, ce l'aveva con me. E a Helsinki ha capito perché: vivevamo insieme, ma i nostri umori, le nostre energie, la voglia di svegliarsi la mattina, i pensieri che riempivano la testa di notte – tutto prendeva due strade opposte.

Tanti anni dopo, quando Elena Greco si è sposata ed è diventata una scrittrice, incontra di nuovo Nino Sarratore. È sempre stata innamorata di lui e quindi scappano insieme, fanno una figlia, tornano a vivere a Napoli. E qui arriva la scena in cui Elena esce per andare a lavorare e si ricorda all'improvviso che non ha comprato i pannolini per la bambina. Non può chiedere a Silvana, la signora anziana che si occupa di sua figlia, e nemmeno a Nino perché doveva uscire per un appuntamento. Vede una farmacia, si ferma a comprarli e torna a casa. Già prima di fermarsi in farmacia, stava pensando alla sua vita con Nino, ed è come un presagio: «tornavo a un Nino fatto di due sezioni, una che mi apparteneva, l'altra che mi era estranea». Entra in casa convinta di essere accolta dai lamenti della bambina, e invece c'è un silenzio irreale. La bambina gioca serenamente nel box, senza pannolino. Sente un tramestio nel bagno e pensa che Silvana lo stia pulendo: vuole consegnarle i pannolini e scappare senza farsi vedere dalla figlia.

«La porta era socchiusa, la spinsi. Vidi prima, nella finestra luminosa dello specchio lungo, la testa di Silvana china in avanti e mi colpí la striscia della scriminatura al centro, le due bande nere dei capelli segnate da molti fili bianchi. Poi mi accorsi degli occhi chiusi di Nino, la bocca spalancata. Quindi, in un lampo, l'immagine riflessa e i corpi veri si integrarono. Nino era in canottiera e per il resto nudo, le gambe lunghe e magre divaricate, i piedi scalzi.

Silvana, curva in avanti, con entrambe le mani appoggiate sul lavandino, aveva grandi mutande alle ginocchia e il camice scuro tirato su fino alla vita. Lui, mentre le strofinava il sesso contenendole col braccio la pancia pesante, le stringeva un seno enorme che le sporgeva dal camice e dal reggipetto, e intanto batteva il ventre piatto contro le sue natiche larghe, bianchissime».

Elena richiude la porta del bagno, a quel punto i due si accorgono di lei, ma mentre Nino le urla «Elena, aspetta», lei ha già preso la bambina ed è andata via. La tiene sulle gambe mentre guida, allontanandosi senza sapere dove. La sua mente cerca di scacciare quell'immagine e di aggrapparsi al Nino dell'adolescenza, del rione. Ma lo confronta con l'altro Nino, quello di Lila e di tutte le altre donne a cui era stato legato, che aveva sposato, tradito, lasciato, imbrogliato, e di cui lei non si era voluta accorgere. Rivede la stanza da bagno e la scena con quella donna «segnata dalla fatica della sopravvivenza, grossa, disfatta» – insomma vecchia e non desiderabile. Ma questo per Nino non era stato sufficiente.

«Allora tutto mi sembrò piú chiaro. Non c'era nessuna scissione tra quell'uomo venuto dopo Lila e il ragazzo di cui – prima di Lila – mi ero innamorata fin dall'infanzia. Nino era uno solo e lo testimoniava l'espressione che aveva in viso mentre stava dentro Silvana. Era l'espressione assunta da suo padre Donato non quando mi aveva sverginata ai Maronti, ma quando mi aveva toccata tra le gambe, sotto il lenzuolo, nella cucina di Nella. Niente di alieno, molto invece di laido. Nino era ciò che non avrebbe voluto essere e che tuttavia era sempre stato».

Quello è il momento in cui svela definitivamente la sua anima, la sua sconfitta: anche Nino è come Donato, è vinto dal maschio che ha dentro di sé, e tutto questo ha a che fare col rapporto mio e di mio padre, che mi fa vergognare mentre assisto alla naturalezza rapace, al pensiero che ha sulle donne, tanto da cercare di organizzare la vita con l'intento di staccarmi da quel modello; e poi, pian piano, scopro che il sesso, le donne, la violenza e l'arroganza di mio padre, sono dentro di me. E che non sono devastanti ed evidenti come temevo.

Io, dunque, sono Nino Sarratore.

Anche io ho fatto di tutto per essere diverso da mio padre. E ogni volta che ho pensato di avercela fatta, ogni volta che sono stato sicuro di essere diverso, mi sono sentito bene, ho pensato di aver adempiuto al compito che mi ero dato nella vita, e che ne era valsa la pena.

Anche mio padre – non al netto di tutto questo, ma compreso tutto questo – era un uomo civile, generoso, molto amato. E in piú, era cosí.

Ma i maschi non si evolvono. I figli mutano in superficie ma in profondità restano uguali ai padri. E in qualche modo, nel tentativo di essere diversi, nel combattere, si ritrovano a essere piú complicati, piú infidi, meno chiari, accompagnati da mille spiegazioni e distinguo. È Nino a essere piú odioso, a fare piú male; è meno limpido, lascia piú sgomenti per il tentativo fallito di essere diverso, per ciò che alla fine appare quindi come una ineluttabilità – e non può esserlo, non deve esserlo; le donne sono preoccupate piú di Nino che di Donato, è Nino che ha i mezzi per far sperare in una diversità, ma in realtà è Nino che le confonde e fa abbassare la soglia di allarme; gli uomini sono preoccupati perché pensano che allora non ce la faranno mai a staccarsi dalla comunità. Perché di questo si tratta: della lotta tra un individuo e il mondo, una lotta che a questo punto è impari.

Anche io, come Nino Sarratore, non mostro nessun tratto di disposizione alla brutalità, adesso, da adulto. Ma nemmeno quando picchiavo le persone sui campi da basket, ero uno da cui ci si potesse aspettare una cosa del genere. Bisognava avermi conosciuto a dieci, undici, dodici anni, per avvertire qualcosa che avesse a che fare con quella predisposizione. Comunque non sapevo salire su una pertica, quindi nemmeno allora ero credibile fino in fondo. E infatti nella vita ho fatto parecchio affidamento su ciò che allora mi faceva vergognare: se non sapevo arrampicarmi sulla pertica come facevano gli altri, dentro di me c'era già il germe della diversità, non ero come tutti quei maschi, non ero uno stereotipo. Mi sono affidato a questa prova, ma non so se fosse sufficiente. Ne ho sempre cercate altre, ma non le ho trovate.

Ne *Il padrino*, Michael Corleone (Al Pacino), il figlio di Don Vito, viene presentato cosí: al matrimonio di sua sorella è con la sua fidanzata americana (Diane Keaton), e le dice: «La mia famiglia è cosí. Non mi somiglia».

E infatti è l'unico dei figli di Don Vito a non far parte del crimine organizzato di New York. Studia all'università, che poi abbandonerà per arruolarsi nei marines. Diventa un eroe di guerra. Suo padre ne è orgoglioso, e sogna per lui una carriera politica di alto livello.

Poi succede che Don Vito Corleone subisce l'agguato ed è in fin di vita. E Michael accorre al suo capezzale. Da quel momento comincerà la sua trasformazione. Che ha un inizio preciso.

Lui è a casa, insieme a tutti gli altri della famiglia, e gli dicono che la sua fidanzata è al telefono. Va a rispondere, si parlano, lei lo consola e poi dice: ti amo. E gli chiede se anche lui la ama, gli chiede di dirlo.

Ma Michael non lo dice. Dice: «Adesso non posso». E non lo dice.

Non dice «ti amo» a una donna davanti agli altri uomini. Lui che ha detto di non somigliare a tutti questi uomini della famiglia, adesso davanti a loro non se la sente di esprimere un sentimento ad alta voce.

In quel momento si capisce che sta accettando le regole della famiglia (dei maschi) e si capisce che si trasformerà nell'animale che poi tutti vedremo. E diventerà a sua volta il Padrino.

Come ogni altro scrittore, sono considerato un essere umano particolarmente sensibile – e a ragione: la sensibilità è una caratteristica inalienabile di chi fa un lavoro creativo. Scrivo anche per il cinema, insieme a registi e altri sceneggiatori, e una delle qualità principali che bisogna avere in questo lavoro è la facilità a stare insieme agli altri, a starci bene. L'animale che mi porto dentro vive con una persona che fa spesso simpatia, che è allegra, che sa stare in gruppo, sa chiacchierare durante una cena, è comprensiva, è curiosa, sa entrare subito in intimità, perché vuole sapere quali sono i nodi e i pensieri importanti degli altri. L'animale vive dentro una persona che ha molti amici, che la notte non riesce ad addormentarsi se si è scordato di richiamare qualcuno, che sa ascoltare i problemi e cercare una soluzione, che ha cercato di aiutare, per quanto possibile, le persone di talento, sentendolo un compito.

C'è però un lato del mio carattere che è nascosto, e che conoscono solo le persone piú intime dopo tanto tempo che le frequento (e non tutte). Ma non è nascosto per volontà – non sono io che lo nascondo; è che, evidentemente, viene fuori soltanto alla lunga e in circostanze molto intime o, appunto, di stress consumato in privato; e quindi lo vedono i familiari, gli amici piú stretti, le persone con cui lavoro ogni giorno per anni.

L'animale che mi porto dentro e che molti non conoscono è uno che vuole continuamente fare a botte; che ai semafori si incazza se qualcuno gli suona il clacson, o gli taglia la strada, ma si incazza nel senso che insulta, ha voglia di litigare, dà cazzotti contro i finestrini e dice: scendi che t'ammazzo. È violento, sbatte il telefono in faccia, urla a due centimetri dalle persone, è arrogante, vuole che le cose vadano come dice lui, che le persone gli chiedano scusa, stringe le mandibole, digrigna i denti, chiude i pugni, per dire: ora t'ammazzo, anche se sa che non bisogna farlo, e neanche dirlo. Questo animale mi fa essere cupo, nervoso; una persona che gli altri giudicano simpatica è anche la stessa persona che, per giorni, può non dire una parola, sta zitto e se qualcuno gli chiede: cos'hai?, lo manda a fanculo. Ma poiché questa cosa, per pudore e per abitudine, si esprime soltanto nell'intimità, è invisibile a molti (fino a quando non succede qualcosa); e ogni volta che qualcuno vi assiste per la prima volta – o la subisce – ne è molto stupito, perché non se l'aspettava. (Nessuno, tranne quell'arbitro, sa che in quella partita in cui sono stato cosí bravo, la prima cosa che ho fatto è stata sputare in faccia all'avversario. Quindi tutti ricordano solo la concentrazione, la freddezza nei canestri decisivi, l'incoraggiamento ai compagni, la grinta agonistica; ma non sanno che tutto questo era stato preceduto da un gesto sconsiderato, e che quello che ho fatto dopo avrei potuto non farlo – avrei dovuto non farlo, perché dovevano espellermi dopo un minuto).

Questa specie di tempesta sta dentro la mia persona che invece ha costruito la sua vita sulla base del saper stare al mondo, ma in realtà non sa stare al mondo o ci sa stare in maniera burrascosa e se la tengo sotto, compressa, non è per nasconderla, ma perché vorrei averla uccisa come speravo da ragazzo. Per tutta la vita ho provato a uccidere l'animale, ho pensato di averlo finalmente ucciso, e poi mi sono reso conto che veniva fuori da tutte le parti. E poiché ho cercato, se non di ammazzarlo, di chiuderlo per sempre a chiave dentro di me, quando emerge non viene semplicemente fuori, ma esplode. Dall'espressione contorta della mia faccia, dal suono della mia voce esplode un'irascibilità, un'incazzatura, un'incapacità di discutere senza usare toni violenti, senza mettermi a urlare, che è incontrollabile, impossibile da fermare.

Se qualcuno mi fa un torto, non perdono. Se qualcuno fa un errore, lo paga, eppure non c'è niente in me che faccia pensare alla spietatezza; e invece sono cosí. Molte persone sul lavoro si trovano all'improvviso di fronte alla brutalità, e se ho ragione la brutalità diventa spietata, netta, spiego con precisione i torti ricevuti e anche se mi chiedono scusa insisto, e dico: non si può fare cosí, non si può agire cosí e quindi le conseguenze saranno queste. Non arretro di un millimetro anche se so di ferire le persone che si sono accorte di aver sbagliato e mi chiedono scusa; le umilio ancora di piú.

Tutto questo succede con maggiore nettezza non quando ho ragione, ma quando ho torto. Quando ho fatto qualcosa di sbagliato, la mia reazione è ancora piú violenta: con l'incazzatura, con l'arroganza, voglio combattere la ragione degli altri, voglio sconfiggere le persone che mi stanno dicendo qualcosa che non mi piace, col fatto che sono piú forte di loro, spesso anche dialetticamente, ma soprattutto perché urlo, vicinissimo, le minaccio, alzo la mano e dico ti ammazzo e poi mi giro dall'altra parte e do un calcio alla sedia e la faccio volare. Tutto ciò fa in modo che le mie ragioni vengano imposte grazie al timore della mia reazione.

I miei figli mi considerano affidabile, comprensivo e perfino un ottimo padre, ma sono proprio loro ad aver subito alcuni episodi di violenza. Devo dire che qualche volta, quando era bambina, ho anche picchiato mia figlia, e mi ricordo una volta, che lei non dimentica piú perché non era piccolissima, per un'incazzatura l'ho trascinata in camera sua per i capelli. Ma non è la violenza fisica il tratto caratteristico dell'animale, perché la violenza fisica col tempo ho imparato a trattenerla, so che non posso usarla, ma non usarla mi fa tirar fuori una violenza psicologica, verbale e gestuale, una rabbia repressa che finisce per rivolgersi ad altro per sfogarsi; quindi non verso le persone, ma verso oggetti, mobili, pareti.

Le mie case sono segnate da calci alle porte, cazzotti contro i mobili, muri sfregiati dalle cose che ho tirato; ho buttato a terra librerie intere, ho lanciato piatti e telefonini contro le pareti. A un certo punto divento una belva che fa paura, faccio paura a mia moglie, ai miei figli, perché dentro di me cresce una rabbia incontrollabile e piú gli altri cercano di calmarla, dicendo: non urlare, stai calmo – piú questa paura e il tentativo di bloccare la rabbia, la fa crescere, la rende esplosiva fino a farmi perdere la testa. E poiché ancora conservo un barlume di consapevolezza, pur minacciando di ammazzare, mi accanisco su qualcosa di inanimato. Nella mia vita ho rotto televisori, specchi, piatti, telefoni, ho strappato vestiti, ho dato calci o pugni contro pareti o letti o mobili.

Non tanto mio figlio, perché essendo piccolo la violenza l'ha subita parzialmente, ma mia figlia l'ha subita tantissimo per tutta la vita. L'ha subita mia moglie. Anche alcuni amici cui sono legato da anni hanno subito questa violenza e sanno che discutere con me porta uno spavento perché voglio avere ragione e se non ho ragione mi incazzo, sono violento, minaccioso. Una volta, eravamo per strada, mia moglie era incinta e litigavamo e io ho cominciato a urlare e lei voleva andare via per l'imbarazzo (però lei vuole sempre andare via, comunque, anche nei giorni di serenità), la trattenevo per un braccio e a quel punto ha chiesto aiuto a dei passanti – non perché le avessi fatto male, anche se dicevo aspetta, parliamo, fammi finire, e la tiravo; ma perché aveva paura di me. Tante volte mia moglie e mia figlia si alleano perché hanno paura di me. Tanta paura. La vedo nei loro occhi, mi fa tenerezza, ma fa tenerezza solo a una parte di me, quella che loro sperano ritornerà presto a prevalere. Ma intanto l'animale non riesce a fermarsi, non riesce a non aggredire quella paura, a fare ancora piú paura.

Hanno paura di me come le donne hanno paura degli uomini che le picchiano senza fermarsi. Hanno paura di me con le proporzioni di chi non ha subito una violenza fisica, ma è sempre sul punto di riceverla. E fanno bene: perché la mia incapacità di controllo, l'idea di far paura, mi dà un'euforia di cui poi mi pento, mi vergogno, ma che sul momento mi fa diventare potente, mi sembra di poter schiacciare gli altri, le loro ragioni e le loro forze e distruggere qualsiasi cosa. E soprattutto sento che la loro paura le rende debolissime e io mi sento fortissimo e capace di ottenere tutto ciò che voglio, di far andare le cose come voglio che vadano. Ecco, quella paura che vedo negli occhi degli altri, senza che io ci pensi perché in quel momento non penso a niente, mi dà un senso di euforia spaventoso ma che però costituisce la parte piú intima di me, proprio perché l'animale è ficcato dentro e non esce mai e cerco di tenerlo a bada, e quando esce esplode, e chi lo vede si spaventa; e si spaventa di piú perché sta dentro un uomo che non ha le caratteristiche esteriori dell'animale. Infatti una delle ragioni per cui fa paura è che quando scompare, sembra non possa riapparire piú. In seguito il mio modo di stare al mondo fa dimenticare l'animale, e ogni volta si può avere la speranza che sia morto, sia stato abbandonato per sempre.

E invece ritorna. Sempre. E quindi, alla fine, l'unica maniera per averci a che fare, per me, è conviverci.

Da quando è diventata grande, mia figlia mi ha scritto delle lettere dopo questi momenti di bestialità. In cui si diceva disperata soprattutto perché riconosceva tutte le mie qualità, le elencava minuziosamente non credo per ricordarle a me, ma a sé stessa – per rassicurarsi. E non poteva pensare che quell'uomo diventava quella cosa lí e che facesse cosí paura, e che fosse cosí fuori dal mondo. Erano delle lettere che tentavano di accorciare i tempi per farmi tornare in me, per aiutarmi a farlo, o per verificare che fossi tornato in me.

Erano sempre molto strazianti, perché le leggevo quando ormai l'animale si era assopito, e mi vergognavo. Perché in quelle lettere c'era anche, anzi soprattutto, una condanna molto severa dei miei comportamenti, un giudizio spietato nei miei confronti. E a un certo punto ha cominciato anche a scrivere una cosa preoccupante e preoccupata, e cioè che sentiva che questi accessi di collera, queste reazioni violente, questa rabbia incontrollata che non si ferma davanti a nessun tentativo di placarla – cominciava a sentirla anche dentro di sé. Ha scoperto che sono anche un po' sue, queste caratteristiche. Dice: a me fai paura tu e quello che è entrato di te in me, e mi fa paura essere diventata come te perché sento che lo sono.

L'unica cosa che posso risponderle è che c'è una differenza: lei è una donna e io sono un maschio.

E il maschio si sente cosí euforico di essere com'è. Si sente autorizzato a essere cosí, agli occhi degli altri maschi non si vergogna – addirittura è la spinta del mondo maschile che lo porta a essere cosí ed è una spinta che lei non avrà mai. Lei si fermerà, avrà un limite, perché dentro di sé non ha avuto quel tumulto convinto e quasi positivo della violenza che io invece porto dentro da generazioni. E il tumulto della violenza lei lo sente perché è figlia mia, ma non potrà sentirlo totalmente perché è donna e non ha una spinta collettiva che la porta a dire: continua, perché questa roba qua è quello che sei tu veramente. Lei non si riconosce negli accessi di collera e violenza, mentre invece io so che lí dentro, purtroppo, mi riconosco. Quello sono io.

Mia figlia potrà avere dentro questa rabbia incontrollata, questa violenza. Ma è una questione limitata a lei, o a me in lei. Ha un confine, non deve preoccuparsi. Sarà una sua violenza, singola, addomesticabile. Ciò che non è addomesticabile è la violenza spinta e approvata da tutti.

Quindi è piuttosto mio figlio quello che sento piú in pericolo. Lo vedo sensibile, affettuoso, a dieci anni già si è innamorato, ha sofferto, ma allo stesso tempo vedo in lui una vitalità, una brutalità, un istinto di lotta, di corsa, l'amore per le moto, per i fucili, per i record, che io, per esempio, non ho mai avuto e quindi non so da dove arrivi. Sento in lui un amore per il pericolo, per la velocità, poi vedo la sua mano sempre infilata nei pantaloni a toccarsi il pirellino, e quindi in lui affiorano parti animalesche che so di avere e anche altre che so di non avere mai avuto, che non so comprendere bene da dove arrivino, come nascano, a meno che non nascano da me senza che io me ne renda conto; oppure nascono da me in quei momenti in cui la mia parte bestiale viene fuori cosí nettamente; e allora è lui che si prenderà addosso alcune caratteristiche peggiori del mio carattere, è su di lui che attecchiranno, che diventeranno un problema, e mi chiedo se passerà tutta la vita a cercare di liberarsi di me; se come ho fatto io con mio padre, si vergognerà di me. Perché in fondo, a parte l'animale che viene fuori ogni tanto, per il resto mi sono sempre sentito molto diverso da mio padre, o almeno credo di esserlo e invece la domanda che mi faccio è se mio figlio lo vede, se si accorge che io sono diverso e quindi non ha tanto bisogno di combattermi e di sentirsi a sua volta diverso. Oppure se lui, invece, vede benissimo quella parte di cui non riesco a liberarmi ed è a quel punto che vorrà combatterla, e avrà difficoltà a combatterla.

In questo, e solo in questo, sento una diversità tra mia figlia e mio figlio. Penso che la lotta di mio figlio contro la mia parte oscura che c'è in lui sarà piú faticosa e piú feroce e con molte meno possibilità di successo.

C'è una comunicazione moderna, che è quella che abbiamo ed è l'unica che crediamo di avere; e c'è una comunicazione antica che io sono sicuro di non adoperare, e quindi sono sicuro che lui non possa recepire. Ma è cosí stupido pensare che le mie caratteristiche piú profonde, e quindi piú radicate, non passino; e le mie parole del presente si trasmettano intere e perfettamente. Come lui si prende motori, lotte, armi, da chissà chi e chissà come; cosí si prenderà da me tutto quello che c'è dentro di me, e che mi è stato tramandato; e se mi è stato tramandato mentre io lo combattevo, sarà tramandato ancora piú facilmente a lui se non avrà il sentore di doversi difendere da me.

Leggendo libri che riguardano i maschi, ho trovato la storia del popolo di un'isola delle Filippine, gli Ilongot. I maschi sono abitati da uno spirito che chiamano il liget, che dicono sia concentrato nello sperma. È uno spirito che viene tramandato dai maschi di generazione in generazione. Il liget è la rabbia, una rabbia incontenibile, distruttiva. È una forza oscura che si palesa in occasione di lutti: se muore un familiare, un amico, il liget si impadronisce del dolore e spinge i maschi ad andare in giro a cercare teste da tagliare.

La virilità – per cercare di sintetizzare in una parola tutte le caratteristiche di cui sto ragionando – è sia causa sia frutto di soprusi, privilegi, potere. Ma è anche un carico da portare addosso per tutta la vita. Il punto fondamentale, però, è che ogni elemento – i privilegi, il potere, l'arroganza e la fatica del carico – deriva dalla collettività, dal gruppo dei maschi presi tutti insieme.

Ho cercato di liberarmi di tutte le forze pregresse per riuscire a essere una persona singola e a non ripercorrere il cammino di tutti – e non ce la faccio, non posso farcela. Ci sono delle regole che mi hanno permesso di entrare nella comunità, che vengono approvate dai parenti maschi e dagli altri amici maschi. Ho tentato di staccarmi da quello schema e di cercarmene uno tutto personale che fosse molto diverso. L'ho anche trovato, ma poi pian piano ho capito che piú ero una persona solida, piú incredibilmente l'uomo collettivo che era in me si imponeva con pari forza, o superiore.

Quella sensazione di appartenenza continua a tornarmi fuori e alla fine devo cercare di far convivere la mia parte individuale con questo animale sociale che arriva dal gruppo dei maschi, che per me è: il gruppo dei maschi che andava al Villaggio Svedese; piú tutti i parenti che negli anni mi hanno osservato e spiato per capire se rispondevo a quelle caratteristiche; piú mio padre in cima alla lista dei parenti che marcandomi da vicino mi ha mostrato continuamente la virilità, mi ha sorvegliato, mi ha indirizzato ed è anche la persona che ho combattuto, che ha impersonato in maniera evidente ciò da cui mi volevo staccare; piú i compagni di scuola e gli amici del cortile, cioè i primi amici maschi, quelli che mi spingevano verso l'uscita dalla nebbia del desiderio, che mi hanno fatto compagnia mentre cercavamo di imporre alla nostra identità l'ossessione del desiderio, la forza fisica anche lí dove la forza non c'era, e la cercavo nell'appartenenza al gruppo – e il mio gruppo era forte, eravamo violenti, vendicativi, e ci ammiravano. Poi, anno dopo anno, si sono aggiunti tutti gli amici maschi che ho avuto (ho avuto molte amiche donne, proprio nel tentativo di andarmene da quel linguaggio complice e virile con gli amici maschi), il rapporto con loro è diventato la ricerca del linguaggio che ci accomunava, e dentro quel linguaggio trovavamo in profondità, nelle viscere, la nostra intimità e complicità piú profonda, divertente e viva.

E tutte queste persone, tutte, da quando ero un bambino inconsapevole fino a quando sono diventato un uomo consapevole e poi uno scrittore, non si sono mai allontanate. Si è trattato di un accumulo di virilità, un accumulo di sguardo degli altri maschi su di me. Perché non c'è nulla di casuale in questa educazione collettiva alla vita, c'è un sistema, ed è il sistema che ogni maschio contemporaneo cerca di combattere e da cui, in fondo, ogni maschio esce sconfitto. È lo sguardo degli altri maschi che non riesci mai a toglierti di dosso nemmeno per un secondo.

Il carcere di Ventotene, costruito alla fine del Settecento, è uno dei primi edifici a essere stato costruito secondo i principî del panopticon, teorizzato pochi anni prima da Jeremy Bentham.

Il panopticon è una struttura circolare concepita in modo che ognuno dei detenuti sia sempre visibile e quindi sempre controllato da un sorvegliante che sta al centro; ogni cella è tenuta costantemente sotto controllo da un sorvegliante che nessuno dei detenuti può vedere. È come se ci fosse un potere invisibile che ha sempre l'occhio su tutti, contemporaneamente. Invisibile perché lui può vedere te e tu non puoi vedere lui; ma sei consapevole che c'è. Alla base di questa struttura c'è la teoria illuminista che sostiene che se una persona è controllata dalla società, è difficile che devii. Nel caso del maschio, è difficile che esca dalla norma alla quale si è attenuto fin da bambino. In pratica, anche quando vivi una vita solitaria (nella cella il detenuto è un essere singolo), hai sempre addosso l'occhio di un potere astratto che verifica quanto ti attieni alle regole che sono state date a tutti. Non sai mai se in un momento qualsiasi sarai controllato o no, e quindi non hai mai la sensazione di stare da solo.

L'occhio sociale, dal punto di vista dei maschi, è una versione ancora piú estremizzata del panopticon, teorizzato anche da Foucault in *Sorvegliare e punire*, e cioè è una specie di controllo totale: di tutti su tutti. Non c'è solo lo sguardo di un sorvegliante su tutti gli altri, ogni maschio ha uno sguardo sugli altri e cosí tutti si controllano a vicenda. Ogni maschio è sorvegliante e detenuto. Ora, anche se tenti di sfuggire al controllo con la scelta di non fissare il tuo sguardo sugli altri, non per questo ti sei liberato dello sguardo degli altri su di te. In questo modo è l'intera comunità che assume il ruolo di controllore. Come dice Foucault: il potere dello sguardo tiene tutti assoggettati, in uno stato costante di osservazione.

Osservare ed essere osservati: un modo di stare al mondo dal quale un maschio cresciuto con le regole che gli sono state date (e che ho cercato di raccontare), difficilmente si sentirà liberato.

È molto interessante ritrovare nei comportamenti e nelle reazioni le paranoie virili, quasi involontarie. Per esempio, ci sono due miei amici, Paolo e Lele, che vanno dal parrucchiere e non dal barbiere. Il parrucchiere è un nostro amico, e anche lui mi chiede: perché non vieni anche tu?

La risposta è che secondo me si vede se sei andato dal

parrucchiere e non dal barbiere. Questa risposta è frutto di pregiudizi costruiti nella mia adolescenza provinciale e meridionale, quindi è possibile che sia falsa; eppure rimango convinto di riconoscere subito quando Paolo e Lele sono andati dal parrucchiere. Si vede dal taglio, dal modo in cui portano i capelli, dalla forma delle basette. E c'è un pensiero che viene da lontanissimo – da quando ero ragazzino e mia mamma andava da Landolfi, il parrucchiere vicino casa; e ogni tanto mio padre mi mandava a dirle qualcosa, o a prendere le chiavi. Ci andavo con fatica, cercavo sempre di evitarlo, non avevo voglia perché avevo paura che qualche amico mi vedesse entrare o uscire dal parrucchiere e mi dicesse: ma che sei ricchione che vai dal parrucchiere? Perché lo facevamo di continuo con gli altri, e a ognuno che vedevamo entrare o uscire da un parrucchiere, urlavamo: ma che sei ricchione? Ecco, quella roba lí, dentro di me, è rimasta. Ho studiato, ho letto tanti libri, sono diventato una persona adulta, evoluta, vivo felicemente in un mondo libero, non mi pongo nemmeno il problema dei gusti sessuali delle persone; eppure dal parrucchiere non ci vado, vado da un barbiere triste e che non sa tagliare i capelli, e dal parrucchiere continuo a pensare che non si debba entrare.

Ho una parte di modernità e progresso che è viva e solida, ben costruita e che con il tempo è diventata fluida, naturale (e quello sono io come individuo); e poi ho degli istinti quasi sconosciuti a me stesso, che però se vado ad analizzare sono altrettanto solidi, in difesa di un istinto virile (e quello sono io come collettività).

Quando ho raccontato delle due amiche del liceo con le quali camminavo sottobraccio con orgoglio per le vie della città, ho tralasciato di dire che da subito avevano deciso di chiamarmi Chicco. Era un vezzeggiativo, quindi affettuoso e intimo; da una parte ne ero contento; e da un'altra ne ero un po' inquietato, perché sentivo che c'era qualcosa che non andava. Però quello era il momento in cui scoprivo davvero la consuetudine con le donne – se penso a quanto sia stato decisivo per la mia esistenza quel momento, come ha cambiato totalmente la mia vita sociale, e anche fino a che punto me ne rendevo perfettamente conto. E quindi cominciai a ritenere quel «Chicco» plausibile, ne vedevo solo il lato affettuoso.

Spesso andavo a studiare a casa di una delle due. Un pomeriggio citofonai, dissi che ero io. Patrizia abitava al primo piano, quindi aprirono anche la porta di casa perché dovevo fare solo due piccole rampe di scale. E cosí potei sentire il dialogo che si svolse dopo il suono del citofono.

Una voce di donna, forse la madre di Patrizia urlò: chi è?

Patrizia, in modo istintivo e allegro, disse: è Chicco!

E a quel punto, quando ero sulla seconda rampa di scale, ormai vicinissimo, sentii distintamente la voce del fratello di Patrizia, che era piú grande, per noi un adulto, dire: ma chi è 'stu strunz che si fa chiammà Chicco?

Rimasi fermo in mezzo alle scale senza respiro per qualche secondo, e poi ripresi a salire. Entrai salutando educatamente, mi chiusi in camera con Patrizia e dissi: ho sentito. Non mi dovete chiamare mai piú cosí.

Semplicemente, suo fratello aveva ragione. Fu questo che provai dentro di me. Aveva ragione. Io, l'animale che c'era in me, avrei detto la stessa cosa. Mio padre, se avesse saputo che qualcuno mi chiamava Chicco, avrebbe detto la stessa cosa. Non doveva succedere mai piú.

Foucault parla del panopticon come di una struttura perfetta di sorveglianza. Ciascun individuo ha un occhio che lo guarda senza che l'individuo e l'occhio debbano stare insieme. C'è solo una trasparenza totale di ogni singolo individuo in ogni singola cella.

Ecco, se la cella fosse un'anima, ciascun individuo avrebbe – ha – l'anima trasparente agli occhi di chi lo sorveglia. Il sorvegliante, per il maschio, è la società dei maschi, il pensiero comune, lo stereotipo, l'educazione a essere maschio. Grazie al sistema di luci e ombre su cui viene costruito il panopticon, può essere osservato ogni singolo movimento. Vuol dire che l'anima è tutta visibile, controllabile. Ognuno deve comportarsi come richiesto, quindi per quanto mi riguarda, se prendiamo il panopticon come il centro della provincia meridionale – che è il mio panopticon –, c'è un controllo per cui ogni individuo maschio deve comportarsi come la comunità si aspetta, e non c'è possibilità né di deviazione né di introspezione né di contraddizione.

«Di qui l'effetto principale del panopticon: indurre nel detenuto uno stato cosciente di visibilità che assicura il funzionamento automatico del potere. Far sí che la sorveglianza sia permanente nei suoi effetti, anche se è discontinua nella sua azione. Colui che è sottoposto ad un campo di visibilità, e che lo sa, prende a proprio conto le costrizioni del potere».

Il problema è che non sono mai stato solo.

Non sono mai solo, nemmeno insieme al mio animale, io e lui a vedercela uno contro l'altro. Non sono mai riuscito a stare solo, sono sempre circondato dai fantasmi di tutti i maschi che mi hanno girato intorno. E non se ne sono mai andati. Questa sorveglianza è permanente, onnipresente, sono migliaia di occhi che mi seguono sempre e sono nascosti ovunque; vuol dire che è impossibile sentirsi veramente soli e cioè senza la comunità maschile che mi guarda o che, peggio ancora, mi sta facendo compagnia, quindi l'istinto che viene fuori sotto la sorveglianza – che era quello appunto teorizzato da Bentham – è che mi comporto secondo le regole che mi erano state date.

Dentro di me continuerò sempre a chiedermi: siete contenti di me? sono come mi volevate? sono come voi? Da una parte faccio di tutto per non essere come loro, e dall'altra faccio di tutto per essere come loro.

Questo sono io: io Francesco, e io maschio.

Non è solo una pressione che subisco, ma anche che esercito, volontariamente o involontariamente. L'animale non è solo quello che assale me, ma è anche quello che in qualche modo gli altri vedono in me; e ritengono che io li stia sorvegliando. La minaccia che esercito sugli altri maschi quando dico, guardando i miei amici che sono andati dal parrucchiere: mah, mi sembrano capelli di parrucchiere. È come nei reality show quando all'inizio tutte le parole e i gesti sono fatti con la consapevolezza di avere un pubblico, ma poi la quotidianità fa dimenticare di essere seguiti da una telecamera e ci si comincia a comportare con naturalezza, tirando fuori la parte piú autentica di sé stessi; come se la telecamera non ci fosse; ma la telecamera c'è ancora, e il pubblico c'è ancora. E il mio pubblico è composto da tutti i maschi che ho incontrato nella mia vita.

Ed è il motivo per cui quando sto parlando con la madre di un compagno di scuola dei miei figli, con una barista, con una mia collega di lavoro, quando sono in treno e sono felice di poter leggere ma di fronte a me c'è una donna attraente, quando sono in una riunione di lavoro e c'è al tavolo una donna che non ho mai visto e che mi piace – non è solo un possibile e reale desiderio di conoscere e capire, ma è quella comunità di persone, quei fantasmi che stanno dentro di me, accanto a me, dietro di me, che dicono: che fai? non puoi non alzare la testa, non puoi non desiderare.

Per tutta la vita, infatti, quella carovana di maschi che andavano al Villaggio Svedese, a cui si aggiungevano di volta in volta gli altri maschi incontrati nel corso del tempo, sono stati presenti nei miei pensieri, nelle stanze delle donne con le quali iniziavo a spogliarmi, davanti a una donna cosí attraente che qualche parola bisognava dirla, osservando le ascoltatrici intriganti alla presentazione di un libro, in un locale al tavolo accanto, con un'amica di mia sorella, con un'amica di mia moglie, entrando in un ufficio, in circostanze occasionali e dentro rapporti seri e codificati. Ogni volta, il mio gruppo di maschi era ed è rimasto sempre lí accanto a me a spingere, a dire vai, a non lasciarmi in pace. Non vogliono che mi distragga. C'era e c'è ancora e ci sarà sempre quel gruppo di maschi con me – il branco. Cercano di entrare in ogni luogo, si spargono nella mia casa di notte e dormono tutti con me. Mi guardano, mi giudicano, mi suggeriscono, si indignano se non agisco e si inorgogliscono se agisco; mi pressano, spingono, giudicano. Sempre con aria complice.

La loro presenza si è intrufolata e stabilita dentro di me, e insieme a loro guardo, immagino, desidero. Sono riuscito a non sentirmeli addosso solo qualche volta, nell'intimità autentica di una passione che riusciva a cacciarli via. Per un po'. Ma poi tornavano ad affollare anche l'intimità della passione, a suggerire strategie e distrazioni, a farmi compagnia perfino nello struggimento d'amore. Anche adesso, sento dentro di me un parlottío, una discussione; anzi, sento dentro di me un'assemblea permanente, una di quelle discussioni parlamentari che vengono definite «ostruzionismo», in cui si continua a fare interventi per ore e ore, giorno e notte, per settimane, con l'intento di non smettere. Sento che sono parlato, discusso, giudicato; sento di dare delusioni e soddisfazioni a quella comunità di maschi che è riunita giorno e notte dentro la mia vita.

Infatti, se in qualche modo disobbedisci e resisti, ti rimane addosso un sentimento angosciato, qualcosa di storto, per ore, per giorni, perché anche se cerchi di ignorarlo, sei comunque venuto meno a una regola della comunità e non puoi sperare che qualcuno non se ne accorga: c'è il panopticon, l'occhio sociale, ti stanno sempre guardando. Quei fantasmi sono la tua ancestralità e tu non stai bene, non ti senti a posto anche se sai di essere una persona che si comporta come voleva comportarsi, e non sei violento, sei civile, e non pensi a desiderare qualcuno e sei una persona che costruisce un essere moderno dentro di te, anche se senti di avere il diritto, il potere, la libertà di fare quello che va di fare a te e solo a te. Dall'altra parte non stai a posto, e se in treno non hai parlato con quella donna, è come se ad aspettarti alla stazione, quando scendi, ci fossero tutti – parenti, compagni di scuola, amici d'infanzia, tuo padre e i tuoi zii che dicono: ma cosa hai fatto? sei scemo? perché ti sei messo a leggere?

E ovviamente non ti senti a posto neppure se hai ceduto al gruppo di maschi, perché hai tradito la fatica di una vita. Quindi non sei a posto né come individuo né come membro della collettività, né quando sei riuscito a scacciare l'animale né quando si è impadronito di te. La verità è che non ci si libera né uccidendo l'animale, né facendolo risorgere.

La soluzione è quella specie di convivenza tra la persona che vuoi essere e la persona che la tua comunità di maschi ti ha chiesto di essere. Trovare un punto in cui queste due entità litigiose riescano a convivere e a superare la giornata, giorno dopo giorno. La soluzione è abituarsi a questa doppia personalità, allo stomaco stretto, ai denti che digrignano di notte, alle mascelle serrate, all'impossibilità di spiegarsi, all'impossibilità di essere solo.

C'è un centro di modernità e di non modernità. C'è un centro di forza dell'individuo: il modo di avere a che fare col sesso è solo mio; ma c'è anche la spinta della comunità: tu fai sesso perché noi ti abbiamo detto che è una cosa che si deve fare. Queste due strade non è possibile separarle, quindi bisogna vivere tenendole insieme. Ovviamente propendo per la prima, credo di riuscire a determinare di continuo la prima, ma non posso escludere che l'animale si imponga anche su quello che io non capisco.

Quando avevo ancora la storia con Antonella, è arrivata la sera del derby contro l'altra squadra della città, nella quale giocava il suo fidanzato. I miei amici sapevano soltanto delle nostre serate in macchina, ma nessuno di loro conosceva il seguito. E nessun altro sapeva niente. Noi ci incontravamo in luoghi sperduti o durante la notte, e lei diceva che avrebbe lasciato il suo ragazzo come avevo fatto io con Rosalba.

È una partita molto attesa in città, e in piú giocherò contro di lui: lei è sugli spalti e dice che in cuor suo tiferà per me. La mia percezione quella sera è già doppia in partenza: devo stare attento – lei si è fatta promettere che non avrei mai guardato dalla sua parte – e del resto voglio vincere a tutti i costi contro di lui. Quando entro in campo lei è sugli spalti, ho sbirciato ma non ho guardato apertamente. Il suo ragazzo la chiama dal campo, lei scende e lui la bacia prima del fischio d'inizio.

A un certo punto della partita, quando cominciamo ad avere un po' di vantaggio, rubo la palla a un avversario (non lui, mi piacerebbe scriverlo, ma non era lui) e parto in contropiede, vado verso il canestro, mi alzo in volo per appoggiare la palla al tabellone e l'avversario invece di saltare si china in avanti, cosí cado prima addosso a lui e poi a terra sbattendo violentemente con la schiena.

Mi torco, tutti accorrono, ma dopo un po' mi alzo, anche se dolorante. Però la caduta è stata molto spettacolare, perché sono volato sul parquet e nel silenzio dell'apprensione c'è stato il rumore forte del mio corpo che precipitava. E da terra mi sembrava di avere la licenza di poter guardare Antonella, cosí mi volto e vedo che è in piedi (solo lei) con le mani davanti alla bocca; poi mi racconterà che è stato un momento inquietante perché si è alzata di scatto urlando per la paura, e intorno gli altri l'hanno guardata chiedendosi perché, poteva sembrare apprensione generica per qualcuno che si era fatto male, ma come reazione è stata molto forte e incontrollata.

Questa scena è una proporzione in scala (l'ho pensato già mentre ero lí, a terra) della scena in cui Anna Karenina sugli spalti vede Vronskij cadere da cavallo, mentre il marito è accanto a lei; e in quel momento il marito si accorge che lei ama Vronskij. Quindi, questo racconto ha l'epica di *Anna Karenina*, pur essendo ambientato in un campo da basket di Caserta.

Poi la partita finisce e vinciamo, siamo felici sia perché andiamo primi in classifica, sia perché quella squadra è la nostra rivale da sempre; è stata una partita nervosa, la tensione negli spogliatoi si scioglie, tutti esultano, mentre ci abbracciamo alcuni urlano: siamo grandi!, siamo grandi! – e per un secondo noto che l'allenatore e il giocatore piú anziano della squadra si scambiano uno sguardo complice e divertito come se dicessero: vabbè diciamolo; e subito dopo l'allenatore urla: non solo li battiamo ma ci scopiamo anche le loro donne!, e mentre lo dice guarda me e subito corre ad abbracciarmi, e cosí fanno tutti i compagni di squadra, dandomi degli allegri e complici e virili schiaffi in testa, come se avessero preparato questo scherzo da giorni.

E in quel momento scopro che tutti sapevano della mia relazione con Antonella, e tutti sono orgogliosi che un loro compagno di squadra si scopi la fidanzata di uno della squadra avversaria. Invece io sento solo l'arroganza del loro orgoglio allegro, in quel momento mi sento addirittura violentato, sono imbarazzato e arrabbiato perché stanno togliendo epica al mio amore segreto per sostituirla con il panopticon: li battiamo e ci scopiamo pure le loro donne.

Sono triste perché so che avrei dovuto proteggere questa storia (anche se tra un po' Antonella mi lascerà). Lei si è alzata urlando e poi tappandosi la bocca come Anna Karenina, quindi il gesto piú lontano da quel tripudio sprezzante che c'è negli spogliatoi. Eppure è accaduta sia una cosa sia l'altra, e Antonella era sia Anna Karenina sia la donna dell'avversario che noi – noi – ci siamo scopati.

In *Before Midnight* di Richard Linklater, sono tutti a tavola, l'ultimo giorno di vacanza, e parlano di amore, di uomini e donne. La storia piú interessante inizia a raccontarla una di loro ed è qualcosa che – dice – svelerà tutto quello che c'è da sapere riguardo ai maschi e alle femmine. Racconta di una di quelle infermiere che sono presenti quando le persone escono dal coma. Lei è quella che ha il compito di dire: ciao, mi chiamo Caterina, sei uscito dal coma, hai fatto un brutto incidente d'auto, ma ora starai bene e ti riprenderai – cose del genere. Ebbene, di fronte a questa spiegazione, ogni donna reagisce allo stesso modo. Le sue prime parole esprimono preoccupazione per gli altri: come stanno i miei figli? come sta mio marito? qualcun altro si è fatto male?

E poi il racconto si conclude cosí: «Tutti gli uomini, senza eccezione, quando gli veniva spiegato dov'erano, che cosa facevano per prima cosa? Si guardavano il cazzo».

Quell'intervento che avevo fatto da ragazzo, di cui mi ero cosí tanto vergognato e che mi aveva cosí tanto angosciato – la circoncisione che aveva liberato il glande non proteggendolo piú, si era rivelata il contrario di ciò che avevo temuto.

La differenza tra il glande coperto e scoperto è che quello scoperto diventa insensibile e piú potente, piú muscoloso perché non è piú protetto. Un cazzo circonciso è molto diverso da un cazzo, non so come dire, normale. Quando si interviene, il prepuzio deve rinunciare a una buona parte delle mille terminazioni nervose, e il glande rimane esposto per sempre. Il glande è una parte molto sensibile e delicata, per questo motivo viene protetto dalla pelle e si libera solo in erezione. Quando invece perde la protezione, risponde al trauma dell'asportazione del prepuzio con una intensa produzione di cheratina, una proteina molto resistente. Il glande si ricopre di questa sostanza, ed è il motivo per cui diventa impermeabile. L'esposizione lo rende forte e corposo. Lo rende sia capace di imporre la sua potenza insensibile, sia bisognoso di una stimolazione maggiore per raggiungere l'orgasmo. Quindi, per dirla piú brutalmente, lo rende un cazzo forte e che dura.

Ma non è tutto qui: il cazzo privo di prepuzio godrebbe di una minore proliferazione di germi e batteri perché è privo di umidità e stagnazione. In piú, ricerche recenti azzardano che, per gli stessi motivi, la circoncisione ridurrebbe di molto il rischio di infezione da hiv.

La trasformazione del mio cazzo, da menomato a forte, è la stessa evoluzione del ragazzino brufoloso e senza muscoli che ha acquistato pian piano potenza.

La mia vita sentimentale e sessuale si è evoluta cosí: da ragazzo, mi innamoravo e desideravo e nessuno ricambiava o mi desiderava, era una grande frustrazione e l'idea del futuro per me era un abisso. La vita era: quello che desidero non posso averlo.

Poi pian piano ho cominciato a desiderare ricambiato, ho cominciato perfino a essere desiderato, e infine è arrivata l'età della potenza. Negli ultimi anni ciò che desidero, ciò che mi piace, posso averlo. Ci sono delle donne che vorrebbero scoparmi, me ne accorgo, lo sento, e questo porta anche ad avere due nuove possibilità, opposte a quando ero ragazzino: la prima è che posso respingere chi non mi interessa perché decido io (anche se tendo a dire sempre sí a causa dei brufoli). La seconda è che posso avere ciò che desidero: riesco a ottenere anche che l'impossibile si trasformi in possibile; ed è una condizione che in tutta la vita non avevo mai avuto. Quindi, la mia vita è una continua acquisizione di potenza, di maschilità, proprio quella che avevo progettato di distruggere quando nemmeno ero sicuro di possederla.

La verità, però, so che non è questa. La verità che a me preme raccontare è un'altra: lí, nell'adolescenza sessuale e sentimentale, si è costruito un destino, e il destino prima o poi torna.

Un paio di anni prima che facessi cinquant'anni, ero a un festival del cinema e c'era un locale dove siamo andati in tanti. Abbiamo bevuto, abbiamo ballato e poi Rosa, una ragazza che conoscevo da molto tempo, ha cominciato a ballare piú vicino a me. Mi toccava, mi sfiorava, a un certo punto le ho chiesto: ma lui è il tuo ragazzo? (indicando quello con cui era arrivata). E lei mi ha risposto: stasera sei tu il mio ragazzo. Ho sorriso, mi sembrava che fosse tutto chiaro. Poi ha detto: quando finisce la festa, vengo con te.

Siamo tornati insieme, ubriachi, siamo entrati nella stanza d'albergo; ci siamo spogliati, ci siamo stesi sul letto e abbiamo cominciato a baciarci. E per la prima volta mi è successa una cosa che non avevo mai preso in considerazione e forse non avevo mai immaginato potesse succedere, perché per tutta la vita ho avuto un'erezione nei momenti di desiderio e ho scopato senza difficoltà. E invece quella notte non succedeva niente, lei ha provato in tutti i modi. Mi sono ritrovato a essere molto imbarazzato perché ho pensato che era la prima volta che mi succedeva, e lo dovevo dire che era la prima volta, ma ho improvvisamente intuito, con un certo margine di certezza, che tutti dicono cosí, sia la prima sia la centesima volta. E quindi mi sarei reso ridicolo. Sono stato zitto.

Abbiamo dormito insieme, ho pensato: forse è perché sono ubriaco, domani mattina succederà qualcosa. Ignorando il fatto che non era la prima volta in vita mia che ero ubriaco. Invece quando ho aperto gli occhi durante la notte, Rosa era già andata via.

Quando sono tornato dal festival, il pomeriggio eravamo a casa soli io e mia moglie. Ero un po' preoccupato, e cosí, pensando che la naturalezza dell'intimità risolvesse tutto, ho cominciato a baciarla, ci siamo spogliati e di nuovo è successo: non riuscivo ad avere un'erezione. Mia moglie diceva: che sarà mai, può capitare. Ma la verità è che sia lei sia io sapevamo che non era mai capitato.

Ho cominciato a trarre conclusioni apocalittiche: la mia vita sessuale sta per finire (o è già finita) e io sono ancora giovane. Ho cominciato a pensare alla vita senza sesso da quella sera al festival in poi, una vita in cui dovevo iniziare a mentire, a dire non mi piaci, non me la sento, sono in un momento complicato – avrei dovuto dire tante cose per non dire che non potevo scopare piú. Mi ricordo che una volta ho tentato di masturbarmi, non lo facevo da anni, provando a immaginare o ricordare i momenti piú eccitanti ma non riuscivo in nessun modo ad avere un'erezione e mi è venuto da piangere, ma non l'ho fatto perché mi sembrava triste e definitivo piangere.

La vita del maschio, ho scoperto in quel periodo, è completamente basata sull'erezione. La sicurezza, l'umore, il carattere, la simpatia, la capacità di controllo, hanno un rapporto diretto con il fatto che l'erezione appaia subito, quasi subito, insomma presto. Ci sono alcuni maschi che hanno un'erezione quando lei chiama e dice sto arrivando, prendo il taxi; e questa erezione non finisce piú fino a quando lei non è entrata, si è spogliata, hanno scopato, hanno avuto l'orgasmo. Quelli sono i maschi piú sereni, pronti alla battuta, capaci di parlare per strada con uno sconosciuto, capaci perfino di dimenticarsi del desiderio. Non si innervosiscono quasi mai, se fanno un incidente si prendono subito la colpa e comunque provano a mediare, tendono a essere ottimisti sul futuro dell'economia e sulla situazione politica del Paese.

Ci sono maschi che faticano un poco, ma solo perché hanno bisogno di alcune condizioni di tranquillità e anche intimità – e in fondo questo è ancora piú apprezzabile.

Ci sono maschi che in certi periodi, piú o meno prolungati, hanno difficoltà di erezione. La loro vita sessuale è piuttosto complicata perché non sanno mai bene cosa accadrà la prossima volta. Sono ansiosi di scoprirlo, e soprattutto continuano a pensare in modo ossessivo che devono avere un'erezione, e per questo motivo hanno ancora piú difficoltà ad averla. In particolare, hanno un collegamento difficile tra il cervello e il cazzo, perché di continuo sembra loro che – ecco, ecco, ecco – stanno per avere finalmente un'erezione, e poi si rendono conto che non è successo. Di continuo danno quell'input dei nervi, o muscolare (non l'ho mai capito), al quale il loro cazzo reagisce con un sussulto, come il ginocchio reagisce al martelletto, ma poi nella sostanza quel sussulto non ha compiuto un grande movimento. A causa della sensazione continua che sta finalmente per arrivare l'erezione, il maschio si addentra in una situazione un po' paradossale e molto rischiosa: chiede alla donna di essere piú troia, le dice parolacce, le spinge la testa giú, la guida dicendo fai cosí e ora cosí – ecco, ecco, ecco – provocando nella donna medesima un senso di affaticamento e una sensazione che ha un po' a che fare con la noia. E anche una delusione di non poco conto, se poi non accade nulla. Il maschio a quel punto tirerà fuori un discorso complicatissimo sulla strana concatenazione di eventi che hanno causato quel fallimento, farà la vittima per sentirsi dire che può capitare, poi assicurerà che è la prima volta e non capisce bene, e aggiungerà che forse ha saputo che sua madre sta male e anche questa preoccupazione non aiuta.

Un uomo con il cazzo duro è un uomo elegante, che sa muoversi, sa spogliarsi, sa aspettare. Un uomo che non riesce ad avere un'erezione è un uomo che si struscia in modo goffo, con movimenti ineleganti, sgraziati, e poi fa il tentativo disperato di guardarsi tra le gambe per controllare se è successo qualcosa. Tutti quei movimenti non producono niente perché sono disarmonici, intenzionali, pieni di tensione; invece scopare è armonico e semplice. Quindi, dopo, si sente un malessere che non è solo quello di non essere riusciti a scopare, ma anche il ricordo di quanto ci si è sentiti goffi, di quanto si è cercato di recuperare per cercare di eccitarsi. L'impotenza è una condizione sgraziata in cui le persone, umiliandosi, si mostrano in un modo che poi diventa indimenticabile per l'altra persona.

Avevo affidato al sesso tutta l'appartenenza al mondo maschile, e in qualche modo ero anche riuscito a liquidarla cosí, e adesso quel rumore di fondo che aveva occupato il mio cervello per tutta la vita, non sarebbe servito piú a niente. Tenendo conto che avevo avuto a che fare con questa occupazione fin da bambino, mi chiedevo in che modo avrei vissuto da ora in poi – e se sarei sopravvissuto.

Ero davvero preoccupato, molto sorpreso e soprattutto pensavo che la mia vita sessuale fosse già finita prima ancora dei cinquant'anni, ed era un evento drammatico al quale non ero preparato. Avevo letto da qualche parte che Kingsley Amis aveva dichiarato che in vecchiaia perdere del tutto la libido era stato un sollievo. In effetti, ho sperato, potrebbe anche essere una soluzione per la serenità.

Chissà come dev'essere la vita senza sesso. Ho provato a pensarla come un tempo e un luogo di totale rilassatezza, di abbandono, di letture e di pensieri calmi. Come un tempo in cui finalmente è sparito il rumore di fondo che mi ha accompagnato tutta la vita, il momento in cui finalmente infili gli occhiali e il mondo è nitido, il cielo è azzurro e non c'è nulla che tu debba fare. E, soprattutto, tutti quei fantasmi che vivono con me si allontanano, stizziti e delusi, si allontanano e sciolgono l'assemblea che mi perseguita da decenni. Potersi occupare di ciò che accade e solo di quello, non avere il doppio strato di pensiero, non essere costretti, non essere trascinati dal desiderio.

In quelle settimane, mi preoccupavo e allo stesso tempo volevo convincermi di un alleggerimento, della liberazione dalla lotta.

Nell'elenco dei primi romanzi letti da ragazzi compare spesso *Fiesta* di Hemingway. Mentre scrivevo questo libro ho chiesto a molti, e quasi tutti lo hanno letto al liceo. Perché da ragazzi leggevamo *Fiesta*?

Adesso mi sembra di avere, almeno per me, una risposta chiara. Erano gli anni delle frustrazioni e degli innamoramenti impossibili, e Hemingway raccontava la piú romantica delle storie dentro il mondo maschile della feria di Pamplona, con tori, alcol e toreri: contrapponeva la virilità assoluta rappresentata dal grande torero al romanticismo assoluto dell'impotenza.

Jake Barnes è impotente a causa di una ferita di guerra. Ama lady Brett Ashley, e anche lei lo ama: ma è una storia platonica, con qualche bacio e una complicità intima che si traduce nei racconti che lei fa della sua vita sessuale. Ogni volta che finisce una relazione, o quando una nottata di sesso la rende malinconica, Brett corre da Jake. Restano insieme piú che possono, e poi lei va via, perché non può accadere nient'altro che quel farsi compagnia e dichiararsi amore.

Era proprio questo, credo, che a leggerlo da ragazzi appariva molto romantico: che Brett, anche se scopa con altri, sa che il vero amore è quello tra loro due. E torna sempre da lui.

Quando da Parigi vanno a Pamplona, Jake assiste in silenzio al movimento dei maschi intorno a Brett: Mike è sempre con lei (stanno per sposarsi), Cohn la tampina perché non si rassegna al fatto che la loro storia è finita, e quindi lui e Mike litigano; intanto Brett si innamora del grande torero, e l'unico a cui può confessarlo è Jake, una volta che stanno facendo una lunga passeggiata in cui lei gli chiede se la ama ancora e lui risponde deciso: sí. Poi gli chiede di andare insieme a cercare il torero, e lo trovano in un caffè. Brett dice: sono una decaduta, sono una vacca, ho sempre fatto quello che volevo – e quindi, con queste parole, gli sta confessando che ha intenzione di continuare a farlo, e che non rinuncerà ad andare a letto con il torero.

E infatti poco dopo il torero va al loro tavolo e comincia a flirtare con Brett. Quando è sicuro che tra i due sia scattato qualcosa, Jake si alza e dice che raggiunge gli altri. Il torero lo guarda per capire se è infastidito o complice, ma Jake lo rassicura. Quando tornerà in quel bar, venti minuti dopo, i due non ci saranno piú.

Il punto di vista del libro, l'io narrante di Jake, è quello di un uomo innamorato e impotente; anche Brett lo ama, ma Brett ha bisogno di corpi e di sesso e lui non può darle questo. Quindi il nostro punto di vista coincide con il senso del libro: un uomo che assiste a tutti questi movimenti, soffre in silenzio ma non lo dice, ama, e in fondo è riamato e probabilmente è l'unico che Brett ama sul serio.

Quello che ci sembrava eroico era proprio il fatto che il vero amore si esprimeva in modo platonico, ed era il motivo, secondo noi, per cui resisteva; da ragazzi, l'amore silenzioso e incompiuto sembra un valore totalmente positivo; poi si cresce e si capisce che non solo non può esserlo, ma anzi è fonte di enorme sofferenza. Non che la sofferenza leggendo *Fiesta* non la sentissimo; ma era esattamente quella che ci piaceva, l'aspetto eroico di questo amore. La sostanza del pensiero di Brett è tutto ciò che volevamo sentire: soltanto Jake non l'ha mai delusa. E se è cosí, vuol dire che solo un amore platonico non è deludente, mentre tutto ciò che ha a che fare col sesso, lo è, ed è minore. Il panopticon (i miei fantasmi) tentava di separare sempre l'amore e il sesso, ma in favore del sesso; anche *Fiesta* provava a separarli, ma lo faceva in favore del sentimento: si ama per sempre se non c'è sesso.

Tutta la mia vita, in seguito, è servita a capire che è troppo semplice che possa essere l'impotenza a sposarsi con il sentimentalismo. Sarebbe bello, ma è troppo semplice che l'impotenza e la bestialità siano separate con chiarezza. Tutta la vita era servita per comprendere invece che Jake e il torero, insieme, facevano l'uomo che si può essere – l'unica combinazione possibile. E da adulto, all'improvviso, e senza essere piú cosí giovane da pensare che rappresenti la perfezione, ero diventato impotente anche io.

In quel periodo stava succedendo anche un'altra cosa di cui non mi ero reso conto per l'incuria di me stesso che è l'altra costante che ha l'animale di manifestarsi in me: tutto quello che mi succedeva, lo ignoravo. Avevo l'esigenza oltre che la voglia di vivere la mia vita, di andare avanti e ignorare qualsiasi intoppo. È quello che ho sempre fatto, e sono anche sicuro che ne morirò: morirò di una malattia che si poteva curare ma che ho trascurato. Quasi tutte le persone che si percepiscono virili, credono che la virilità sia trascurarsi; e quasi tutte muoiono cosí.

Stavo lavorando alla sceneggiatura di un film, con un regista con il quale collaboro da molti anni. Eravamo come al solito in tre: io, lui e Silvia. Ogni pomeriggio ci vedevamo a casa del regista, che abita in una palazzina romana di quelle basse, al secondo e ultimo piano, senza ascensore. Erano almeno dieci anni che andavo lí molti pomeriggi all'anno – e lo dico perché avrei potuto fare senz'altro un confronto. In quei giorni succedeva che quando citofonavo, poi arrivavo su dopo un sacco di tempo, e molto in affanno. Il regista lo diceva sempre: ma quanto ci hai messo? Se io e Silvia arrivavamo insieme, lei saliva le scale, quasi senza accorgersene mi staccava e arrivava su; io arrivavo dopo un po'.

Quasi sempre – anzi, sempre – al primo piano mi fermavo perché non riuscivo a respirare. Mi piegavo e mi tenevo le ginocchia e facevo grandi respiri con la bocca spalancata per far entrare piú aria possibile. Mi riprendevo e ripartivo. Quando entravo, richiudevo la porta e perdevo tempo per nascondere ancora altro affanno; o mi accasciavo sul divanetto e per un po' stavo zitto per nascondere il fiatone. All'inizio era un gioco, Silvia diceva: sono arrivata prima io. Il regista diceva: ormai ti dobbiamo aspettare. Una volta che ero appena entrato nel portoncino ho sentito che qualcuno lo fermava prima che si richiudesse. E cosí Silvia salendo mi ha visto piegato che respiravo con la bocca tutta aperta. Ha detto solo: ti aspetto su. Poi quando sono entrato, avevano tutti e due un'espressione preoccupata e il regista ha detto: secondo me non stai bene.

Improvvisamente ci siamo resi conto – anche io, quando ho visto le loro espressioni – che ero in condizioni assurde. Ho detto, credendoci: la verità è che non mi muovo, non faccio piú sport. Ma non è normale che chi non fa sport si pieghi in due senza avere piú respiro al primo piano. Cosí sono andato da un medico.

Alla voce sideremia, il valore era 6,8. Il laboratorio di analisi aveva scritto accanto al numero la solita formula di quando i numeri non sono buoni: valori confermati dopo ripetizione. Per dare la misura, quando i valori scendono a 8 è allarme serio e si fanno trasfusioni. Io avevo 6,8. Il mio medico è impallidito, si è alzato dalla scrivania e ha detto: andiamo subito in ospedale. Secondo lui era impossibile che fossi ancora in piedi. Mi ha spiegato, piú spaventato di me, che quando la sideremia è cosí bassa vuol dire che manca ferro nel sangue. Il ferro cattura l'ossigeno e lo trasporta ai tessuti. Se non lo fa, il cuore, il cervello, i polmoni, cominciano a lavorare a frequenze maggiori. Quando la sideremia è cosí bassa, l'ossigeno quasi non arriva e scatta un allarme molto serio: rischio di infarto, ictus. Diventano possibilità molto vicine. E poi mi ha detto: soprattutto non riesci a fare nessuna attività fisica – e per attività fisica intendeva camminare, salire le scale, andare in cucina e tornare. E poi: ovviamente non può arrivare abbastanza sangue agli organi genitali, ed è per questo che non hai nessuna possibilità di avere un'erezione.

È come se mi avessero detto: ti sei svegliato dal coma, ti è successo questo e questo, adesso sei qui, e io mi fossi guardato subito il cazzo, perché non ho pensato né all'ictus, né all'infarto, né alla trasfusione, ma ho pensato: ecco perché. Ho pensato: non sono impotente. Ho pensato: poi appena guarisco posso scopare ancora. Io che credevo di essere diventato impotente, semplicemente avevo un problema di salute. Solo che il problema era molto serio.

Il medico era stato perentorio: dobbiamo andare in ospedale immediatamente e fare le trasfusioni di sangue.

Ma anche in questo caso, anche nell'emergenza, l'animale è in conflitto con i malanni, li vuole ignorare. Anche questa è arroganza, anche questa è brutalità. Sono un uomo, sto lavorando, sto tornando a casa, ho degli impegni, nessuno mi deve fermare, e quindi tutto ciò che è un malanno fisico, psicologico, un lutto, una sofferenza d'amore, va superato continuando a fare finta di niente. Del resto, non era soltanto su quelle scale che non avevo fiato, ma anche se camminavo un poco e se giocavo insieme a mio figlio in corridoio; mi piegavo, mi tenevo le mani sulle ginocchia e respiravo con la bocca aperta ansimando e mi dovevo riprendere; invece di preoccuparmi mi dicevo: vabbè devo tornare a fare sport, sono fuori forma.

In piú, ho il terrore degli aghi. Non faccio le analisi del sangue quasi mai, e se le faccio sto male già tre giorni prima; non faccio iniezioni di nessun tipo, per nessun motivo. Quindi avere un ago nella vena per ore, no. Ho detto: in ospedale non vengo. Il medico era impreparato a questa risposta, dopo i pericoli che mi aveva elencato. Quindi ha pensato di minacciarmi dicendo guarda che se non ti fai le trasfusioni devi restare a casa praticamente immobile, devi farti una cura ricostituente di ferro, devo venirti a controllare tutti i giorni, devi farti analisi tutte le settimane, non puoi camminare, fare le scale, non puoi fare niente; lui la concepiva come una minaccia, io ho detto subito che preferivo di gran lunga questa soluzione.

Sono rimasto a casa per settimane, non uscivo, mangiavo carne di cavallo, lenticchie, tutti gli alimenti che contengono molto ferro, e in piú prendevo grandi quantità di ferro in pillole. Ero meticoloso, dicevo che mi sentivo meglio (credo fosse vero) ma lo dicevo soprattutto con l'intento di convincere il medico a rimandare le analisi del sangue di un'altra settimana. Stavo sempre fermo e gradualmente ho recuperato tutte le forze, e quando ho ricominciato a salire le scale, non mi fermavo piú e non avevo l'affanno. Ci ho messo del tempo, però ce l'ho fatta.

E dopo, l'erezione è riapparsa con la stessa rapidità con cui era scomparsa.

Quindi, l'impotenza si è rivelata uno scherzo, il terrore della fine del sesso si è rivelato uno scherzo. Però quelle scale della palazzina del regista mi hanno salvato, perché i danni che poteva portare la mancanza di ossigeno sarebbero stati piú grandi di quelli che avevo subito, anche se a me sembrava che non avere piú l'erezione fosse il danno piú grave che si potesse subire. E in seguito ho cercato di ignorare che quello che avevo vissuto era comunque un presagio, l'annuncio di un evento futuro. L'ho ignorato, come ho ignorato il resto. Ho visto, per un po' di tempo, reale, quella vita senza sesso. Mi sono spaventato e non voglio pensarci piú.

Quando ero ragazzo ho cominciato a soffrire di emorroidi. Andavo in bagno e fuoriuscivano queste due palline infiammate e restavano fuori per un po'. Allora dovevo stendermi sul letto, pieno di dolore e di fastidio, cosí l'infiammazione calava e le emorroidi rientravano. Questo tempo riuscivo a passarlo solo disteso sul letto, in modo che non mi facessero male; leggevo, aspettavo, mi aiutavo con una pomata e pian piano sentivo che rientravano. Il che ovviamente ha reso la mia vita sociale problematica, perché andare fuori, stare con gli altri, andare in vacanza con gli amici mi metteva molto a disagio, per i tempi e i modi che avevo di affrontare il problema, e non avevo certo voglia di spiegare. Fin dall'inizio ho escluso di operarmi: per paura, per tutto quello che ho detto sulla brutalità di andare avanti, per il fatto che le operazioni di emorroidi sono dolorosissime e perché penso che fino a quando non sto per morire, non lo farò. In seguito ho imparato a usare le dita e le pomate per farle rientrare con delicatezza, e quindi risolvere questa cosa in bagno, anche se ci stavo un sacco di tempo – e poi ho scoperto che era uno degli errori che facevo; sembra che tutto sia un errore, quello che mangi, il bidè con l'acqua calda, fredda, se ci stai poco, se rispondi allo stimolo immediatamente, se stai sempre seduto, e un sacco di altre accortezze, regole e prevenzioni.

Poiché le emorroidi sono apparse da giovane e poiché le ho ancora, tutta la mia vita è stata cosí. Quando incontro un'altra persona che ha le emorroidi ne parliamo, siamo una comunità che ha una sapienza tecnico-scientifica altamente specializzata; e poi ci fa piacere parlarne perché con altri non ne parliamo. In fondo, anche con le emorroidi la mia testa ha vissuto la consueta combinazione di pensieri multipli contemporanei: mentre parlavo di altro o facevo altro, avevo un dolore, un prurito, un fastidio, una preoccupazione. Mentre parlavo con una donna che mi piaceva, pensavo a come avrei voluto scoparla, ma pensavo anche a come mi sentivo in quel momento all'interno (o all'esterno) del buco del mio culo.

Il problema comunque non sono le emorroidi, con le quali convivo da decenni (non riesco piú a ricordare la vita senza le emorroidi), ma il fatto che da un certo punto in poi ho cominciato a sanguinare. Alle volte per periodi brevi, altre per periodi lunghi. Però nel periodo della mia presunta impotenza non mi ero accorto che sanguinavo da molto tempo – perché quando sanguino cerco sempre di ignorarlo, per il solito motivo. Perdevo sempre piú sangue, ma poiché pensavo: oggi ho sanguinato, oggi ho sanguinato, oggi però non ho sanguinato quindi sto meglio – tutto questo l'ho ignorato. Non è che un altro modo di ignorare debolezze e problemi: combattere giorno per giorno, ma non pensare mai a un intero arco di tempo. Il sanguinamento mi condiziona l'umore, mi fa essere sempre nervoso, mi fa rispondere male, contribuisce a farmi dare un calcio a qualche oggetto, perché ho un malessere dentro. Però la mia reazione non è cercare una soluzione, ma sperare che domani non sanguinerò piú. È per questo motivo che mi sono ritrovato la sideremia a 6,8 e ho avuto la sensazione di essere impotente, non ho respirato piú, ero una persona che prima di compiere cinquant'anni non riusciva a fare le scale e rischiava l'ictus; e lo avevo ignorato. Poi un giorno, il mio amico Domenico mi ha detto: io sono andato da questa proctologa giovane, bella, simpatica e che mi ha risolto tutti i problemi.

La proctologa mi ha accolto in uno studio al piano terra: in effetti era giovane, bella e simpatica. Il nostro rapporto è stato chiaro fin da subito: lei si incazzava, mi insultava, mi minacciava, e io restavo zitto o dicevo: lo so, hai ragione. Mi ha scritto anche dei whatsapp terribili, mi ha detto se non fai la colonscopia non ti far vedere mai piú, mi ha detto che lei non si prendeva la responsabilità di un paziente se il paziente non collaborava. Mi piaceva e mi eccitava molto che mi trattasse cosí; qualche volta le scappava da ridere, perché la situazione le sembrava assurda.

Il risultato di tutto questo è che non ho fatto niente di quello che mi ha chiesto di fare, e di conseguenza davvero non ha voluto vedermi piú.

Ma l'incontro con lei è stato illuminante. Quando sono tornato a casa, ho raccontato a mia moglie cosa mi aveva detto, gliel'ho raccontato inseguendola mentre camminava per la casa e si occupava di altre cose non rimandabili, e si è fermata solo per dirmi: pensi alle questioni filosofiche invece di pensare a guarire.

Quando sono entrato nello studio, la proctologa mi ha fatto molte domande ma era impaziente di visitarmi. Ed era quello che temevo. Da quando ho le emorroidi, un sacco di medici, uomini e donne, hanno avuto fretta di farmi spogliare, di farmi mettere in una posizione imbarazzante e di infilarmi un dito in culo. Anche adesso, mentre ne scrivo, mi torco sulla sedia e mordo la maglia per il fastidio del ricordo e il disagio che mi mette il solo pensarci. Uno dei motivi per cui non vado dai medici è che mi mettono subito in una posizione assurda e mi infilano un dito in culo. La proctologa non desiderava altro, forse per un'ossessione del mestiere, o forse addirittura fa la proctologa perché ha la perversione di infilare dita in culo (io propendo per la seconda ipotesi, data la fretta mostrata ogni volta che ci vedevamo). Mi ha fatto passare in una stanzetta piú piccola con un lettino, mi ha fatto spogliare, mettere in quella posizione in ginocchio con la testa che tocca le braccia e il culo in aria, si è infilata un guanto e mi ha penetrato. Mi ha subito detto una cosa molto confortante, e cioè che la mia prostata è molto buona per la mia età, e invece per tutta la vita avevo sospettato di avere una prostata ingrossatissima (perché? non lo so). Per il resto, mi ha detto, sto davvero inguaiato, dovrà operarmi al piú presto ma il suo intervento è speciale, indolore. La prossima tappa sarà la colonscopia, che mi spaventa tantissimo. E mi ha detto: intanto ti do una cura che elimina il sanguinamento. E non si è resa conto di aver commesso un errore decisivo. Perché non ho fatto la colonscopia, non mi sono fatto operare e quando il sanguinamento è finito mi sono considerato guarito (anche se poi ricomincia sempre, e continuo a stare male). Vivevo cosí quando ero un ragazzino indifferente a rimproveri, minacce, punizioni. Vivo cosí, ancora.

Però i momenti cruciali del nostro incontro non sono stati questi, ma altri due. Il primo – il meno importante, forse, ma chissà – è che la proctologa mi piaceva. E l'intimità che si raggiunge quasi subito con una proctologa è molto interessante, rompe tutte le barriere. E per me – non so per lei – le sue minacce e le sue tirate rabbiose facevano parte della conversazione erotica, anzi ne erano la parte piú eccitante. La seconda volta che sono andato a fare la visita era seduta alla scrivania con il camice aperto e una camicetta leggera sbottonata, senza reggiseno. Si vedevano le tette, io le guardavo e lei vedeva che le guardavo. Eravamo dentro uno dei film erotici vietati ai minori di quattordici anni che io vedevo a tredici anni. Poi però mi ha fatto mettere cosí e mi ha messo il dito in culo, di nuovo. La questione, insomma, è che avevo voglia di scopare con la mia proctologa, e credo che ai fini della visione globale del paziente sarebbe stato utile. Anzi, a un certo punto, ho pensato che l'unico modo per fare la colonscopia e l'operazione fosse affidarsi a una persona con la quale c'era un sentimento, una relazione, un'intimità sessuale. Allora sí che mi avrebbe accudito, avrebbe fatto le cose con la massima attenzione e delicatezza, sarebbe passata in corsia molte volte in piú del dovuto. A ripensarci, devo ammettere che volevo avere una storia con lei per essere protetto. Ma poi ho dovuto fare una scelta: poiché lei aveva una personalità forte, ho capito che se avessimo avuto una storia, avrei dovuto fare davvero la colonscopia e l'operazione. Era una scelta: essere accudito amorevolmente o scappare. E io ho scelto di scappare – non da lei, ma dalla colonscopia e dall'operazione.

Ma la seconda questione che è venuta fuori è la piú interessante per me e per quello che sto scrivendo. Quando mi ha visitato la prima volta (ma anche le altre), ho fatto molta resistenza ad andare di là sul lettino; a mettermi carponi. Lei diceva: dài, facciamo presto (ci siamo dati del tu immediatamente, e del resto mi scocciava molto di piú quando i medici mi infilavano il dito in culo dandomi del lei). Ma soprattutto, non è stato facile per lei riuscire a infilare il dito in culo. Ha dovuto fare alcuni tentativi perché la mia tensione provocava un eccessivo irrigidimento. Ed è stata un'operazione lunga e complicata, guidata dalla sua voce che con dolcezza mi diceva di rilassarmi, mi spiegava come, io non mi rilassavo, lei con pazienza ricominciava fino a quando ce l'ha fatta. Ma poi, il fatto che volesse arrivare fino a laggiú, alla prostata, ha causato altri irrigidimenti, respingimenti, difficoltà. Ero a disagio per tutto, per la resistenza e ancora peggio per la penetrazione. Non ero in imbarazzo con lei, per niente – e questo è stato il primo segnale del fatto che mi piacesse davvero; ma non riuscivo a non fare resistenza.

E cosí, dopo, abbiamo parlato.

È la cultura del maschio, ha detto lei. L'ano dovrebbe essere morbido, rilassato, accogliente. E invece nei maschi spesso è teso, respingente. Tutta la tensione la esercitano nel chiudere l'ano, nel tenerlo rigido, stretto, in difesa. Il retto stretto per cultura, per virilità; e per mancanza di serenità. I maschi sono sempre in allarme, sono sempre in lotta, alla ricerca di un'affermazione. E hanno – tu hai, ha detto – la necessità di difendere l'orifizio, di respingere l'idea che sia penetrabile. Tutto ciò produce le infiammazioni, il sanguinamento.

È un prodotto della mia cultura, la malattia delle emorroidi; quindi il sanguinamento; quindi la sideremia bassa; quindi la mancanza di ossigeno; quindi il problema dell'erezione. Cioè, la mia difesa istintiva della virilità si è ritorta contro la virilità. E non conta il grado di evoluzione o di consapevolezza: posso essere la persona migliore del mondo, ma la mia tensione si sintetizza nella chiusura dell'ano. Anzi, forse, si potrebbe dire che piú la tensione è inconsapevole, piú cala nelle parti basse, lí dove non la vedo e non la riconosco. Le emorroidi, quindi, sono il risultato della persistenza della cultura maschile dentro di me. Il risultato del mio tentativo di ignorarla.

L'incuria è il risultato, a sua volta, della combinazione tra l'espressione della fragilità e l'espressione della potenza: ho paura di scoprire malattie, di averci a che fare, di dover mettere in atto un percorso; e allo stesso tempo riesco a rimandare per capacità di sopportazione del dolore, di adattamento alle varie piccole menomazioni. Perché in qualche modo è anche questa una delle dimostrazioni, ormai non importa quanto consapevoli, della mia virilità.

Credevo di aver vissuto una vita diversa e libera da queste cose. E invece l'animale è stato sempre presente, e mi ha lavorato dentro, giorno dopo giorno, sempre.

Avendo scampato l'impotenza, ho sentito che la potenza doveva subito approfittarne. Da quel momento, è cambiato tutto. Come ha detto mia moglie, mi sono creduto stocazzo, e ho cominciato a pensare di avere diritto a tutto. Ho usato l'alibi delle mie debolezze, di tutta una storia di goffaggine e di frustrazioni, a partire da quella panchina e passando per la menomazione del pirellino e dei brufoli, per i danni causati facendo l'amore per la prima volta, per tutte le sofferenze d'amore, per tutti i genitori che mi cercavano per le strade – e tutto ciò mi spingeva a un riscatto totalmente opinabile, e sproporzionato. Mi dicevo: ce l'ho fatta, sono scampato a quel destino fragile e adesso sono qui, un individuo, uno scrittore che ha vinto un premio, uno che entra trionfante alle feste, un maschio desiderato, una persona da ascoltare, che guarda dritto negli occhi, che si sente sicuro e allegro. E infatti è con allegria che ho esercitato questo potere, non con rabbia.

Solo che l'allegria si è trasformata in eccesso di sicurezza, in curiosità dei limiti, in prove con me stesso. Fino a un certo punto ho avuto piena coscienza che la potenza fosse passeggera, come una lunga festa prima dell'apocalisse; ma poi ho creduto davvero di essere diventato cosí per sempre. È quello il momento, credo, che si può definire con il pensiero di mia moglie: il momento in cui mi sono creduto stocazzo. E ho smesso di osservarmi, ho smesso di essere nel mondo e allo stesso tempo di guardarmi nel mondo, come fanno tutte le persone sensate, e sono entrato completamente dentro la parte – che, non guardandomi piú da fuori, non era piú una parte, ma era la vita che credevo di meritarmi. La relazione con Marta sarebbe potuta bastare, se avessi dato retta ai sentimenti. Ma non mi bastava. E cosí ho attraversato varie peripezie.

Pochi giorni prima di partire per Helsinki, stocazzo entra in una grande festa all'aperto di un festival di letteratura. Ci sono tutti. Incontro la mia collega giovane che ogni volta che mi vede, per provocarmi dice che vuole scopare con me. Sono abbastanza ubriaco da prenderla per mano, cercare un angolo nascosto. Ci sediamo e lei mi bacia subito, col pericolo che ci vedano tutti – allora mi accorgo di una porta lí accanto, la apro, è un piccolo deposito dove ci sono casse di acqua minerale. La trascino dentro, quasi scopiamo, poi lei dice: non sono una donna da deposito e da due minuti. E usciamo.

Poco dopo, vedo Francesca, con lei era già successo qualcosa qualche mese prima, le dico: sei ubriaca?, lei dice: sí, e allora le dico: ti devo dire una cosa, vieni con me; entro di nuovo in quel deposito, lei mi segue, chiudo la porta e la bacio; ha un vestitino striminzito ed è molto bella stasera; le abbasso le mutandine fino alle caviglie e le infilo le dita nella fica e sono pronto anche a scopare ma lei non vuole, dice che non possiamo, che io lo so perché. Non me lo ricordo perché, ma mi abbasso, le tiro su le mutandine e mi faccio promettere che mi chiamerà.

Poco dopo, vedo Mariangela; ha un vestitino verde, molto bello ed eccitante, ci sediamo in un angolo, ci diciamo delle cose, ci tocchiamo e la porto dentro il deposito.

La terza volta. Ci baciamo a lungo e poi dice: andiamo a casa mia. Sono un po' indeciso, mi piace molto la festa e quello che sta succedendo. Ma anche Mariangela mi piace molto. E dico: andiamo.

Mentre ci incamminiamo, mi accorgo che ho il telefono scarico, le chiedo se quando andiamo da lei me lo fa caricare e lei dice: certo. Appena entriamo però cominciamo a baciarci e a spogliarci.

Quando Mariangela si spoglia, noto che sulla pancia ha una specie di medicazione. Le chiedo cos'ha. Lei dice: no, niente, è per il diabete.

È estate, fa caldo, sudiamo e scopiamo con lentezza. Mentre lei è sopra di me dice: ho bisogno di zucchero, io la guardo ma vedo che continua a scopare e non dico niente. Dopo un po' è molto sudata, molto piú di me, un po' pallida e affaticata. Si ferma e dice di nuovo: ho bisogno di zucchero, fermiamoci cinque minuti.

Si alza, apre il frigorifero, prende tanto latte e butta dentro quattro bustine di zucchero. Una alla volta, le apre e le butta dentro (non so perché ha delle bustine di zucchero e non tiene lo zucchero in un contenitore, come tutti). La sua pelle scura è diventata pallida, però è serena, mi sorride, si avvicina e risale sul letto, si mette addosso a me e ricomincia a scopare, e io penso che ha la situazione sotto controllo. A un certo punto, si abbassa come per abbracciarmi e si muove tenendomi stretto e mette il suo viso sulla mia spalla, ed è quello il momento in cui sento due cose strane. Non si muove piú come prima (in realtà non si sta muovendo piú); la sua testa e il suo corpo addosso a me sono diventati pesantissimi, come se pesasse tre volte quanto pesava fino a due minuti fa. Capisco che c'è qualcosa che non va e dico: Mariangela. Non risponde, è come se si fosse addormentata su di me. Allora la tiro su con un grande sforzo, e vedo che non è addormentata, è svenuta. Il corpo cade da tutte le parti e non risponde a niente. Raccolgo tutte le forze e riesco a sfilarmi da sotto, mi alzo terrorizzato, la scuoto, le do degli schiaffi, lei un po' risponde, ma poco, non apre mai gli occhi, fa qualche mugolio, le dico: zucchero? vuoi lo zucchero? L'unica cosa che riesce a fare è un piccolissimo cenno con la testa. Allora mi alzo e faccio quello che ho visto fare a lei, prendo un bicchiere molto grande, lo riempio di latte. Butto dentro quattro bustine di zucchero e glielo do. La prendo per la testa, lei è sempre come svenuta e con gli occhi chiusi. Però beve. Tutto. E alla fine sembra che beva con piú autonomia. La rimetto giú, aspetto, la chiamo, le do altri buffetti, le dico: ehi. Ma non si riprende. Richiude gli occhi e torna abbandonata. Inerte come se fosse morta. Lo so che è svenuta, cerco di stare calmo ma non lo sono, mi aggiro nudo per la stanza ma non so che fare, perché non so cosa succede, non ho nessuna idea del diabete, dovrei guardare su google se posso fare qualcosa. E all'improvviso capisco: devo chiamare un'ambulanza e portarla in ospedale. Mi devo vestire, devo coprirla un po' e dobbiamo andare in ospedale. E subito dopo penso: non so dove siamo, non so che indirizzo è, che quartiere è, devo suonare a un vicino che però ci vedrà e capirà, è notte, non so nemmeno che ora è.

Allora penso, ok posso mettere google maps e poi chiamare un taxi e portarla in ospedale.

Prendo il mio telefono ed è completamente scarico. Non si accende.

Poi prendo il telefono di Mariangela, lo accendo e c'è il codice e quindi non lo posso usare. Vedo solo che sono quasi le quattro. Cerco nella sua borsa il caricatore e non lo trovo, vado nelle altre stanze, giro affannato ormai quasi impazzito dal terrore e finalmente dietro un divano vedo un caricatore. Lo prendo e metto in carica il mio telefono che adesso ci impiegherà del tempo.

La guardo, e lei è sempre cosí, come morta. Sono disperato perché penso che adesso muore qui e io non posso scappare e devo chiamare qualcuno, un vicino, alle quattro di notte. Mi devo vestire, ma lei è nuda e devo dire che è morta o forse morirà e bisogna portarla in ospedale.

Il telefono si sta ricaricando, intanto che aspetto prendo altre bustine di zucchero, altro latte e altra acqua e butto dentro un sacco di zucchero. La scena è questa: in una casa sconosciuta, a un indirizzo sconosciuto di una città che conosco poco, questa ragazza è praticamente morta, il telefono è scarico. Io comunque devo chiamare qualcuno e dire che sto qui e sono nella merda, devo suonare alla porta del vicino, ma la cosa piú importante è che lei sta male e io non so cosa succede quando una persona ha il diabete e si sente cosí male, se si può morire, se si può fare qualcosa. Non so fare altro che tentare di farle bere altro latte, altro zucchero. Il telefono si riaccende e adesso devo affrontare questa situazione. Intanto la prendo per la testa e la faccio bere; e lei di nuovo in questa fase di svenimento, ma consapevole, beve e beve latte e zucchero come aveva fatto prima. E come prima beve in modo sempre piú autonomo. Ma stavolta apre un po' gli occhi, poi li richiude. La chiamo, e lei apre gli occhi e mi sembra sorrida. Mi fissa e stavolta si riprende. Si muove, si guarda intorno, poi guarda me. Dopo due minuti non è in piena forma, ma è di nuovo in sé. Mi dice: dammi altre due bustine di zucchero.

E io: nel latte?

Lei: no, cosí.

Le prende, si sente meglio, si siede sul letto, mi spiega che non mi devo preoccupare, semplicemente ha rischiato e ha sbagliato. Di solito quando sa che deve spendere molte energie, si prepara. Anche per scopare si prepara. Non mi spiega cosa significa che si prepara, ma evidentemente fa in modo di non perdere molte energie, che ne so. Stasera c'era la festa, non pensava succedesse qualcosa, poi quando mi ha detto andiamo a casa pensava di farcela e non ce l'ha fatta.

Adesso sta bene. Siamo tutti e due sul letto, nudi; la paura è passata, ci abbracciamo, a me viene il cazzo duro di nuovo, lei si è ripresa ed è nuda, e non abbiamo finito di scopare. Ci baciamo, Mariangela un po' si lascia fare, forse un po' ha voglia anche lei, ma io penso: non possiamo spendere troppe energie, non so quanto latte c'è, non so quanto zucchero c'è. La giro verso il muro. E quindi, cinque minuti dopo che ha visto Mariangela praticamente morta, stocazzo l'ha scopata da dietro ed è venuto in pochi secondi.

La mattina successiva a questa nottata assurda mi chiama Marta. È al tennis, ha appena finito di giocare con il tipo della reception, perché io non mi sono presentato. È giovedí, noi giochiamo ogni giovedí mattina. Mi sono dimenticato di dirle che andavo a un festival. Le dico che mi dispiace. Lei dice che non fa niente, si è divertita a giocare con il tipo, è stato gentile. Però si lamenta che la sera precedente sono sparito, e che stamattina avevo ancora il telefono spento, e che adesso parto per Helsinki e sto con mia moglie e di sicuro non la chiamerò. È triste. Ma io mi sento stocazzo e tendo a minimizzare, le dico che la chiamerò e le manderò dei messaggi.

E poi – non saprò mai perché – mi chiede se ho quel libro di cui le parlai la prima volta che ci siamo incontrati. Ma quale libro? *Vestivamo alla marinara*, risponde. Mi chiede se vale la pena leggerlo, se glielo presto. Mentre guardo nella mia libreria, le dico che è un libro che amo molto, che anzi quando l'ho letto mi ha fatto pensare alla scrittura come a una possibilità, perché erano memorie dell'infanzia e della giovinezza di Susanna Agnelli e della sua famiglia, e mentre lo leggevo ricordo con chiarezza che pensavo: si possono scrivere i libri. Quindi le dico che l'ho letto quando ero ragazzo, credo al liceo o poco dopo. E mentre parlo lo cerco, perché so di averlo visto da poco, e di avere l'edizione in brossura di quando uscí. Infatti lo vedo. E lo apro, per curiosità.

Resto senza fiato, cerco di spiegarlo a Marta ma non credo di riuscirci, lei capisce solo che c'è qualcosa di importante. Dice: lascia stare, lo compro, non so nemmeno se riusciamo a vederci prima che parti. Le dico: no, mi fa piacere che leggi il mio, però abbine cura, c'è una dedica a cui tengo molto. Mi dice di lasciarlo in portineria, se posso, e poi aggiunge: mandami almeno qualche messaggio da Helsinki. E riagganciamo.

Mentre io e mia moglie stiamo finendo di pranzare al mercato del pesce di Helsinki, mi arriva un messaggio dalla casa editrice che consiste in una foto: c'è la classifica dei libri piú venduti sul supplemento culturale di un quotidiano, e il primo in classifica è il mio nuovo libro. Mi chiamano subito il direttore editoriale, la mia editor, la responsabile dell'ufficio stampa, tutti felici. Anche io penso che sia una cosa bella, ma come faccio spesso – negli ultimi tempi e da quando ho vinto il premio – non mi sembra esaltante, non ne sono euforico. Questa mancanza di euforia è il segno di come sono diventato: essere primo in classifica è una cosa buona, ma che in qualche modo sento legittima, non dico dovuta ma legittima; e mettiamo che non fossi entrato in classifica, a questo punto della mia vita mi sento talmente stocazzo che non scalfirebbe la percezione di me nemmeno di un graffio. Sono pacificato, pronto a dare consigli spirituali a chiunque; in qualsiasi modo veda le cose in questo momento, le vedo bene: se me le merito, allora non c'è da essere euforici; se non me le merito, ancora meglio, è il tempo di godersele perché spariranno; sia che legittimamente mi senta nel posto giusto, sia che senta di aver scampato l'abisso, è uguale. Sono sereno e forte, sono a Helsinki con mia moglie, quella traduttrice vuole scappare con me, Marta è a Roma che mi aspetta, molti lettori hanno sentito l'esigenza di leggere il mio libro, e probabilmente ho salvato la vita a una diabetica. Come faccio a non sentirmi stocazzo? Come faccio?

Quindi, chiediamo se ci versano un altro bicchiere di vino e brindiamo. E sento di nuovo addosso quello sguardo stupito di mia moglie che si sta facendo molte domande da quando siamo arrivati a Helsinki.

Chiamiamo un taxi e torniamo in albergo. Quando scendiamo dal taxi, pago, entriamo, mia moglie si avvia per le scale e io cerco il telefono. Mi tocco tutte le tasche dieci volte, mi chiedo dove possa essere, forse l'ho lasciato al mercato, poi mi ricordo che mi hanno mandato messaggi e telefonato ancora in taxi, quindi non è possibile. Salgo in camera, dico: non trovo il telefono. Insomma, dopo un po' di tempo ci rendiamo conto che l'unica possibilità, visto che qualcuno mi aveva chiamato mentre eravamo in taxi, è che l'ho perso in taxi. Ho il Trova iPhone, vado sul computer e vedo che il mio telefono si allontana per le strade di Helsinki. È in taxi. Non so quale taxi sia, ma sono fiducioso e chiamo la reception. Dicono che mi aiuteranno, ma sono delusi dal fatto che io non abbia il numero del taxi, cercheranno di decifrarlo attraverso la registrazione delle telecamere della sorveglianza dell'albergo. Intanto torno a seguire il telefono sul Trova iPhone e mia moglie prova a chiamare continuamente il mio numero, sperando che il tassista se ne accorga e risponda.

Ma quello che succede è che a un certo punto il mio telefono sparisce dal Trova iPhone. Dalla reception mi chiamano desolati: il numero di taxi non si vede e mi dicono quante compagnie di taxi ci sono a Helsinki. Tante. Quindi non so piú come rintracciarlo e alla fine, dopo molti tentativi, mi devo rassegnare che il telefonino è perso e probabilmente il tassista se l'è preso. O se l'è preso un cliente.

Restiamo a Helsinki ancora tre notti. Faccio il mio incontro al festival, stiamo in giro, tutte le persone con cui dobbiamo comunicare, comunicano con il telefono di mia moglie. Chiamiamo i figli, gli amici, avverto che non ho il telefono, e penso che appena arrivato a Roma risolverò.

Quando torno a Roma è sera. La mattina dopo aspetto l'apertura dei negozi, compro un altro telefono e faccio riattivare il numero. Perdo un sacco di tempo, ma alla fine ci riesco. Digito il pin e finalmente compaiono messaggi, whatsapp, chiamate.

E c'è un messaggio di Marta. Uno solo.

Dice che l'ultima volta che ha avuto mie notizie è stata quella telefonata in cui mi ha detto: scrivimi da Helsinki. Dopodiché sono sparito. E poi mi scrive che le fa fatica dirmelo ma per onestà deve farlo: è partita per Parigi insieme a quello della reception, lui le ha chiesto di andare a vedere il torneo del Roland Garros e lei ha deciso di andare. Non dice quando torna, dice solo questo. Non scrive quello che c'è scritto lo stesso: non cercarmi piú.

Ho subito pensato a quando Madeleine lascia Herzog. Saul Bellow scrive che lei lo lascia avendo accuratamente preparato la cosa che le piaceva fare di piú: vibrare il colpo. Ecco, Marta ha vibrato il colpo. E lo ha accuratamente preparato. La bellezza dell'adolescenza ha incontrato la bruttezza dell'adolescenza, l'ha riconosciuta anche nel momento in cui si era occultata, anzi sembrava sparita. Non avevo nessun sentore della fine imminente, le sue frasi tristi mi sembravano gestibili. Ma mi ero dimenticato della forza che aveva conservato da quando era ragazza. Lei no. L'ha usata. E ha vibrato il colpo.

Dopo un po', mentre guardavo altri messaggi, è apparso su whatsapp un nuovo gruppo, in cui c'eravamo io, mia figlia e mia moglie. Era strano perché era in orario di scuola ma subito dopo è comparso un messaggio di mia moglie che ha scritto: brava! (forse si chiedeva perché non l'avessimo fatto prima). E io, ancora piú di lei, ero sollevato, perché mi sembrava un segno divino: non preoccuparti, diceva quel nuovo gruppo, c'è la tua famiglia che ti protegge da tutto.

E invece mia figlia aveva creato il gruppo per dirci che non era andata a scuola ed era scappata al mare. Ci spiegava perché: era uscita in bicicletta per andare a prendere un suo amico e chiedergli di andare a fare un giro insieme prima di entrare a scuola. Seduta sul manubrio gli aveva confessato che lo amava, e lui aveva detto che gli dispiaceva, che le voleva molto bene ma non la amava. Poi si erano fermati davanti alla scuola e lui era entrato in classe. Mia figlia si era infilata con la bici nel treno per Ostia e adesso stava sulla spiaggia, da sola, a prendere il sole. Ci raccontava tutto non per essere consolata, ma per spiegare come mai non fosse andata a scuola. Ci chiedeva solo di non arrabbiarci. E aggiungeva: ma sto bene, non vi preoccupate.

Leggendo quella frase ho pianto mezz'ora per tante cose messe insieme, perché il mio dolore e il suo erano compagni – come dice il padre al figlio in *Amore senza fine*; perché speravo che da quella chat arrivasse una salvezza e invece arrivava uno sconforto ancora piú grande, perché questa famiglia era presente eppure portava i suoi dolori.

E poi anche perché quel «sto bene, non vi preoccupate» di mia figlia mi riportava a quanto erano stati scomposti invece i miei dolori sentimentali alla sua età. A quante volte non ero andato a scuola per motivi stupidi e lei lo aveva fatto una sola volta, perché soffriva per amore. Mi commuoveva anche il fatto che ci raccontava tutto. Poi, quando tutt'e due le abbiamo risposto: hai fatto bene – ci ha ringraziati. E mentre piangevo mi sono accorto che non piangevo da molti anni. Mi sono di nuovo sentito lo stesso scemo di sempre, e solo in quel momento ho finalmente capito cosa stava provando mia moglie, come si sentiva, mi è arrivata addosso tutta la fragilità che avevo cercato di ignorare. Insieme alla comprensione mi è apparso nitido l'amore per lei e allo stesso tempo ho finalmente capito che ero innamorato di Marta e avevo fatto di tutto per ignorarlo. Mi è scoppiata dentro la tenerezza per il mondo intero. Tutto questo perché mi sentivo di nuovo debole, e quindi non soltanto volevo amare, ma soprattutto volevo essere amato.

Quando piú tardi mia moglie è tornata a casa, mi ha chiesto: ma hai pianto? Le ho detto che avevo pianto per nostra figlia, perché mi addolorava molto che soffrisse. Lei ha detto: ma è normale alla sua età. E allora le ho detto che le dovevo confessare anche un'altra cosa: mi ero innamorato di una persona e adesso era finito tutto. Lei mi ha detto qualcosa ma io non l'ho capita perché, in modo davvero stupefacente, quando ho cominciato a dirle che mi ero innamorato, si è voltata di spalle e si è incamminata per fare qualcosa, e io le ho detto che ero innamorato di un'altra e che soffrivo, inseguendola per tutta la casa. Quando poi mi ha ripetuto cosa aveva detto, mi ha sorpreso.

È quella Marta?

E tu come lo sai?, ho detto io.

E lei, ricominciando a camminare, di spalle, mi ha detto: è semplice, quando cominci a nominare una persona quattro-cinque volte al giorno, sei innamorato. Però, insomma, lo capisco: la vita che fai, io sono cosí lontana, senza desiderio e senza voglia di amare, lo capisco; e poi che sarà mai, se mi ami, a me basta, la fedeltà non è l'amore, l'amore è l'amore. E poi, allontanandosi in modo piú rapido, per impedire che la seguissi, mi ha detto: supereremo anche questa.

Ed è sparita in qualche stanza.

Ho pensato che mia figlia, questa ragazza mite, adesso stava affrontando un dolore, e sapeva affrontarlo; ho pensato che mia moglie si sentiva fragile e perduta, sudava di notte, aveva appena avuto conferma che ero innamorato di un'altra donna, e mi aveva rassicurato, l'avremmo superato. Ho pensato che dentro casa nostra gli unici tumulti scomposti e sconsiderati erano i miei, l'unico che sfogava rabbia, urlava, dava calci alle sedie e lanciava il telefonino contro il muro, ero io.

Ho raccontato che avevo letto qualche libro da bambino, cominciando da Sandokan, e poi avevo smesso fino all'estate prima del liceo, quando avevo deciso che dovevo usare ogni mezzo per staccarmi dai miei amici e dalla nostra bestialità. Da adulto, però, scopro all'improvviso che durante gli anni delle medie, della bestialità, delle sospensioni, di mio padre che mi picchiava, durante gli anni in cui non è nei miei progetti essere quella persona che poi cercherò di essere (in quel periodo in cui non è in progetto niente), scopro tardissimo, da adulto, prima di partire per Helsinki, aprendo la prima pagina di *Vestivamo alla marinara*, che c'è una dedica a mia madre.

La grafia di un bambino. Ho undici anni, è il 19 maggio del '75. Scrivo a mia mamma, per la festa della mamma: «con tanto tanto affetto».

Cioè nel maggio del 1975, a undici anni, verso la fine della prima media, in quel periodo in cui sono un animale, e faccio solo gesti da animale – regalo questo libro a mia madre. Ed è per forza una mia idea, quindi l'ho già letto. E scopro oggi che dentro gli anni della bestialità era rimasto vivo dentro di me, o meglio già c'era un germe dentro di me di qualche altra cosa che in seguito cercherò con disperazione. Scopro soprattutto che la lotta tra l'animale e il sentimentale, tra il maschio e l'individuo non solo non si è mai interrotta, né è mai finita, ma non ha mai avuto un vero inizio: c'è sempre stata. Era un atomo piantato in mezzo al nulla, ma quando Federica si è allontanata da quella panchina c'era già. Ero l'immagine romantica e straziata del Werther che non ha mezzi per combattere il dolore d'amore, e allo stesso tempo l'animale che a ora di pranzo aveva fame, e ha bussato al mio pianto e lo ha sedato. Ero la bestia che aveva nascosto la pagella a sua madre e, allo stesso tempo aveva regalato a sua madre un libro sull'infanzia felice, un libro in cui al centro della memoria di chi scrive c'è la madre.

Sandokan, ormai guarito, viene invitato a partecipare alla caccia alla tigre; Lady Marianna è decisa a spararle lei stessa perché ha timore del coraggio di quell'uomo. Ma è inutile: sarà Sandokan a trovare la tigre e ad affrontarla a mani nude. Lotterà corpo a corpo e la ucciderà.

A quel punto Lady Marianna gli chiede di svelarsi, di dire chi è davvero: «Chiunque voi siate, l'amore che avete suscitato nel mio cuore, non si spegnerà piú mai».

Sandokan esita, le chiede se davvero vuole sapere il suo vero nome. E poi: «– Odimi, Marianna – diss'egli, con accento selvaggio. – Vi è un uomo che impera su questo mare, che bagna le coste delle isole malesi, un uomo che è il flagello dei naviganti, che fa tremare le popolazioni, e il cui nome suona come una campana funebre. Hai tu udito parlare di Sandokan, soprannominato la Tigre della Malesia? Guardami in viso. La Tigre sono io!...»

Lady Marianna lancia un grido e si copre il viso con le mani.

Sandokan si inginocchia ai suoi piedi e cerca di spiegarsi: «– Ora, se lo credi, respingimi e io m'allontanerò per sempre da questi luoghi, onde non farti piú paura.

– No, Sandokan, non ti respingo, perché ti amo troppo, perché tu sei prode, tu sei potente, tu sei tremendo, come gli uragani che sconvolgono gli oceani.

– Ah! tu m'ami ancora adunque? Dimmelo colle tue labbra, dimmelo ancora.

– Sí, t'amo Sandokan, e piú ora che ieri.

Il pirata l'attirò a sé e se la strinse al petto. Una gioia

sconfinata illuminava il suo maschio viso e su quelle labbra errava un sorriso di felicità sconfinata».

Ecco che arriva la resa dei conti tra la tigre e l'innamorato. Sandokan dice a Lady Marianna che se vuole che rinunci a Mompracem, lui ci rinuncia: «Andrò a incendiare i miei prahos, onde non possano piú corseggiare, andrò a disperdere i miei tigrotti, andrò ad inchiodare i miei cannoni, onde non possano piú ruggire e distruggerò il mio covo». Ma Lady Marianna non chiede altro che la felicità accanto a lui. «Portami lontana, in un'isola qualunque, ma dove tu possa sposarmi senza pericoli, senza ansie», e a un certo punto balena addirittura l'idea di andare a vivere nel golfo di Napoli.

Ora però Sandokan deve scappare, andare via da lí (la lotta con la tigre ormai ha insospettito gli inglesi); è Lady Marianna a chiederglielo, ma lui risponde: «Io non ho paura». È questa l'unica cosa che a lui preme dirle, sempre: che non ha paura.

Ma adesso il fatto di non aver paura è meno importante del fatto che lei lo ama e lo vuole vivo e quindi deve scappare. Salgari scrive: «In altri tempi Sandokan, quantunque quasi inerme e di fronte ad un nemico cinquanta volte piú numeroso, non avrebbe esitato un solo istante a gettarsi sulle punte delle baionette, per aprirsi un passaggio a qualunque costo; ma ora che amava, ora che sapeva di essere riamato, ora che quella divina creatura forse lo seguiva ansiosamente cogli sguardi, non voleva commettere una simile pazzia, che poteva costargli la vita ed a lei chissà quante lagrime».

Sandokan obbedisce e scappa, con la promessa di tornare a prenderla.

Quante cose si possono dire su questo amore e su questa specie di continuo confronto tra l'amore, la virilità e il coraggio, sull'animalità di Sandokan e sul suo sentimentalismo e sul fatto che Marianna sia attratta da entrambi (dice: ti amo troppo perché tu sei tremendo). Soprattutto è importante dire come tutte queste cose siano penetrate nella testa di un ragazzino che stava leggendo il suo primo libro, determinando con ogni evidenza degli effetti duraturi, perché tutta la vita del ragazzino che diventerà adulto, diventerà maturo, ruota intorno alla questione dell'animalità e del sentimentalismo, alla loro alternanza ma anche al tentativo di farli convivere.

Quel ragazzino leggendo le parole di Salgari scopre che amare vuol dire riconsiderare in modo razionale le questioni della vita, perfino del senso della sopravvivenza. Significa non tenere libero l'istinto animalesco, ma provare a imprigionarlo. Significa non affidarsi alla virilità e alla potenza, ma trovare senso anche nella fragilità dei sentimenti.

È la sintesi che Sandokan, giunto a Mompracem, fa a Yanez: «Mi sono trovato tra due abissi: qui Mompracem con i suoi pirati, fra il balenar dei suoi cento cannoni e i suoi vittoriosi prahos; là quell'adorabile creatura dai biondi capelli e gli occhi azzurri. Mi sono librato a lungo esitando e sono precipitato verso quella fanciulla dalla quale, lo sento, nessuna forza umana saprà strapparmi. Ah! sento che la Tigre cesserà di esistere!...» Questa è la preoccupazione di Sandokan, fin da quando ha visto Lady Marianna. Ma non è solo la sua preoccupazione; è anche quella di Yanez, e infatti Yanez lo supplica di dimenticarla. Sandokan dice che è impossibile ma l'amico insiste: «Cosa diranno i tuoi uomini, quando sapranno che la Tigre è innamorata?» E poi di Lady Marianna dice: ma cosa puoi fare? La puoi portare qui, a Mompracem, in mezzo ai tuoi pirati, fuori dal mondo e basta? La devi dimenticare e abbandonare per sempre: «Ritorna la Tigre della Malesia dal cuore di ferro».

Ma quando Sandokan dice a Yanez: basta, ho deciso, devi dire ai miei uomini che abbandono l'isola, l'amico confessa che lo ha provocato per capire quanto profondo fosse il suo amore; e visto che addirittura Sandokan è pronto a scegliere Lady Marianna, la soluzione è solo una: andranno tutti a Labuan a riprendersela. «Giacché tu l'ami cosí immensamente, noi tutti ti aiuteremo a farla tua sposa purché tu ritorni felice. Puoi ritornare ancora la Tigre della Malesia anche sposando la giovinetta dai capelli d'oro».

A questo punto, quindi, Yanez propone il matrimonio tra la Tigre della Malesia e Lady Marianna, il matrimonio tra l'animale e il sentimentale. Propone che tutti i maschi vadano a prendersi la donna che uno di loro ama. Cioè Yanez propone quello che sto cercando di costruire dentro me stesso, mi indica il punto in cui si può approdare. Non voglio essere un animale, non riesco a essere un uomo sentimentale per tante ragioni che ho raccontato, ma posso far sposare l'animale e il sentimentale, possono convivere, possono star bene insieme, cosí come suggerito da Yanez.

Quindi ho avuto, è vero, l'imprinting del Villaggio Svedese, dei fumetti di Lando, dei film erotici, ma la mia idea di maschio è nata con l'apparizione di Sandokan sulla prima pagina de *Le tigri di Mompracem*, e questa apparizione portava già con sé la doppia anima.

La sintesi che Sandokan era riuscito a fare – uccidendo la tigre, secondo Salgari, ma in realtà soltanto addomesticandola un po' – io l'ho avuta davanti agli occhi, da ragazzo, e non ho saputo vederla. E riguardava l'attore, e quello che avevo scoperto di lui mentre ero segretamente fidanzato con la sorella. Era lui che sintetizzava in modo perfetto quella contraddizione cosí importante nella mia vita, nella quale mi districavo con gesti istintivi, senza comprenderla appieno.

L'attore lo vedevamo in piazza Margherita con i suoi amici, ma soprattutto era uno degli esponenti piú apprezzati del teatro sperimentale italiano; i suoi spettacoli erano la prima prova, davanti ai miei occhi inconsapevoli, della possibilità di una vita diversa. Erano vivi, poco comprensibili per gli strumenti che avevo, squarci su un mondo nuovo che nella nostra città non esisteva. Era come se l'attore vivesse in modo consapevole in un futuro fuori dalla vita che conoscevamo, e allo stesso tempo però era qui, visibile, a piazza Margherita. Era un personaggio inavvicinabile, mitico, lontano, speciale, e tutti ne avevamo una enorme soggezione perché era qualcosa di piú grande di noi. Era la modernità e la chiave d'ingresso nel mondo, indicava la strada per rompere i confini dello stereotipo del maschio collettivo, provinciale e meridionale – usciva dal panopticon; e, allo stesso tempo, era una bestia gelosa, incazzosa, possessiva con la sorella, da cui la sorella era terrorizzata (se mi scopre, mi ammazza).

L'attore era il mio idolo, e insieme la persona che dovevo temere di piú al mondo. Era il primo ad allontanarsi da Mompracem, ma dentro Mompracem si aggirava creando terrore. Avevo davanti a me, incarnato e temibile (perché la questione mi riguardava direttamente) come davanti a uno specchio rivelatore, la sintesi perfetta del futuro che mi attendeva: quello che avrei voluto essere, quello che stavo cercando di essere e quello che invece effettivamente ero.

L'attore sintetizzava quello che ero stato: ero io che a dodici anni ero innamorato contro la vita bestiale che facevo; ed ero io che a vent'anni davo mazzate sui campi da basket contro la vita sentimentale che mi frustrava. E sono rimasto cosí: possono leggere quello che scrivo, e devono allo stesso tempo temere la mia violenza retrograda.

Come spiega Isaiah Berlin, il romanticismo, spostando l'attenzione sull'introspezione emotiva, fonda il senso dell'unicità: l'importanza delle differenze tra gli uomini piuttosto che delle somiglianze. Quindi il romanticismo costruisce l'individuo, le sue caratteristiche singole – un'identità, una posizione nel mondo. Anche io potevo costruirlo solo attraverso un indirizzo sentimentale, e in opposizione alla rassicurazione che mi dava il gruppo. La solita lotta tra il tentativo di essere io e il panopticon che mi sorvegliava.

Sono nato già cosí. Per tutta la vita ho cercato di separare le due parti, di far prevalere l'individuo rispetto al genere, e alla fine di una fatica enorme e fallimentare, mi sono rassegnato a tornare a come ero a undici anni. Non ho risolto nulla, ho aggiunto e mischiato, aumentato le contraddizioni, ma forse era tutto quello che potevo fare. Non ho lasciato campo libero all'animale, ho provato a recintarlo o addormentarlo, addomesticarlo o affamarlo; qualcosa ho ottenuto, ma pian piano che gli anni passavano ho dovuto accettare che potevo solo ottenere di non esserne del tutto sconfitto – ma non vincerlo.

Il maschio che sono stato ha combattuto contro l'ossessione del sesso, dei corpi femminili, contro il ricatto sessuale e la virilità; ha combattuto contro la violenza che aveva nella testa, nelle mani, nei piedi. Ha costruito tutti gli altri mondi possibili e ha creduto di costruire un argine definitivo con la vita culturale. È lo stesso cammino che ha provato a fare Nino Sarratore, e Michael Corleone, qualsiasi maschio che abbia avuto consapevolezza. Ho messo in scena il conflitto, a beneficio del pubblico che mi osservava, soprattutto del pubblico femminile – come mi rimprovererebbe Elaine Blair. Ma nella sostanza le due parti di me, quella involuta e quella evoluta, hanno convissuto bene. Anzi, si sono fatte compagnia.

Non ho soltanto intrapreso il cammino della diversità, come ho sempre creduto, ma accanto, in parallelo, ho intrapreso il cammino per soddisfare quello che la comunità si aspettava da me.

Alla fine, io sono questo: un maschio intellettuale sentimentale meridionale. Dove sentimentale e meridionale sono un luogo della mente, non una funzione storica o geografica.

Il sentimentalismo non si può insinuare come un verme solitario nella pancia del maschio. Mentre l'animale si può insinuare come un verme solitario nella pancia dell'intellettuale sentimentale. Ma allo stesso tempo, credo che l'animale abbia funzionato da detonatore all'afflato ideale, all'idea di essere dalla parte giusta senza alcuna ironia. Quella necessità di battersi per le proprie convinzioni, il desiderio di martirio, la santificazione delle minoranze, il fallimento come accadimento piú nobile del successo, la capacità di sacrificare sé stesso in nome dei principî, di salire sul rogo se necessario, morire felici per le proprie idee e sentire il compromesso come una morte dell'anima (questo elenco non è mio, ma sempre di Isaiah Berlin nel libro sul romanticismo) – ecco chi sarei stato se non avessi avuto l'animale dentro. E alla fine sono grato all'animale, perché ha formato la persona che sono, l'ha indirizzata verso il senso del vero invece che verso il senso del giusto – che è il principio primo per essere degli scrittori nel modo in cui credo bisogna esserlo. E io volevo esattamente questo. Ed è merito dell'animale.

Quindi, cosí come l'operazione di fimosi aveva costruito una vita sessuale soddisfacente – cosí come il massimo della debolezza aveva prodotto il massimo della potenza; allo stesso modo il massimo della potenza (sentirmi stocazzo) non poteva che produrre il massimo della debolezza.

Ora è proprio questo il problema: perché soffro tantissimo? La risposta è soltanto perché amavo Marta? O sono arrabbiato perché trovo inconcepibile che con la forza che avevo – col fatto che avevo vinto il premio, ero primo in classifica, ero stocazzo e sarei potuto scappare con la traduttrice finlandese –, trovo inconcepibile e mi offende e mi fa incazzare e mi umilia il fatto di essere stato lasciato per un altro? Cioè: trovo che sia impossibile che io non abbia avuto la forza, l'arroganza per fare quello che volevo, per tenermi chi volevo e per vivere come volevo e per non soffrire piú.

Credo che le due cose stiano insieme: sono sia addolorato, sia offeso. Sono straziato perché ero davvero innamorato di Marta, e sono indignato perché qualcuno si è permesso di toccare la mia supremazia, un altro maschio mi ha scavalcato nonostante fossi al massimo della potenza. E se uno viene scavalcato al massimo della potenza, viene abbandonato, se al massimo della potenza tua moglie ti parla di spalle allontanandosi e tua figlia soffre per amore e non puoi aiutarla – se al massimo della potenza ti senti come quel giorno sulla panchina, o come in quegli anni con Elena, o con il cazzo menomato e i brufoli, allora non ce la farai mai. Se non ce l'hai fatta stavolta, non ce la farai mai piú.

Non avevo calcolato che sarebbe stato possibile ancora oggi incontrare donne che sono molto piú forti di me, che conservano in modo stupefacente la forza che avevano Federica o Elena. E anche se ostento il grado piú alto di stronzaggine, anche se mi credo stocazzo, loro mi schiacciano. È come quando Lucy toglie all'ultimo secondo il pallone che Charlie Brown sta per calciare. Basta capire che il problema non è Lucy che toglie il pallone, ma è Charlie Brown che ogni volta è riuscito a farsi convincere a calciarlo di nuovo. Non deve smettere Lucy, deve smettere Charlie Brown.

Il premio ormai è lontano e il nuovo libro è rapidamente uscito dalla classifica – era stato solo un momento. Da quando Marta mi ha lasciato, non spengo piú il telefonino perché ho paura che se lo riaccendo, trovo un messaggio terribile. Penso perfino con dolore a Parigi; penso con dolore agli aeroporti, mi immagino lei e questo qui che prendono l'aereo per andarsene. Non sono mai piú andato al circolo del tennis. E non ho mai piú riavuto indietro la mia copia di *Vestivamo alla marinara*, il mio regalo per la festa della mamma. Mia figlia soffre per amore ma mi rassicura che sta bene, mi sorride, mi dice che le sembro un po' triste.

L'unico vantaggio di tutto questo, è che torno a fare simpatia e tenerezza a mia moglie. Non la sento piú ostile, mi sembra anche un po' contenta che io abbia sofferto. Continua a parlarmi di spalle andando via, ma lo fa in modo piú leggero. E una notte mi chiede: se ti va, possiamo anche fare l'amore.

A te va?, le chiedo.

E lei: ma a me non va piú da tanto tempo, lo sai. Però se vuoi possiamo farlo, non mi dà fastidio.

Ha detto proprio cosí: non mi dà fastidio.

In poco tempo sono arrivato a questo.

Quindi mi alzo e vado di là, nel salone illuminato un po' dai lampioni della strada. E trovo quello che speravo: ci sono tutti. Mi aspettano, accampati in ogni angolo possibile; allarmati per la sofferenza; e dispiaciuti per la frase di mia moglie, che hanno appena sentito. Per la prima volta nella mia vita, è un conforto vederli lí tutti insieme con me, i miei fantasmi. Penso che tutti insieme possiamo salvarci dal dolore e dalle debolezze. Possiamo farlo continuando a fare le cose che facciamo. Reagire tutti insieme, con i mezzi che abbiamo, la brutalità che sappiamo usare. Come quando tocchiamo i fianchi, il piú in basso possibile, per sentire la curva, per toccare l'elastico degli slip. Quando salutiamo e non giriamo il viso ma andiamo dritti perché speriamo di essere baciati sulla bocca, cosa che non avviene mai ma chissà una volta potrebbe succedere o è addirittura successa. Parliamo e scherziamo e diciamo sei intelligente, simpatica, seria, gentile, permalosa, nervosa, ci appassioniamo o ci incazziamo in una discussione, ma poi alla fine quando ce ne andiamo ci giriamo sempre a guardare il culo. Guardare il culo non è un fatto trascurabile: tutta la storia di *House of Cards* nasce dal fatto che Underwood si gira a guardare il culo di una giornalista e in quell'attimo lo fotografano; se non l'avesse fatto, non esisterebbe quella storia. Diciamo a tutte che non abbiamo un legame stabile. Come racconta Philip Roth, mostriamo un catalogo di Velázquez e spieghiamo la pittura di Velázquez ma intanto stiamo pensando a un'altra cosa. Se entriamo in una stanza parliamo per molto tempo con le donne piú belle e per pochissimo tempo con le altre. Diciamo che sappiamo benissimo come sono fatti i maschi, però noi non siamo come gli altri. Diciamo di noi stessi che siamo sensibili. Per strada, anche se stiamo litigando furiosamente chiedendoci se ci amiamo ancora o è tutto finito, se in quel momento arriva un pallone calciato lontano da dei ragazzini, facciamo due passi di una corsetta e lo ricalciamo e facciamo una faccia soddisfatta, poi ci giriamo e non ci ricordiamo piú di cosa si stava parlando. Scriviamo messaggi ambigui nelle chat, ci interessiamo poco ai nostri capelli, pensiamo che il sudore sia virile, che il deodorante non lo sia, che essere sciatti nel vestire sia virile, che essere molto eleganti sia virile (e tutto quello che c'è in mezzo non va bene). Vogliamo vincere a tutti i giochi, però diciamo che è solo per passare il tempo (lo diciamo quando perdiamo). Quando sappiamo che una donna ha una relazione con un nostro amico pensiamo immediatamente: e perché non con me? Facciamo dei ragionamenti complicati per dire che il sesso non è una questione rilevante nel nostro rapporto e speriamo che facciano sesso con noi perché abbiamo detto che non è importante fare sesso. A un certo punto, vogliamo fare la gara di braccio di ferro, o alziamo la voce e gonfiamo le vene perché non riusciamo a convincere l'amico che il gol era in netto fuorigioco. Diciamo che non fa niente se stasera c'erano i preliminari di Europa League tra una squadra svedese e una turca, ci fa piacere venire al cinema con te, la partita la registriamo. Non sappiamo cucinare, oppure abbiamo tre stelle Michelin, perché la quotidianità è banale. Ridiamo meno delle donne, perché vogliamo essere quelli che fanno ridere. Non sappiamo mai precisamente cosa sia il mascara. Ci riteniamo guidatori eccellenti, e raccontiamo sempre che avevamo una moto e adesso abbiamo nostalgia di quei tempi. Pensiamo di essere giovani, per tutta la vita. E da quando abbiamo visto Harvey Keitel in *Lezioni di piano* crediamo che avere la pancia sia erotico. Se qualcuno ha un profumo al muschio, sicuramente non siamo noi. Abbiamo comunque tracce di sudore sotto le ascelle, anche se ci laviamo di continuo. Non andiamo in giro a comprare niente, non abbiamo bisogno di niente, non curiamo la vista, i calli ai piedi, le unghie, non ricordiamo se abbiamo messo la stessa camicia la sera prima. Andiamo subito alla pagina dei dolci quando ci danno il menu. Quando una donna ci confessa di non aver mai avuto un orgasmo, la prima cosa che pensiamo è: con noi lo avresti. Vogliamo bene solo a chi ci vuole bene. Teniamo il volante con una mano perché con due ci sembra che siamo scemi. Vogliamo mettere la musica che piace a noi e quando c'è la canzone che ci emoziona devono stare tutti zitti perché la dobbiamo ascoltare bene. Siamo distratti, ma anche se non lo siamo facciamo finta di essere distratti perché ci piace che ci pensino cosí – e adoriamo quando raccontano aneddoti sulla nostra distrazione, diciamo non è vero sperando che pensino che è vero. Rispondiamo sempre: ma non è che ti stanno venendo? Al contrario di quel che si crede, amiamo la cellulite. Sappiamo vedere le forme del corpo sotto qualsiasi vestito. Sappiamo guardare le tette, e sappiamo guardarle senza alzare la testa per guardare.

Diciamo a noi stessi che non dobbiamo pensare al dolore di Marta, alla sua forza, a Parigi. Ma, appunto, alle tette. Possiamo avere nostalgia delle tette, questo sí: la perfezione scura e abbondante, come si sfioravano senza toccarsi, con un millimetro che segnava la distanza e l'armonia. L'areola né larga né stretta, il capezzolo che si induriva appena lo sfioravi. Quella combinazione di morbidezza e posizione dritta, sia quando era in piedi sia quando si stendeva, senza perdere il disegno e la distanza tra loro.

Diciamo che sono le tette piú belle che abbiamo visto, ma ce ne saranno altre, da qualche parte. Pensiamo alle tette come se fossimo dei bambini, e il malessere si placa. Ci diciamo che non dobbiamo dare peso alle parole di nostra moglie, ha la menopausa e manca di desiderio, quindi non ci deve interessare: noi siamo ancora forti, anche se uno di noi sente di aver perduto tutta la sua forza, in poco tempo. Però se stiamo qui, tutti insieme, saremo anche peggiori, ma soffriremo di meno. È questo il motivo per cui facciamo soffrire, per non soffrire noi. Partiamo con una testata in faccia prima che cominci la questione. E lo facciamo solo per difenderci. E per difenderci, attacchiamo. Attacchiamo, e attacchiamo sempre piú violentemente. E anzi, la verità è che dentro di noi si è costruita prima di tutto la voglia di attaccare. E per attaccare bene, fino in fondo, sentendo di avere il diritto di farlo, dobbiamo avere la scusa di difenderci. Tutte le fragilità costruiscono il nostro alibi, e il nostro alibi è diventato la nostra forza, la nostra potenza. Basta non essere piú io, ma affidarmi a noi, e so che ci salveremo. Che continueremo a respingere il dolore restando tutti insieme e continuando a fare quello che abbiamo sempre fatto. Di notte non penseremo piú ai dolori, ma a Le Donne Che Per Poco Non Ci Scopavamo; Le Donne Che Ci Hanno Reso Esausti Con La Quantità Di Scambi Di Sms Ambigui E Che Non Riescono A Superare Mai La Soglia Dell'Ambiguità; Le Donne Che Ci Ricordiamo Che Ci Piacciono Tantissimo Solo Quando Le Vediamo; Le Donne Che Non Capiamo Se Ci Stanno Facendo Capire Qualcosa; Le Donne Che Ci Danno Appuntamento E Poi Cinque Minuti Prima Dicono Che Non Possono Venire; Le Donne Che Ci Sussurrano Che Hanno Capito Che Noi Le Desideriamo Ma Noi Non Le Desideravamo Però Da Ora Le Desideriamo; Le Donne Di Cui Abbiamo Intravisto Il Perizoma E Da Quel Momento Le Perseguitiamo; Le Donne Che Ci Baciano Da Anni Sull'Angolo Della Bocca; Le Donne Che Pensano Che Noi

Siamo Degli Stronzi A Prescindere Dal Fatto Che Siamo Davvero Degli Stronzi; Le Donne Che Disprezzano Gli Uomini Con Cui Hanno Scopato E Amano Gli Uomini Con Cui Non Scopano; Le Donne Che Non Si Ricordano Piú Che Sono State Con Noi.

Se andiamo al colloquio a scuola, abbiamo sempre la sensazione che ci debbano ringraziare molto, ci dovrebbero ringraziare tutti gli altri genitori, gli insegnanti, ma ancora di piú ci devono ringraziare le compagne o le mogli, nei giorni successivi dovrebbero dire a chiunque quanto siamo stati bravi, che cosa speciale abbiamo fatto. Quando prepariamo la colazione per tutti, quando ci comportiamo bene, non pensiamo sia normale, ma eccezionale. E vogliamo essere premiati. E ci innervosiamo non poco se poi non ci premiano, non ci elogiano, non ci fanno una carezza oppure ci portano davanti agli altri dicendo: avete visto che esempio? Vorremmo in cuor nostro procacciare cibo alla famiglia e basta. Ma solo per convenienza, per pigrizia, per strafottenza. Dopo cena, quando vengono gli amici, discutiamo animatamente di politica o ci interessiamo al lavoro di un invitato, non sparecchiamo e non carichiamo la lavastoviglie perché ci siamo divisi i compiti: noi intratteniamo gli ospiti e tu carichi la lavastoviglie. Facciamo una cosa per uno (la parità). E non possiamo far partire la lavastoviglie solo perché non abbiamo capito bene come si fa, però la prossima volta ce lo devi spiegare perché ci teniamo tanto a farlo anche noi. Qualche volta. Noi vorremmo fare tutto quello che ci passa per la testa senza pagare alcuna conseguenza, e non riusciamo ad accettare che non sia possibile. Quando scopiamo e ci viene voglia di dire una porcata, ma lei non ha sentito e dice: cosa hai detto?, a quel punto sussurriamo: ho detto ti amo. Siamo fermamente convinti di avere il cazzo grande. Lo chiediamo, ed educatamente ci rispondono sempre sí. Siamo anche convinti che qualsiasi donna incontriamo sia una potenziale Glenn Close in *Attrazione fatale*. Cioè, in realtà, ci piacerebbe che fosse cosí. Non tolleriamo quando ci dicono, ormai nudi: sporcheremo un po' perché ho le mestruazioni; ed è troppo tardi per tirarci indietro. Passeremo il sapone intimo per ore.

Non sappiamo avere a che fare con le malattie degli altri, nemmeno delle persone a cui vogliamo bene. Scappiamo, ragionando in modo complesso sui motivi per i quali è insensato o inopportuno telefonare o interessarsi; non sappiamo dire semplicemente: come va? Se è possibile, lo facciamo fare ad altri, o chiediamo informazioni ad altre persone. Ci spaventa il fatto che tutto possa crollare, ed è questo piú che altro il dolore che sentiamo per il dolore degli altri: la possibilità che capiti a noi. E quindi poiché siamo in salvo – fino a quando lo saremo – scappiamo.

Vogliamo avere tutto quello che vogliamo, senza che la ricaduta sugli altri sia un problema. Se c'è poca cioccolata, o poco latte, o il fattorino ha portato una pizza in meno, cerchiamo di convincere uno dei figli a lasciarne a noi. Abbiamo insegnato ai nostri figli a tornare in taxi di notte, per non andarli a prendere. Non impariamo nulla che sia manuale, con intenzione, altrimenti ci toccherà fare una cosa che preferiamo faccia qualcun altro. Non ci piacciamo, ma siamo ostinati nell'accettarci per quello che siamo. Alle volte diventiamo arroganti per quanta voglia abbiamo di mostrare i nostri difetti e i nostri limiti. Beviamo superalcolici e fumiamo sigarette per atteggiamento. Siamo molto favorevoli alle relazioni tra donne, perché ci eccitiamo poi a pensarci. Se vieni a dirci che qualcuno ti ha messo una mano sul culo, la seconda cosa che pensiamo è andare a cercarlo e picchiarlo; ma la prima cosa che pensiamo, istintivamente, è: se ti ha messo la mano sul culo è perché tu hai fatto la zoccola. Ci siamo ormai abituati a vivere con tutti che recriminano continuamente sui nostri comportamenti, sulle nostre mancanze, sulla nostra distrazione, sulla poca accortezza, sulla maleducazione, sull'ineleganza, su quello che potevamo dire, fare, su quello che ci si aspettava da noi, su quanto siamo deludenti, pensiamo ad altro, com'è possibile che non ci siamo accorti che, non abbiamo detto che, non abbiamo pensato che.

Quello che non tutti sanno, e ogni volta che vi assistono fanno una faccia stupita come se fosse impossibile, è che noi soffriamo, siamo deboli, siamo stocazzo, siamo infelici, tristi, euforici, malinconici – ma sempre in superficie. Nulla intacca veramente nel profondo. È come se a un certo punto, sotto, ci fosse uno strato di roccia che non fa passare niente. Cosí siamo noi. Quindi la verità è che tutto quello che ho raccontato, appena sono qui in compagnia dei miei fantasmi, tutte le sofferenze, dalla panchina di Federica fino a Parigi fino alla frase di mia moglie, fa soffrire nel modo in cui possiamo soffrire noi. Ma poi, nella sostanza, ce ne importa fino a un certo punto; nella sostanza, in fondo in fondo, se andiamo a scavare, non sentiamo niente.

Adesso, in piena notte, l'unica cosa che sentiamo, è un po' di fame.

Riferimenti.

Simone de Beauvoir, *Il secondo sesso*, traduzione di Roberto Cantini e Mario Andreose, Il Saggiatore, Milano 1961.

L'animale, testo e musica di Franco Battiato. © 1985 EMI Music Publishing Italia Srl.

Qualcuno volò sul nido del cuculo, regia di Miloš Forman (USA, 1975).

Emilio De Martino, *La squadra di stoppa*, Mondadori, Milano 1941.

Quando la moglie è in vacanza, regia di Billy Wilder (USA, 1955).

Lando, AA. VV., Edifumetto editore (Italia, 1973-84).

L'insegnante, regia di Nando Cicero (Italia, 1975).

Malizia, regia di Salvatore Samperi (Italia, 1973).

Emilio Salgari, *Le tigri di Mompracem*, Antonio Donath editore, Genova 1900.

Affari di famiglia, episodio 1 della prima stagione de «I Soprano», scritto e diretto da David Chase (USA, 1999).

Elena Ferrante, *L'amica geniale. Edizione completa*, edizioni e/o, Roma 2017.

Amore senza fine, regia di Franco Zeffirelli (USA, 1981).

'N'accordo in fa, versi di Gigi Pisano su musica di Nicola Valente (Italia, 1927).

Elaine Blair, *Il nuovo corso dei romanzieri maschi americani*, traduzione di Luca Alvino, 451 online. Apparso originariamente in «The New York Review of Books», 9 marzo 2012.

David Foster Wallace, «La fine di *qualcosa* senz'altro, verrebbe da pensare. (Su *Verso la fine del tempo*, di John Updike)», in *Considera l'aragosta*, traduzione di Adelaide Cioni, Einaudi, Torino 2006.

Michel Houellebecq, *Le particelle elementari*, traduzione di Sergio Claudio Perroni, Bompiani, Milano 1999.

Il padrino, regia di Francis Ford Coppola (USA, 1972).

Franco La Cecla, *Modi bruschi. Antropologia del maschio*, elèuthera, Milano 2010.

Michel Foucault, *Sorvegliare e punire. Nascita della prigione*, traduzione di Alcesti Tarchetti, Einaudi, Torino 1976.

Before Midnight, regia di Richard Linklater (USA, 2013).

Ernest Hemingway, *Fiesta*, traduzione di Giuseppe Trevisani, Einaudi, Torino 1946.

Saul Bellow, *Herzog*, traduzione di Letizia Ciotti Miller, Feltrinelli, Milano 1965.

Susanna Agnelli, *Vestivamo alla marinara*, Mondadori, Milano 1975.

Isaiah Berlin, *Le radici del romanticismo*, traduzione di Giovanni Ferrara degli Uberti, Adelphi, Milano 2001.

Stampato per conto della Casa editrice Einaudi
presso ELCOGRAF S.p.A. - Stabilimento di Cles (Tn)
nel mese di novembre 2018

C.L. 23152

Ristampa							Anno			
0	1	2	3	4	5	6	2018	2019	2020	2021